COLLECTION FOLIO

Remo Forlani

Tous les chats ne sont pas en peluche

Ramsay

Italien né à Paris, Remo Forlani a exercé une foule de petits métiers et a fini par écrire pour le cinéma et la radio. Scénariste, dialoguiste, réalisateur d'émissions de télévision, il est devenu journaliste en 1971.

Depuis 1968, il a écrit (et fait jouer) neuf pièces de théâtre (entre autres : *Guerre et paix au café Sneffle, Un roi qu'a des malheurs, Grand-père, A ta santé, Dorothée !*) et huit romans (parmi lesquels : *Violette, je t'aime, Papa est parti maman aussi, Pour l'amour de Finette, Gouttière*).

En 1987, il a obtenu le Grand Prix du théâtre de l'Académie française, en 1988, le Grand Prix de l'Académie de l'humour noir, et, en 1989, le prix Trente Millions d'Amis.

1

Toutes les dames ont du ventre.

Mais pas maman Dora.

Elle en a un. C'est forcé. Tout le monde en a un. Même les insectes les plus microscopiques. Mais celui de maman Dora est si mignon, si peu gros qu'elle et ses amies disent qu'elle en a pas.

Et pourtant Manu a dormi dedans neuf mois.

Pas dormi. Attendu.

Attendu bien au chaud en mangeant la moitié de ce que maman Dora mangeait pour deux. Attendu de peser trois kilos sept cents grammes et de devenir un garçon Emmanuel qui se serait appelé Dorothée si il était devenu une fille.

Ce qui l'aurait bien fait chier.

Comme ça le fait beaucoup chier que maman Dora parte tout le week-end à Lille.

— Tu n'as pas un autre mot que chier ?

— Non. J'ai que celui-là, de mot.

— Je croyais, Manu, que nous avions décidé...

— On a décidé pour con, couille et merde. Pas pour chier.

— Menteur. On a décidé de ne plus prononcer aucun gros mot.

— C'est gros, chier ? Je savais pas.

— Tu es décourageant, Manu. Décourageant. Si encore tu étais bête. Mais non. Tu es...

— Je suis un poison qui te gâche ta vie. Je le sais que je suis ça.

Maman Dora préfère ne pas répondre. Elle n'a pas envie que ça tourne à la vraie dispute avec gifles à la clé. Pas envie non plus que ça tourne à la scène d'attendrissement. Pas le temps surtout. Il est neuf heures. Et, dans dix minutes... Elle n'a que le temps de remettre la jupe verte qu'elle vient (ce qui était stupide) de changer pour la tango qui fait paraître son sweat coquille d'œuf tout pisseux tout triste.

— T'es pas obligée d'y aller à Lille. T'as qu'à leur téléphoner que ton garçon vient de tomber très très malade, qu'il faut qu'on lui fasse des piqûres intraveineuses et des transfusions de sang, que...

— Tu arrêtes de me bassiner, oui ? Moi aussi ça me fait beaucoup chier, comme tu dis, ce voyage à Lille.

— Je suis peut-être malade pour de vrai.

— Tu pètes la santé, crétin ! Et tu es parfaitement capable de te débrouiller comme un grand. Et le frigo est plein à craquer rien que de choses que tu aimes. Il y a six pots de Fjord. Des yaourts à la fraise pour un régiment. Un poulet cuit que je t'ai cuit moi-même avec des herbes. Du Coca. De tout. Et je t'ai caché tellement d'œufs de Pâques que je te parie tout ce que tu veux que tu ne les trouveras pas tous d'ici que je revienne.

— Tu les as cachés où ?

— Gros malin !

— C'est quoi comme œufs ?

— Des œufs et pas que des œufs. Il y en a même un qui m'a coûté la peau des fesses. Et celui-là, je sais que tu en rêvais. Tu verras.

— Je verrai rien du tout. Je les chercherai pas les œufs de Pâques. Je resterai assis vautré dans ma chambre à rien faire que me faire chier. J'irai même pas chez Jean-Luc.

— Ça serait sympathique et intelligent. Il a aussi un cadeau pour toi, Jean-Luc. Et magnifique.

— J'en veux pas de son cadeau.

— Manu.

— Ouais. Quoi ?

— Tu me fais un sourire ?

— Non. Je t'en fais pas.

— On va se quitter fâchés ?

— A l'aise qu'on va se quitter fâchés.

— Tu es vraiment... vraiment... tu sais ! Tu crois quoi ? Tu crois que c'est pour mon plaisir que je vais à Lille ? Tu as une idée de ce que c'est Lille ? C'est une ville dans le nord. Dans le nord, Manu. Une ville froide avec toujours un temps maussade, toujours un temps cafardeux comme pas permis. Et tu crois que ça m'amuse de penser que je vais passer mon week-end à traduire à cent à l'heure les âneries que des fabricants d'ordinateurs allemands vont débiter à des vendeurs d'ordinateurs français ! Tu crois que c'est quoi un séminaire technico-commercial ? Des vacances, une partie de plaisir, une fiesta avec de la musique disco, des danses endiablées, un feu d'artifice et des concours d'histoires drôles ? Un séminaire technico-commercial, c'est l'horreur pure et simple. C'est des journées qui n'en finissent pas, coincée dans un hôtel sinistre avec des bonshommes à cravates sinistres encore plus sinistres que leurs cravates. Des ennuyeux qui croient que la vie c'est les produits qu'ils fabriquent, vendent et achètent et rien d'autre. Et puis moi, l'allemand...

— T'avais qu'à pas l'apprendre.

— J'aurais préféré le portugais ou l'espagnol. J'aurais surtout préféré aucune langue du tout et apprendre la danse. Et je préférerais ne pas être obligée de courir sans arrêt après de l'argent.

— On serait pauvres, ça serait pas plus pire.

— Mais on l'est, pauvres, Manu. On l'est. Mais ça ne se sent pas trop parce que je... Tu n'es pas chic, tu sais !

Si. Il est chic, Manu. Simplement, là, il est furieux. Furieux d'avoir à passer tout seul un samedi. Et un dimanche. Et les nuits de ce samedi et de ce dimanche. Un week-end tout entier, quoi ! Et de Pâques, en plus.

— Tout seul ! Tout seul ! Tu peux aller chez Jean-Luc autant que tu veux. Tu as madame Boissier qui ne demande qu'à t'héberger, qu'à faire tous tes caprices, qu'à se faire battre à tous les jeux que tu voudras. Tu as ta bonne amie Véronique. Tes copains. Tu as, dans le tiroir de la commode, assez d'argent pour aller voir dix films. Tu as la télé. Tu as tous mes œufs de Pâques.

— J'ai une maman qu'est jamais là. C'est ça que j'ai. Que ça.

— Ce culot ! C'est le premier dimanche depuis au moins trois mois que je suis obligée de partir. Et si tu veux dormir chez Jean-Luc...

— Dormir dans le même lit que son taré de fils !

— Clarence est un gamin adorable. Et c'est ton demi-frère. Pourquoi tu l'aimes pas, Clarence ?

— J'aime pas les garçons adorables. J'aime pas les rouquins avec des lunettes. Et j'aime pas aller chez Jean-Luc. D'abord, sa maison, elle est moche.

— Elle est trois fois grande comme ici.

— J'aime pas les demi-frères et les maisons grandes comme trois maisons.

— Manu, tu tiens vraiment à te comporter comme un bébé, comme un désagréable bébé que tu n'es plus ? Tu sais ce que je ferais, moi, si j'étais à ta place ? Pour commencer, je me déciderais une bonne fois à appeler Jean-Luc papa. Il t'adore, Jean-Luc. Tu l'entendrais quand il parle de toi. C'est pas compliqué : je suis sûre et certaine qu'il te préfère à Clarence.

— S'il me préfère à Clarence, il a qu'à divorcer d'avec sa Gisou et se marier avec toi.

— Gisèle est une femme très bien. Et je t'ai expliqué cent fois que nous ne sommes pas faits pour vivre l'un avec l'autre, Jean-Luc et moi. C'est pas faute d'avoir essayé, je t'assure.

— Vous pouvez faire des garçons l'un avec l'autre, mais pas vivre ?

— Pas *des* garçons. *Un* garçon. Un sale petit Manu qui va...

Qui va quoi ? S'arrêter d'être furieux, mauvais ? Qui va rengainer sa grosse grosse colère et embrasser sa maman Dora sur le bec comme un amoureux ?

Certainement pas.

Que maman l'embrasse si elle veut. Lui, il embrasse pas. Tout à l'heure, il le regrettera. C'est sûr que, tout à l'heure, il le regrettera. Il le sait. Mais... maintenant...

— Bon, ben, salut, tchao, tête de cochon.

Maman Dora prend son imper ultra-chic des soldes Saint Laurent Rive Gauche, sa mallette à fringues de rechange. Elle est belle. Classe. Très classe. Elle tente de faire un gros baiser sur une joue qui se dérobe. Son garçon ne veut pas d'un au revoir digne de ce nom. Ça le regarde. Il a quand même droit à un sourire bien beau bien tendre.

— Même quand tu fais ton grincheux, tu es le plus trognon Manu du monde. Je t'emporte dans mon cœur, affreux vilain petit singe et je te téléphone aussitôt arrivée à Lille et je t'appelle chez Jean-Luc et ici et partout et tu cherches bien tous tes œufs de Pâques et je t'adore et tu fais le minimum de bêtises. Okay ?

Pas okay.

Manu est pas capable de se débrouiller comme un grand. Pas capable du tout. Ça fait cinq fois ou six que maman Dora le laisse tout seul parce qu'elle se figure qu'il n'est plus tout petit. Mais, ce coup-ci, ça va très mal se passer. Très mal.

Manu laissera sonner le téléphone sans décrocher, Manu ne cherchera aucun œuf, pas même celui qui a coûté la peau des fesses, Manu n'ira chez personne ni voir aucun film avec l'argent du tiroir de la commode. Et il va faire le maximum de bêtises.

2

Pas de bêtises. Des conneries. Et énormes.

Même que ça va pas traîner. Maman ne doit pas être arrivée en bas des cinq étages qu'il se lance dans la confection d'une omelette purulente.

Un plat qu'il a inventé lui tout seul. Un plat qu'on se mitonne quand on est avec personne d'autre à la maison.

Un plat effroyable qui se fait dans la plus grande des poêles de la maison. Avec, bien sûr, des œufs. Trois œufs ou quatre. Et sept choses mangeables. Sept choses mangeables qui sont jamais les mêmes à chaque fois. C'est ça, l'intérêt. Les sept choses mangeables qui vont avec les œufs de l'omelette purulente, c'est sept choses pas faites pour aller ensemble, qu'on prend dans le frigo en y plongeant la main les yeux fermés.

Une omelette purulente, ça a une chance sur cent milliards d'être bon. Même pas. Ça en a aucune chance. Une omelette purulente ça peut qu'être un peu infect. Ou beaucoup. Ou tout à fait infect.

Voyons comment va être celle-ci.

Manu fonce dans la cuisine. Manu ferme les yeux. Tout à fait. Faut surtout pas tricher. Devenu aveugle comme un aveugle, il ouvre le frigo. Première prise : une patate cuite. Deuxième prise : un oignon. Troisième prise : un pot de yaourt aux fruits. Quatrième prise : une barquette de céleri rémoulade. Cinquième prise : une tranche de pâté de foie. Sixième prise : un steak haché pas cuit. Septième et dernière prise : deux sardines à l'huile dans une soucoupe.

Manu rouvre les yeux. Bien. Très bien. Ça va être vachement purulent. Vachement vachement.

Mais c'est le jeu. Et il la mangera tout entière, Manu, cette cochonnerie d'omelette. Et à toute allure. Et en prenant soin de pas bien mâcher, d'avaler le plus tout rond possible pour avoir le plus de chance possible d'être barbouillé, écœuré. Salement malade, si ça se peut. Il en a déjà vomi plus d'une, omelette purulente. La plus réussie ça a été celle du voyage de maman Dora à Leipzig à un congrès d'ophtalmos. Une omelette qui a eu de tels effets que madame Boissier a dû faire venir en catastrophe un médecin de S.O.S. Médecins qui a pris le tarif de nuit et a passé trois heures d'horloge à faire dégobiller Manu dans la baignoire et à lui casser la tête avec des discours parce qu'il croyait que c'était une tentative de suicide.

Voilà donc Manu marmiton qui fait le chantier, le chantier géant avec désordre et salissures. Voilà donc Manu qui découpe, hachouille, mélange, tritouille et casse les œufs et mêle la purée de choses mangeables — mais pas mangeables en même temps — aux œufs et verse dix fois trop d'huile dans la poêle et...

A feu doux ça limiterait les risques. Mais à feu dur ça va plus vite et pour ce qui est d'enfumer la cuisine... Et puis, à feu dur, au moins, ça pue.

C'est formidable quand l'odeur se met à devenir pas supportable. Et que ça crame un brin. D'ici que madame Boissier rapplique en robe de chambre et se mette à donner de grands coups de poing et de pied dans la porte en lui demandant (à la porte) qu'est-ce qui cocotte autant chez la chère petite madame Dora, qu'est-ce qui se passe encore, si ça serait pas ce diable de Manu qui aurait allumé exprès un incendie ou fait quelque diablerie dans ce goût-là.

Qu'elle les donne, madame Boissier, ses grands coups de poing et de pied. Qu'elle les donne. Qu'elle lui demande ce qu'elle voudra, à la porte.

Manu la laissera tambouriner, piailler et se faire un sang d'encre et lui ouvrira pas. Et il n'ira pas chez elle la laisser faire exprès de perdre aux cartes ou à un de ces superchiants jeux de questions dont elle a appris toutes les réponses par cœur mais fait celle qui ne les connaît pas.

C'est pas une mauvaise, madame Boissier. Au contraire. C'est la meilleure de l'immeuble. Et elle a des stocks de boîtes de chocolat belge et tout le temps du temps à perdre avec Manu. Et les fois qu'elle l'a babysitté, elle était très gentille, pas chiante. Mais, ce matin, Manu l'emmerde, madame Boissier. Il l'encule même. Comme dit le livreur du supermarché qui a fait des tas de guerres en Indochine et en Algérie et en est revenu sonné.

Merde ! Ça brûle *à côté* de la poêle.

Quand ça brûle *à côté* de la poêle, c'est pas bon. Et ça peut devenir plus que pas bon si on panique. Alors c'est difficile, mais on panique pas. Ou on panique mais on fait comme si on paniquait pas. On commence par éteindre le gaz, d'urgence. Et, même si c'est des flammes immenses, on les éteint pas avec de l'eau. Surtout pas. Des flammes, du feu, ça s'étouffe. Avec quoi ? Avec ce qui vous tombe sous la main. C'est votre casquette de baseballeur ramenée d'Amérique par Jean-Luc qui vous tombe sous la main ? Va pour la casquette de baseballeur. Elle étouffe très bien. C'était qu'un tout petit début de feu. La casquette est juste un tout petit peu foutue.

Pas grave. Jean-Luc est un papa si peu papa qu'on s'en bat la couette de sa casquette américaine.

Avec tout ça, elle a l'air parfaite, l'omelette purulente. Extra.

Manu va aller la bouffer — ça se mange pas, ça se bouffe, une pâtée pareille — devant la télé.

La bouffer tout seul !

Chiant, ça aussi. Très chiant. Les conneries que pour soi, les conneries même géantes, si t'as pas quelqu'un pour te les voir faire...

Alors ? Il va tout de même pas téléphoner à la télé qu'il faut qu'ils envoient d'urgence une équipe de reporters pour filmer un Manu en train de se taper une omelette extrêmement purulente. Il va pas non plus téléphoner à un garçon de son école. Il pourrait. Mais auquel ? A un qui serait pas parti en vacances de Pâques et qui serait pas assez salaud pour faire celui qui trouverait que la connerie à Manu elle valait pas le dérangement ? Aucun des garçons de son école serait pas assez salaud. Il le sait. Il les connaît. A Véronique ? Elle trouverait que... C'est pas une bonne idée non plus, Véronique.

Aucune des idées qui lui viennent n'est une bonne idée.

Aucune sauf une.

Celle d'aller ouvrir le placard-cagibi de l'entrée que maman Dora ouvrirait pas « pour un empire » parce que c'est devenu un « vrai cimetière » de vieilleries si vieilles que ça lui flanque le cafard rien que d'y penser.

Ça risque de lui en flanquer, du cafard, à Manu, de l'ouvrir. Mais se mettre à avoir du cafard quand on est déjà en train de se faire terriblement chier, c'est pas très grave.

Et puis il verra bien. Et puis c'est comme ça c'est

comme ça, il a décidé que le quelqu'un pour le regarder faire sa connerie, ça va être le vieux Pilipili.

Vieux ? Vieux comme Manu. A quinze jours près, à en croire maman Dora, qui était partie pour acheter comme premier jouet un nounours à son bébé et qui a craqué pour Pilipili.

Elle lui a raconté souvent à Manu comment ça s'était passé. Il était dans le magasin, Pilipili. Il était dans le magasin avec des ours très bien, doux comme des caresses, des pandas, des lapins bleus et des lapins roses, des moutons, un koala trognon comme tout. Et c'est pour un matou en nylon lavable qu'elle a eu le coup de foudre. Pour Pilipili. Faut dire qu'il y avait de quoi. Il avait tellement l'air d'un vrai chat, ce chat pas vrai de la taille d'un chat de taille normale, avec ses yeux incassables imités à la perfection et ses moustaches et ses griffes et ses poils d'autant de couleurs que le plus gouttière des chats de gouttière.

Il s'est appelé Pilipili que quand Manu s'est mis à savoir que tout le monde et les animaux devaient avoir des noms pour pouvoir être appelés. Mais, tout de suite, il est devenu l'animal préféré de Manu. Son compagnon de lit dans lequel il faisait pipi. Son souffre-douleur jamais râleur. Et le confident pas bavard, pas rapporteur, de toutes les choses idiotes qu'il a pu lui raconter pendant ses années de petit garçon.

Ses années de petit garçon, à un moment, on en sort. C'est pas forcément le jour de votre âge de raison qui tombe le jour de vos sept ans. On en sort au moment où aucune de vos dents ne tombera plus toute seule pour qu'une petite souris vienne vous mettre des cadeaux sous votre oreiller. On en sort quand on vous coupe les cheveux d'une certaine manière et que vous savez lire et que vous pouvez tenter votre premier voyage en métro sans personne avec vous. Et on est bien content et un peu pas content d'en sortir. Et on se met à être pas tout à fait pareil. Par exemple, on laisse sans pleurer sa maman décréter que, votre chat Pilipili, c'est fini, vous dormirez plus avec parce que vous êtes devenu trop grand. Et elle va pas jusqu'à le balancer à la poubelle mais elle le glisse n'importe comment, cul par-dessus tête, dans le premier sac en plastique venu et elle le fourre à la cave ou dans un placard-cagibi. Et — on le dit pas puisqu'on a fini d'être un petit garçon — mais on trouve ça moche, on trouve ça triste.

Et on y pense en passant devant le placard-cagibi « vrai cimetière » et...

Bref. Que vous le vouliez ou pas, c'est décidé : sa connerie d'aujourd'hui, Manu veut la faire sous le regard incassable et imité à la perfection de son vieux Pilipili.

Et que ceux qui pensent que faire ça c'est faire le bébé aillent se faire enculer !

Alors Manu y va, au « vrai cimetière » et il chamboule des douzaines de paires de chaussures à maman Dora plus bonnes à mettre mais (allez savoir pourquoi ?) bonnes à être conservées, des bouquins beaucoup lus qu'on relira peut-être un jour ou jamais, des piles de *Elle*, de *Jardin des Modes* d'au moins cinq ans, des boîtes en carton vides, des boîtes en carton pleines d'on ne sait même plus quoi, un landau pliable plié et autres fouillasseries encombrantes. Et il récupère le vieux poussiéreux Pilipili. Poussiéreux et pas que ça. Il est aussi borgne d'une oreille. Et très dépoilé et presque entièrement démoustaché.

Mais c'est toujours Pilipili.

Un copain de toujours qui a partagé vos fièvres de rougeole, vos fièvres de petites et grosses grippes, vos fièvres de scarlatine. Qui vous a entendu rêver tout haut. Qui vous a donné la patte pendant des chagrins.

Qui s'est laissé cajoler, embêter, torturer. Qui a été tigre ou animal extra-terrestre visqueux quand ça vous plaisait. Que vous avez abattu dans des jungles impénétrables au cours de chasses fort périlleuses.

Il a sa même tête de gouttière. Sa même espèce de sourire de chat qui dort en vous regardant.

De l'avoir sorti du « vrai cimetière », c'est comme d'avoir retrouvé un chat qui aurait été vivant et qui serait mort.

Ça existe des chats morts qu'on garde. Empaillés. Manu en a vu un chez une dame à la campagne où vit la mère de maman Dora. C'était un chat Cricri que cette dame aimait tellement qu'elle avait pas voulu qu'on l'enterre ou qu'on le brûle et qu'elle gardait sur un coussin dans son salon.

Il avait pas plus l'air d'un chat mort que Pilipili. Aucun vrai chat n'a jamais eu pour Manu l'air plus chat que Pilipili. Il pourrait très bien l'être, Pilipili, chat mort, à l'âge qu'il a maintenant, qui est, à quinze jours près, l'âge de Manu.

Bon. Manu va se dire que c'est pas un chat jouet qui croupissait dans un placard-cagibi. Il va se dire que c'est un chat mort. Un chat mort qui, vivant, était tout à fait formidablement chat — c'est-à-dire très gourmand, très intelligent, très dormeur, très joueur, très voleur, très tueur de souris, très tout ce qu'un chat de première qualité peut être.

— Ça te plairait pas d'être un chat mort ? Un chat mort à pas tout à fait sept ans. Un chat qui aurait eu... Faudrait pas que ça soit un accident qui t'aurait démoli, du genre écrasage par une auto ou chute d'un toit mais pas sur tes quatre pattes. Pas non plus une maladie dégoûtante qui t'aurait abîmé. Chat mort d'un arrêt du cœur, c'est bien, ça, non ? T'aurais été en train de penser à quelque chose de sympa, à des souris, à manger des souris bien dodues et... ploc ! ton cœur se serait arrêté, comme une montre qui s'arrête. Et on t'aurait empaillé comme l'autre chat à la campagne de Mamie et... Empaillé tu serais exactement pareil que t'es. Tu bougerais pas et t'aurais des yeux comme t'as. Incassables et imités à la perfection.

Des yeux qui regardent Manu et son omelette purulente qu'il va bouffer toute et — ça serait drôlement bien — sûrement vomir sur le beau tapis indien cadeau de Jean-Luc à maman Dora.

Maman et Jean-Luc... Ces deux-là !

C'est vrai qu'ils peuvent pas se supporter. Même qu'on dirait deux fous, des fois. Ça peut leur arriver, à maman Dora et à Jean-Luc, de se parler gentiment pendant des heures quand il vient verser l'argent qu'il donne chaque mois pour Manu ou faire une visite à l'improviste, pas souvent. Maman Dora et Jean-Luc boivent des verres, ils s'en rencontent des bien bonnes, parlent de gens qu'ils ont connus ensemble et qu'ils ont rencontrés, par hasard, ici ou là, ils disent que ces gens-là sont devenus tartes, plus intéressants comme avant, et ils se disent combien, eux, ils sont restés pareils et s'aiment bien et combien ils sont contents d'être aussi copains tous les deux et ils peuvent même se tenir l'un contre l'autre sur le canapé et fumer la même cigarette en se marrant parce qu'ils se rappellent combien c'était marrant quand ils vivaient dans une chambre trop petite dans le quinzième arrondissement et que Jean-Luc avait pas de situation et rien qu'un vélomoteur qui voulait jamais démarrer. Et puis, ça leur prend, personne pourrait dire pourquoi, voilà qu'ils se mettent à plus se tenir l'un contre l'autre et à se crier les mots les plus gros qu'ils connaissent et maman Dora se met à pleurer et ils se mettent à marcher de long en large et se reprochent plein de choses et maman Dora demande à Jean-Luc de foutre son camp, de se tailler immédiatement tout de suite et de plus revenir jamais jamais jamais. Et il est arrivé, et plusieurs fois, que Jean-Luc se mette à casser quelque chose. Un vase. Des verres. Une bouteille pleine. Une assiette. Une lampe avec son abat-jour. Un soir, il a déchiré une robe de maman Dora qui traînait sur une chaise. Une robe à laquelle elle tenait. Verte avec des fronces à la taille et un col blanc Claudine.

Pour en revenir à l'omelette purulente, celle-là elle mériterait de figurer dans le livre des Records. Y a même pas à la manger. Suffit de la sentir. Même de loin.

C'est une infection.

Sûr que Pilipili, son odorat doit sentir lui aussi combien elle sent mauvais.

Mais Manu va pas caler.

Avec deux doigts, il cueille un truc noir qui dépasse de l'omelette. Ça doit être une queue de sardine. Toute carbonisée. C'est amer mais ça se laisse manger. Le brûlé ça peut jamais être vraiment mauvais. Et ça, c'est quoi ? Une fraise ? C'en est une. Une fraise du yaourt aux fruits alors. Toute brûlée aussi. Craquante comme un bout de charbon. Comme du nougat sardineux. C'est dur à avaler. Mais Manu ne calera pas. Manu s'accroche. Il grappille du mollasson sous le brûlé, de l'informe, du qu'on ne peut plus savoir ce que c'était avant cuisson. C'est franchement pas bon. A la limite de l'inavalable. Mais ça vaut toujours mieux que le bol de chocolat et les toasts beurrés, confiturés que maman Dora a préparés et disposés avec amour sur un plateau.

Tout vaut mieux que le manger qu'est censé manger un petit garçon chéri qu'on plante tout seul un week-end de Pâques.

Et c'est pas Pilipili qui dira le contraire.

Pilipili ne dira plus le contraire de rien.

C'est pas contrariant, un chat mort.

Même jamais ravivé, c'est là à vous regarder avec ses yeux imités à la perfection et ça vous écoute comme personne. Comme pas même Véronique.

La jolie Véronique de la maison de neuf étages d'après le pressing.

Jolie ? Avec ses yeux noirs qu'elle se tue à répéter qu'ils sont pas noirs mais noisette, ses oreilles mal percées et sa natte châtain à tirer pas trop fort sinon, elle, elle vous tirera si fort le petit serpent que vous avez dans le jean qu'il lui restera dans la main et qu'alors vous aurez l'air d'un fameux con.

Le grand amour de Manu, Véronique, à en croire maman Dora. Sa girl-friend. Sa petite chérie bien-aimée. Sa chouchoute en sucre à embrasser partout partout.

Ces conneries qu'elle peut dire elle aussi, maman Dora !

Des conneries pour rire, pas des conneries pour vexer, faire de la peine. Mais quand même.

Bien sûr qu'elle l'adore, son garçon.

Bien sûr qu'il faut qu'elle l'adore, pour l'avoir gardé si longtemps dans le ventre qu'elle n'a pas et pour passer sa vie à se saigner aux quatre veines pour lui.

Elle en a des centaines de millions de veines. Comme tout le monde. Mais elle en a surtout quatre qu'elle arrête pas de se saigner pour son garçon. L'œuf de Pâques qui n'est pas un œuf et qui a coûté la peau des fesses, il doit être terrible. Manu est certain que c'est la merveille des merveilles. Un machin qui va faire crever de jalousie tous ses copains et encore plus ses pas copains. Mais Manu n'en veut pas.

Ce qu'il voudrait c'est que maman Dora ne soit pas partie à Lille.

Parce que...

Retour à l'omelette purulente.

Son dedans, à cette omelette, il est horrible. Horrible. Mou. Pas cuit. Gluant. Même des cochons spécialement cochons, même des rats d'égout très goinfres s'inventeraient des raisons de faire une grève de la faim plutôt que d'avaler ça.

— Tu sais ce qu'on va faire, Pilipili ? On va se la mettre de côté. Mais on la finira. On la finira tout entière. Promis. Juré.

Les yeux imités à la perfection de Pilipili disent que c'est d'accord, qu'on va se la mettre de côté, qu'on a bien le temps d'en venir à bout de cette pâtée merdique. Que...

Ils disent quoi encore, les yeux imités à la perfection de Pilipili ?

— Tu m'ennuies. T'es un chat chiant. Ça m'intéresse pas d'entendre parler de gens qui sont pas là, qui sont à des séminaires à Lille. Si t'as que ça à me dire, j'aime autant la télé.

A la télé, c'est un feuilleton qui passe. Avec le détective privé Mike Hammer et son nez pas bien beau pour un nez. Il a dû recevoir un fameux coup de poing dessus. Ça a dû se passer dans un épisode que Manu a loupé. Ce qu'il regrette. Amèrement. Parce que voir encaisser ce privé qui se croit toujours plus malin que les autres, c'est la joie. Ah ! il déteste son trop petit chapeau, à Mike Hammer, Manu. Et aussi que toutes, absolument toutes les filles même vieilles qu'il rencontre en enquêtant aient des poitrines trop poitrineuses. C'est pas joli trop de poitrine pour une dame. Pas joli. Et surtout... Si Manu connaissait le mot « correct », il penserait que c'est pas correct. Il y a des choses, comme ça... Quand il lui arrive de voir les seins petits et mignons de maman Dora quand elle prend sa douche sans avoir tiré le rideau ou qu'elle se promène dans la maison en se cassant la tête pour savoir si elle va mettre un soutien-gorge ou pas, Manu n'aime pas.

De la voir, comme ça, c'est pas de sa faute à lui. C'est le hasard. Mais il aime pas ces hasards-là. Une maman c'est fait pour être habillée.

Penser que Véronique, ou d'autres filles qu'il connaît, risquent d'avoir un jour des poitrines comme celles des dames de la série Mike Hammer, des fois, ça l'amuse, bien sûr.

Ça le fait même franchement se poiler.

Bon. Là, Mike n'est pas avec des filles trop gonflées du devant. Il est avec une espèce de Chinois à cravate blanche et un gros sans cheveux qui l'ont enfermé dans une cave pas gaie et sûrement humide et malsaine et qui vont lui apprendre à perdre l'habitude de fouiner là où il devrait pas. C'est surtout le gros sans cheveux qui est en colère. Il transpire et s'éponge le dessus de la tête avec une pochette à fleurs. C'est pas lui qui a le revolver. C'est l'espèce de Chinois qui se tait. Il va, dès que le gros tout mouillé de sueur aura fini d'enguirlander Mike Hammer, lui loger toutes les balles de son chargeur dans le bide, au détective privé. Mike qui a les mains attachées dans le dos, fait semblant de rigoler doucement. Il fait très bien semblant. On voit qu'il a l'habitude. Mais le gros transpireur et le Jaune, ils aiment pas ça. Ils aiment pas Mike. Ils aiment pas les flics, privés ou pas privés, qui croient qu'ils vont pouvoir les empêcher d'expédier leurs colis à San Francisco.

Des colis de quoi ? Ça peut aussi bien être de la drogue que des pierres très précieuses. Ou des colis avec des gens assassinés dedans.

C'est pas amusant quand on tombe dans une émission déjà commencée et qu'il y a des colis à expédier et qu'on sait pas des colis de quoi.

Qu'il crève, Mike Hammer et les deux autres cons avec !

Manu va voir ce qui se passe sur la Une.

Il se passe qu'il y a un bonhomme aussi chauve que celui qui voulait faire tuer Mike Hammer par le Jaune. Il transpire pas, celui-là. C'est un énorme gros tas de viande rose écroulé dans un fauteuil qui ne veut faire tuer personne, mais juste expliquer, en prenant tout son temps, à un autre monsieur encore plus gros mais à lunettes, écroulé, lui aussi, dans un fauteuil, pourquoi, si les syndicats y mettent pas du leur, ça peut pas tourner rond dans la sidérurgie. Il connaît plein de chiffres par cœur, le gros tas de viande rose. Des pourcentages. Surtout des pourcentages.

Salut !

Sur une autre chaîne, il n'y a rien. Que comme de la neige noire et un grésillement à vous péter les oreilles.

La télé, le matin...

Manu envoie dinguer la télécommande sans même éteindre la télé et décide de mettre son jean et un tee-shirt. De les mettre sans se laver avant. Et de retrouver ses bottes usées que maman Dora veut plus qu'il mette parce qu'elles font clochard.

Mais retrouver quelque chose que maman Dora a rangé. Elle range pas, elle cache !

Il y a les œufs de Pâques, à propos. Dont celui qui a coûté la peau des fesses.

— Tu ferais quoi, toi, Pilipili ? Tu les chercherais, les œufs ?

Non. Pilipili les chercherait pas.

Pilipili se draperait dans sa dignité.

Même si c'était des souris de premier choix, Pilipili aurait la fierté de ne pas... Maintenant qu'il a décidé que c'était pas un vieux chat jouet mais un chat mort, Manu le trouve drôlement plus intéressant, Pilipili. Et puis ça ferait bébé de parler à un chat jouet. Tandis que d'avoir une conversation avec un chat qui a une vie de chat derrière lui. Et pas n'importe laquelle de vie de chat. Une vie de chat digne. De chat qui, avant de devenir un chat mort, aurait boudé des milliers de tasses de lait, des wagons entiers de croquettes, de bouts de peau de poulet qu'il aurait aimés pourtant extrêmement. Un chat qui aurait pu être professeur de bouderie.

Qu'est-ce que c'est con qu'il ait jamais été un vrai chat.

Maintenant bien sûr ils pourraient plus s'amuser ensemble autant qu'avant, quand Manu était si petit qu'il savait encore compter que jusqu'à six. Pour arriver à cinq, c'était pas compliqué, suffisait de se prendre l'un après l'autre tous les doigts de la main gauche. Et, le sixième, c'était n'importe quel doigt de la main droite. Après celui-là, après le sixième, Manu commençait à mélanger tout. Alors il s'arrêtait à six. Et c'était bien suffisant pour un petit. Car il était petit, à ce moment-là, à peine plus grand que le Pilipili en nylon lavable.

— Pourquoi t'as jamais été un vrai chat, idiot ?

Voilà exactement le genre de question à laquelle ne peut pas répondre un chat. En nylon lavable. Ou vrai. Ou mort.

— Pourquoi les chats et les gens meurent ?

Voilà exactement le genre de question à laquelle même maman Dora répond n'importe quoi.

Mais... ce que les gens répondent quand on leur pose des questions...

Et pourtant c'est intéressant les questions.

Pas celles à l'école, dans les lycées, dans les jeux à la télé, pas les questions inventées par des salauds pour vous piéger. Les questions pour savoir.

Manu voudrait tout savoir.

Manu est un garçon très éveillé. Manu est un garçon très éveillé nul en calcul. Mais ça n'empêche pas.

Manu est un garçon très éveillé qui ne va pas se laver, pas même la figure et les mains et encore moins le petit serpent boa et l'intérieur des oreilles. Il ne va rien se laver et s'enfiler son jean le plus dégueulasse (qu'il va récupérer dans la corbeille à linge sale) et son tee-shirt avec une inscription en américain dont il ne sait même pas ce qu'elle veut dire, et chausser ses baskets et ne pas rester à croupir une minute de plus dans cette baraque et aller voir le monde.

Le monde qui commence sitôt que tu mets le pied dans la rue.

3

Le peu de sa cochonnerie d'omelette qu'il a mangé lui pèse un peu. Seulement un peu, parce qu'il a un estomac d'autruche. Maman Dora le dit toujours, qu'il a un estomac d'autruche. Et pas qu'elle. Ça ne va pas jusqu'à pouvoir digérer un réveil ou une paire de jumelles d'explorateur. Mais il peut engloutir dix biscottes beurrées sans boire. Ou quinze barres de chocolat. Il l'a fait. Pas quinze. Mais bien sept ou huit. Ou dix.

Alors ? Le monde ?

Il a pas l'air de vouloir s'emballer, ce matin. Suffit de voir le vendeur du magasin qui ferme jamais et où on trouve de tout. Suffit de voir comment il empile ses choux-fleurs, le vendeur. Au ralenti, il les empile. Ça serait des bombes, il les empilerait pas avec plus de précautions. Il a peur de leur faire mal ou quoi ? Et la gardienne du onze. Elle est devant sa porte, un torchon à la main, à rien torchonner du tout. A faire que regarder des bonnes femmes qui passent avec leurs caddies. Des bonnes femmes pas pressées.

Peut-être qu'ils ont tous mangé des cochonneries d'omelettes qui leur pèsent. Il y a aussi des balayeurs des rues qui font bien attention de pas user leurs balais.

Il y a aussi le soleil qui léchouille un peu, très très

peu, la façade de la banque fermée pour cause de pont. Un soleil pas bien décidé à briller, on dirait.

Il est mou, le monde. Il a du plomb dans le cul.

Pas Manu.

Il va faire un tas de choses, lui. Et importantes.

Pour commencer, il ne va pas aller chez Jean-Luc. Ni aujourd'hui ni demain. Et il téléphonera même pas pour prévenir. Ce débile de Clarence aura qu'à manger le manger en trop et garder pour lui le cadeau acheté par Jean-Luc pour Manu. Et...

C'est bien de pouvoir faire que ce qu'on veut. De pouvoir, par exemple, prendre le bus en se collant à un paquet de dames pour que le contrôleur croie qu'on est leur garçon et pas payer de ticket et de descendre quand on veut où on veut.

Où on veut, c'est rue de Rivoli.

Pourquoi rue de Rivoli ?

Parce que c'est une rue sur une ligne d'autobus où il y a pas à changer, et une rue intéressante. Intéressante à cause de ses magasins. Les petits qui sont des boutiques, et les grands. Les deux grands surtout : le Bazar de l'Hôtel de Ville et la Samaritaine. Maman Dora dit le Bazar et la Samar. Elle n'y achèterait évidemment pas un maillot de bain ou une petite culotte. Pour la sape, c'est ailleurs que ça se passe si on veut pas ressembler à madame Boissier ou à des mémés pire encore. Mais pour la tringle à rideaux, le dérouleur de papier à cabinets, le porte-serviettes à installer soi-même sans risquer de tout bousiller et d'en devenir dingue, la colle à bois qui colle vraiment le bois ou la colle à cuir qui colle vraiment le cuir, pour les casseroles, les bigoudis chauffants, les casse-noix, les aiguilles à tricoter, les ampoules à vis et à baïonnette...

Des deux, Manu préfère la Samar. A cause de son rayon où l'on peut acheter un chat, un chien, des hamsters, des souris, des singes même. Des singes! Des singes qui pissent comme des garçons et font des grimaces comme aucun garçon saurait en faire.

Ça va donc se passer à la Samar.

Qu'est-ce qui va se passer à la Samar?

Ce qui va se passer à la Samar, c'est à peine si Manu ose se le dire à lui-même.

Mais ça va se passer.

Pas tout de suite. Faut d'abord prendre son élan.

Alors il va vadrouiller un moment au rayon librairie. Un rayon formidable. Avec toutes les nouveautés. Et des vieilleries que se doit de connaître un garçon éveillé et promis à un grand avenir. Ce qui est le cas de Manu. Il le sait depuis qu'il sait que toute personne qui n'a pas le cœur qui s'arrête tout d'un coup comme une montre a devant elle ce qui s'appelle un avenir. Et qu'un avenir ça peut être petit, moyen ou grand.

Le sien sera immense. Aussi immense que celui d'Abraham Lincoln mais sans aller jusqu'à se faire assassiner dans un théâtre où la pièce qu'on jouait était peut-être même pas bien, aussi immense que celui des astronautes de la Nasa mais sans aller se faire tartir des mois dans des capsules où on peut pas se dégourdir les jambes, aussi immense que celui de Christophe Lambert ou de Superman. Ou d'un inventeur célèbre. On verra bien. L'avenir c'est jamais tout de suite. Alors on a le temps d'y réfléchir.

Au rayon librairie, Manu fonce droit sur l'essentiel : les piles imposantes d'albums de bandes dessinées. Il adore ça, lire debout des bribes de bouquins. Passer d'un album à l'autre. S'avaler trois pages de ceci et trois de cela. Picorer comme un oiseau de square à l'heure où des gens qui ont le cœur plus grand que l'estomac émiettent en se souriant à eux-mêmes la baguette de leur déjeuner. Manu peut aussi lire un album en entier, sans sauter une case, un ballon, s'offrir à l'œil toute une histoire de cow-boy qui galope sur son cheval sans le tenir parce qu'il a un colt dans chaque main, avec une vendeuse qui vous espionne comme si vous étiez un très dangereux malfaiteur qui va lui demander l'argent de sa caisse ou un Moyen-Oriental terroriste qui fait semblant de lire tout en glissant une bombe sous le comptoir pour que le magasin explose.

Ce matin, Manu n'a pas la tête à lire des bédés.

C'est pas un matin à feuilletage, à picorage. Pas un matin à s'avaler tout entier le dernier Blueberry ou le dernier Bidochon.

C'est pas un matin à lire.

Il a quelque chose de précis à faire. Mais pas tout de suite tout de suite.

Bon. Il se retrouve à feuilleter un livre de reproductions de peintures qui doit bien peser dix kilos. Mettons cinq. C'est un livre à huit cent cinquante francs. Avec des Matisse (Henri) qui savait vraiment très mal dessiner et des Picasso (Pablo) aussi débiles et rigolos que les dessins des murs des chiottes de son école.

Devenir un artiste peintre connu, ça doit être bien. Mais artiste peintre connu moderne. Parce que les artistes peintres connus pas modernes, qu'est-ce qu'ils devaient se faire chier à peindre des ciels avec des nuages comme des vrais nuages et des rois et des reines avec le moindre petit bouton qu'ils avaient et toutes leurs bagues et tous les plis de leurs habits royaux tellement pleins de plis.

Au rayon jeux et jouets, Manu rêvasse devant des robots et des androïdes téléguidables. Il constate avec quelque intérêt que la Wonderwoman à deux cent quarante francs a un cul encore plus dodu que la Wonderwoman de la télé. Elle pourrait entrer dans aucune des jupes de maman Dora. Il y a aussi des talkies-walkies qui ont l'air parfaits. Mais les talkies-walkies, si t'as ni frère ni sœur et une maman qui s'en va traduire de l'allemand à des centaines de kilomètres... Et puis les jeux et jouets, c'est un peu con, non ?

A l'étage où on peut acheter des chats, des chiens, des hamsters, des souris blanches et un petit singe avec une houppette qui lance des bouts de spaghetti crus aux idiots qui le regardent comme des idiots, Manu s'attendrit. Tout animal transportable dans un panier le fait penser à Pilipili. Il y a d'ailleurs un bébé chat qui lui ressemble. Mêmes patoches blanches comme des gants, même coiffure en frange, même queue pas plus poilue que de la ficelle. Il a l'air d'avoir envie d'être acheté le plus vite possible.

Il griffe les barreaux de sa cage.

Quand Pilipili n'était pas encore devenu un chat mort...

Bon. C'est maintenant que ça doit se passer.

Maintenant.

Au rayon Papeterie Articles de bureau.

Et ça va être... Ça va être... Ça va être un stylo-feutre. Lequel ? Celui-là. Un Stabilo stylist 188 d'un rose terrible.

Il y a un monsieur et une dame qui n'arrivent pas à se décider pour un agenda en cuir qu'ils veulent offrir à quelqu'un. Bonne chose. Le vendeur, qui tient absolument à leur en refiler un, s'accroche à eux comme un pou à des cheveux pas lavés au moins une fois par semaine. Suffit donc de saisir le stylo-feutre d'un rose terrible d'une main ferme, et de se le fourrer rapidos discrètement dans sa poche de jean.

Pas dur.

Mais voler c'est pas dans les habitudes de Manu. Véronique dit que c'est parce qu'il a la trouille de se faire piquer. Et, encore plus, la trouille des conséquences. C'est sûr que Manu détesterait se faire piquer. Encore plus sûr que l'idée — bien imprécise — qu'il se fait « des conséquences » l'a toujours retenu de choper même un bonbon dans une boulangerie ou un grain de raisin à un étalage.

Ce qui est sûr aussi c'est que tout le monde vole. Tout le monde. Maman Dora la première. Mais oui. Souvent ça lui arrive d'aller rechercher dans la doublure d'une veste ou d'un manteau le bâton de rouge à lèvres ou la paire de boucles d'oreilles en toc qu'elle y a glissés en douce en faisant des courses ou un petit coup de shopping. Et elle en rit et elle dit à Manu que, en fait, c'est du vol et pas du vol. Parce que c'est jamais que des bricoles de rien du tout et qu'elle fait ça plus « par sport » que pour autre chose.

Par sport ! Manu a horreur du sport.

Le pire de ce qui peut lui arriver c'est de se retrouver chez Jean-Luc devant un match à la télé avec Jean-Luc qui s'ouvre une boîte de bière à chaque but marqué et Clarence qui braille « Allez les Verts » (ou les Bleus ou les Rouges) et Gisou — la femme de Jean-Luc avec ses jambes en allumettes — qui n'arrête pas de préparer des petits sandwiches pour que « ses hommes se remettent de leurs émotions ».

Quelle conne, celle-là.

Quels cons, les sportifs.

Quant aux voleurs... Personne lui enlèvera de la tête, à Manu, que voler c'est pas bien parce que c'est prendre des choses à des gens.

Mais la Samaritaine c'est pas vraiment des gens.

Et puis si maman Dora le fait...

Il respire un grand coup et — ça dure même pas un millième de millième de seconde — le Stabilo rose se retrouve in the pocket.

Et il s'en va. A petits pas. Avec vraiment tout à fait l'air de quelqu'un qui n'a pas volé de stylo-feutre rose.

4

Maintenant, la main droite crispée sur « l'objet du délit », Manu glandouille dans le Forum des Halles.

C'est piétonnier et sans aucune voiture, le Forum des Halles, et plein de boutiques de fringues tout à fait à la mode, de librairies, de marchands de cartes postales et de posters de James Dean et de Marilyn Monroe et de Bogart qui se sont tués à Hollywood avec des voitures de course, des pilules qui rendent déprimés qu'on vend là-bas dans des pharmacies-épiceries et des cigarettes cancérigènes. C'est plein de restaurants sympas où maman Dora va des fois dîner très tard avec des amis qu'elle connaît. Plein de chômeurs habillés en étudiants et en artistes qui marchent dans tous les sens. Et il y a des Japonais qu'on reconnaît à leur taille très petite comme taille, qui se photographient. Et il y a une fille très jolie, dans les vingt ans, avec une robe d'actrice de théâtre qui fait la quête dans le chapeau d'un barbu en tee-shirt à rayures bleues et rouges qui marche sur les mains en jouant de l'harmonica. Il a la tête à l'envers mais la musique sort à l'endroit. C'est la musique d'un tube dont Manu ne connaît pas le titre. Personne ne met rien dans le chapeau que tend à tout le monde la fille très jolie dans les vingt ans. Des Japonais la photographient.

C'est peut-être des Chinois. Mais pas des Chinois de la porte d'Italie. Des Chinois de Chine, des Chinois espions qui font semblant d'être venus à Paris pour faire du tourisme. Ils pullulent comme des microbes et veulent avoir conquis le monde entier en l'an deux mille. Les musulmans aussi à ce que prétend Jean-Luc quand il se lance à expliquer la politique.

Tiens, un marchand de glaces avec des cornets en vraie gaufrette. Pas en gaufrette qui mollit dès qu'on la touche avec sa langue et qui vous laisse dans la bouche un goût de papier mâché. Les seules glaces que maman Dora aime. Manu pourrait s'en offrir une. Il a largement de quoi en poche. Dans l'autre poche. Pas dans celle au stylo-feutre d'un rose terrible.

C'est drôlement bien qu'il l'ait chopé, ce stylo-feutre.

Drôlement drôlement bien. Mais...

C'est comme ça, c'est comme ça : Manu retourne à la Samaritaine. Au rayon papeterie, articles de bureau. Il a osé. Il a tout à fait très bien réussi son coup. Maintenant, ce stylo qui lui pèse si lourd dans sa poche qu'il va finir par la trouer, il va aller le remettre là où il était. Tranquillement.

Il peut voler aussi bien que n'importe qui. C'est très bien. Mais il veut pas être un voleur. Ça le ferait chier. Alors...

Le vendeur a vendu ou pas vendu son agenda en cuir. Il est occupé avec une fille qui voudrait, si ça existe, un cahier de brouillon avec des pages sans lignes.

Manu se colle au comptoir, il sort lentement le stylo-feutre de sa poche et... une patte s'abat sur son épaule. Une patte pesante.

— Dis donc, l'artiste, tu es en train de faire quoi exactement ?

C'est un vieux en costume foncé. Avec un sourire qu'est pas un sourire.

— Je remets un stylo-feutre.

— Tu le remets ?

— Oui. Je le remets. Là. A sa place.

— Tu fais du rangement, quoi ! T'avais un stylo dans ta poche, un stylo à toi, et tu t'es dit, ce stylo, je vais aller le ranger au rayon stylos de la Samaritaine. C'est ça ?

— Non. C'est pas ça. C'est pas un stylo à moi. C'est un stylo d'ici. Je l'ai pris là pour regarder comment il est et puis je le remets.

— Tu l'as pris là quand ?

— Tout de suite.

— Ben voyons ! Tu sais ce que tu vas faire ? T'as regardé le stylo. Tu vas regarder ma tête maintenant. Tu veux bien regarder ma tête ?

— Je veux bien.

— Alors tu la regardes et tu me dis si c'est une tête de corniaud assez corniaud pour avaler tes salades.

— C'est pas des salades. Je vous jure, monsieur, que...

— Tu me jures rien du tout, cow-boy. Tu la boucles et tu viens avec moi.

Et voilà Manu dans un bureau. Un bureau qui ressemble à un bureau de commissaire de police. Un bureau avec, assis dedans, fumant une cigarette jaune, un deuxième vieux en costume foncé. Peut-être un policier chef.

Se faire choper en venant remettre là où on l'avait volé un stylo feutre rose volé, on peut pas rêver plus vexant.

Et il va y avoir « les conséquences » qui vont suivre. Et maman Dora est dans le nord de la France. Et...

Il est debout devant le vieux qui est assis et qui est peut-être bien un commissaire, il est debout, Manu, et il pleure.

Et c'est pas le moment.

— Non, mon bonhomme. C'est pas le moment de

chialer. D'autant que t'auras tout le temps de le faire là où tu vas te retrouver. Et dans pas longtemps.

Là où il va se retrouver, Manu, et dans pas longtemps, ça peut être que dans une prison. Dans un cachot. Avec des délinquants hargneux qui lui feront des sévices, lui voleront sa part de soupe à l'eau, lui feront de force des tatouages très laids et ineffaçables. Et des rats de cachot.

En attendant tout ça et bien d'autres déplaisanteries, Manu doit décliner son identité, dire son nom, son âge, ceux de ses parents, son adresse, l'adresse de son école et raconter à ces messieurs, bien en détail et en cessant de pleurnicher comme une fillette, tous les vols qu'il a déjà commis.

Il en a commis aucun autre ? Aucun aucun ? Et s'il recevait une bonne paire de beignes, il en aurait toujours commis aucun autre ?

Elle n'a pas le temps d'arriver, la bonne paire de beignes. C'est une dame qui arrive.

Elle est entrée dans le bureau sans frapper. Elle a deux paires de lunettes. Une sur son nez et l'autre avec une chaînette dorée qui se balance sur sa poitrine importante. Mais pas importante comme les poitrines des dames des feuilletons avec Mike Hammer. C'est une poitrine importante correcte, une poitrine importante de dame humaine. C'est son métier d'être une dame humaine, à cette dame. Elle est — et elle en est fière — chargée de régler les problèmes humains à la Samaritaine. Ainsi, quand quelqu'un a maille à partir avec les préposés à la Sécurité, surtout si ce quelqu'un est un enfant, un étranger, un homme ou une femme de couleur, elle rapplique aussi sec et fait on ne peut plus humainement son boulot de dame humaine.

Elle fait pas peur comme les deux vieux, mais elle saoule, la dame humaine. Et je te parle ! Et je te parle ! Et je te fais de grands sourires aussi. Elle va même jusqu'à essuyer les larmes de Manu et lui moucher son nez avec un mouchoir à carreaux qu'elle fait surgir de sous son corsage, du creux de sa poitrine importante. Elle le mouche bien à fond. Elle lui tapote la joue. Affectueusement. Elle tient absolument à ce qu'il se remette, se sente bien, très bien.

— Parce que, mon petit garçon, que tu l'aies commise ou pas, cette indélicatesse, on n'a pas à te terroriser. On n'est pas là pour ça. On est là pour s'expliquer. Se comprendre. Et ces messieurs avec leurs airs de croque-mitaines, ils ne demandent qu'à te comprendre, eux aussi. Qu'à comprendre pourquoi tu as fait ce que tu as fait. Et même si c'est très très vilain...

— C'est vilain de rendre un stylo volé ?

— Tu venais vraiment le remettre là où tu l'avais pris ?

— Oui, madame.

— Je te crois. Tu es content, je te crois. Mais il faut que je sache. Qu'est-ce qui s'est passé ? Tu as eu des remords ? Tu as eu peur que ça fasse de la peine à ton papa, à ta maman ? Tu ne veux pas nous dire ? On te chamboule, avec toutes nos questions ? Tu as soif ? Je suis sûre que tu as soif. Qu'est-ce que tu dirais de boire un gobelet de chocolat-machine ?

Même machine, pâlichon et trop sucré, un chocolat ça vaut mieux qu'une paire de beignes, non ? Surtout si « les conséquences » se limitent à ça. Parce que, ça s'arrange, c'est gagné, les deux vieux mettent les pouces. Ils capitulent. Personne ne leur enlèvera jamais de la tête que le Manu est plus filou et retors que le plus filou et retors des gamins yougoslaves spécialement dressés pour venir délester de leurs sacs à main les usagères du métro parisien. Mais mieux vaut laisser filer un dangereux malfaiteur (qu'on finira fatalement par repincer un jour !) que de subir trop longtemps le piapia de la préposée aux problèmes humains et de noircir des kilos de paperasses.

Alors qu'il s'en aille, le petit piqueur de stylos-feutres, qu'il débarrasse le plancher après avoir promis de s'amender.

Manu promet. Et il se promet, à lui, de regarder dans un dico comment on doit s'y prendre pour s'amender.

Il ne pleure plus. Il a le nez propre. Mais il est salement vexé.

Il y a de quoi : on lui a même pas pris ses empreintes digitales.

5

— Pilipili. Tu m'écoutes ou tu m'écoutes pas? Parce que, si tu m'écoutes pas...

Il t'écoute, jeune idiot, et tu le sais parfaitement. Il t'écoute depuis que maman Dora a craqué pour lui dans le magasin et, même borgne d'une oreille, il ne fera rien que t'écouter jusqu'à la fin des temps.

— Ça sera comment, la fin des temps?

Là, Manu, tu attiges. Tu crois qu'il va te répondre, Pilipili, t'expliquer ce que les plus grands savants, les chercheurs les plus qualifiés et fouinards eux-mêmes seraient pas fichus de...

— Ça sert à quoi qu'ils soient grands, qualifiés et fouinards s'ils savent qu'il y aura une fin des temps mais qu'ils savent pas comment elle sera?

Ils le sauront sans doute un jour. Un jour. Dans longtemps longtemps. Pour l'heure et depuis que le monde est monde, ils cherchent, Manu. Ils cherchent sans trêve ni repos, ils s'usent la santé et les méninges qu'ils ont dans le dedans de la tête à chercher et chercher et chercher. Et, les pauvres...

— C'est des pauvres, les grands savants qualifiés? Ils sont cons alors. Pourquoi ils ont pas plutôt choisi des métiers qui rendent riches. Comme vedette de cinéma ou directeur de très importantes sociétés?

Parce que les savants, la richesse, ils s'en battent

l'œil. Ils s'en fichent de rouler dans des Ferrari et de manger que du caviar sur des tranches de pain Poilâne grillé. Et d'avoir des boots sur mesure en croco. Ce qu'ils veulent c'est comprendre le pourquoi des choses, percer les grands mystères.

— C'est des détectives, alors ?

Tu es décidément trop bête. Tu mélanges tout. Tu mélanges si bien tout que c'est à se demander si tu le fais pas exprès. Un détective, c'est quelqu'un qui a un imperméable, qui n'arrête pas de fumer la pipe et qui collectionne des indices pour coincer celui qui a assassiné. Tandis qu'un savant, un chercheur...

— Ça fume pas la pipe et ça a pas d'imperméable ?

Mais si. Mais si. Ça peut très bien avoir un imperméable, un savant. Et fumer la pipe. Il y a énormément de savants qui fument la pipe. Mais ça se fiche de savoir qui a assassiné. Un savant ça cherche comment on peut arriver à désintégrer un atome, pourquoi la terre tourne, pourquoi des étoiles mortes depuis des millions de millions d'années continuent à briller encore.

— Ça meurt comment une étoile ? Comme un chat ? Comme des gens ? Ça meurt tout d'un coup ou ça a de longues et atroces souffrances ?

Là, il crie « pouce », le Manu qui faisait son possible pour répondre aux devinettes agaçantes du Manu qui se fait chier. Parce que, vraiment... Il veut quoi ? Hein ? Il veut quoi ? Se coller une migraine terrible ? Se faire éclater les petites cellules qu'il a dans le crâne ?

— Combien on en a, dans le crâne, des petites cellules ? Dix mille ? Plus de dix mille ? Moins de dix mille ?

Merde ! Tu me casses les couilles, Manu !

Là, Manu se met à rigoler.

C'est un mot qui le fait se tordre, le mot couilles. On

peut dire aussi balloches. Mais c'est moins drôle. Rouspignolles aussi c'est moins drôle. Trouver mieux que couilles, on peut pas.

Il connaît un Philippe qui en a, comme tous les garçons. Mais pas sorties, pas descendues. Il en a, on les voit pas dans les visites médicales, mais on les voit à la radioscopie. Alors on va lui faire une opération. Pas trop grave. Mais indispensable. Parce que avec des couilles pas sorties, c'est très difficile d'avoir des enfants.

Pilipili, lui, si il avait été un chat vivant, on lui aurait coupé les siennes — qui auraient été à peine comme des petits pois — pour pas qu'il ait des chaleurs et pisse dans toute la maison et aille courir dans des cours d'immeuble ou dans les rues où il aurait risqué de se perdre, de plus savoir comment revenir.

C'est drôle de penser qu'on leur ôte leurs couilles, aux chats. Drôle encore plus de penser à tout ce que ça n'a plus, un chat empaillé. Plus de cervelle, plus de boyaux, plus de cœur, plus de petite glande spéciale qu'ont seulement les chats et qui sert à faire ronron. Plus de trou de balle, même. Pas parce qu'on leur a ôté. Un trou, ça peut pas s'ôter. Si. Ça peut. Manu l'a bien regardé de ce côté-là, le chat empaillé de l'amie de sa grand-mère à la campagne. Le spécialiste en animaux morts qui l'avait « naturalisé » l'avait cousu, par là. Cousu ou bouché.

Tiens ! Une idée : si Manu allait lire aux cabinets. C'est le meilleur endroit pour lire. Maman Dora a beau dire que non, c'est mieux que dans un fauteuil ou dans son lit.

Mais lire quoi ? Des livres pas lus, il en a au moins dix. Dont la suite de *Charlie et la rivière de chocolat* qu'il a très envie de lire. Mais c'est pas un jour à lire, aujourd'hui.

Aujourd'hui, c'est un jour à rien.

Il aurait l'âge de se saouler la gueule, voilà ce qu'il ferait, aujourd'hui, Manu. Comme Mme Boissier quand elle a ses affolements qui lui viennent parce que c'est pas une vie d'avoir un mari qui vous a plantée pour aller se détruire la santé avec une poulasse (avec des jambes superbes, elle l'admet bien volontiers mais qui pourrait être sa fille). Quand elle les a, ses affolements, Mme Boissier, elle peut descendre une bouteille entière de whisky sans glaçons. Ou venir empêcher maman Dora de dormir toute une nuit en lui racontant ses misères.

Et s'il racontait les siennes, de misères ?

Ça c'est une meilleure idée que d'aller lire aux cabinets.

Il va les raconter tellement bien, ses misères, que M. Perrot en attrapera une embolie mortelle.

Oui oui oui oui. Il va faire ça.

Et M. Perrot l'aura pas volée, son embolie mortelle.

Parce que M. Perrot...

Sa manie, à cette vache, c'est de demander aux trente-sept garçons de la classe de raconter, par écrit et avec si possible le moins de fautes d'orthographe possible, des choses qui leur sont arrivées. C'est ça qui le fait bicher, ce con avec son blouson pas en vrai cuir et toujours un cache-col même par grosses chaleurs. Ça : de demander à ses élèves de raconter leur dimanche, leur mercredi, leurs vacances, la partie de pêche qu'ils ont faite avec leur papa (comme si tous les garçons avaient des papas et comme si tous les papas étaient assez déficients de la tête pour aller à la pêche !), la visite qu'ils ont rendue à de la famille ou à des amis de leur famille, la visite à quelqu'un dans un hôpital, la bonne journée qu'ils ont passée chez des parents qu'ils ont à la campagne, comment ça s'est passé la première fois qu'ils ont fait de la bicyclette, qu'ils ont nagé, vu la mer, la montagne, été chez le dentiste...

Faire des narrations, il appelle ça.

Et il pousse la saloperie, M. Perrot, jusqu'à faire grimper sur l'espèce de petite estrade à côté de son bureau ceux qui ont narré mieux que les autres (mieux, à son idée à lui !) et à leur faire lire leurs idioties à haute voix devant les autres qui doivent écouter ça comme si c'était palpitant et pas se moquer, pas ricaner.

Et, des fois, parce que sa saloperie à M. Perrot a pas de limites, il fait aussi lire à haute voix sa narration à celui qui a fait la plus mauvaise (toujours à son idée à lui !). Alors là, on est prié de rire, de se foutre de toutes ses forces de l'âne, du nullard. De rigoler sur commande pour que le nullard se sente encore plus nullard. Comme si c'était de leur faute, à certains garçons, de pas savoir narrer.

Manu, lui, il a pas à se plaindre de ce côté-là. Autant il est zéro pour les problèmes et l'apprentissage par cœur des capitales des pays, des noms des fleuves principaux et des fleuves pas principaux qui sont les affluents des fleuves principaux, autant il est champion pour les narrations. Il fait des fautes à la pelle, d'accord. Mais maman Dora les corrige. Parce qu'elle les lit toutes, ses narrations. Elle les lit d'autant plus toutes que c'est pour elle qu'il s'applique à les faire très réussies. Pas pour M. Perrot qui n'est qu'une crème de salope comme tous les profs. Sauf celui de dessin qui n'est prof qu'à cause des vacances scolaires pendant lesquelles il fait l'artiste peintre moderne.

Maman Dora les trouve tellement à son goût, les narrations de Manu, qu'elle en fait des fois des photocopies dans des boîtes où elle va pour son travail. Parce qu'elle est pas seulement traductrice d'allemand. Elle fait aussi cinquante-six mille jobs comme d'être assistante d'émissions de radio ou de télé. D'être attachée de presse. Une fois elle a même été hôtesse — habillée avec une robe longue et coiffée par un grand coiffeur des Champs-Elysées — dans une exposition au palais des Congrès. Ça lui plaît à maman Dora de décrocher des jobs qui sont jamais les mêmes. Faire tout le temps le même travail, elle détesterait ça. Sauf, bien sûr, si elle trouvait la situation rêvée. Mais la situation rêvée ça se trouve pas souvent, pour pas dire jamais.

Faute d'un feutre Stabilo rose, il va les narrer en violet ses misères, Manu. Sur le papier chichiteux du bloc correspondance de maman Dora.

— Si on veut pas qu'on touche à vos affaires, on va pas dans le Nord. Pas vrai, sale chat ?

Vrai.

— Et tu m'écoutes. Tu m'écoutes parce que je te la lis ma narration, en même temps que je l'écris. Ça te distraira et t'entendras pas les fautes. Alors j'y vais. T'écoutes. *Mes misères d'aujourd'hui.* Ça c'est le titre. Comme un titre de livre. Okay ? MES MISÈRES D'AUJOURD'HUI. Ça je le mets en grosses lettres et souligné. Okay ? *Mes misères d'aujourd'hui c'est hier qu'elles ont commencé. Quand ma maman...* Non : *Quand ma mère.* Si tu mets maman, le Perrot il dit que ça fait petite classe, que ceux qui appellent leur mère maman ils ont qu'à rester chez eux à mariner dans leurs Pampers et pas venir surpeupler des salles d'études qui le sont déjà assez. C'est le roi des cons, je te dis. *Mes misères d'aujourd'hui...* Ça tu le sais. *Elles ont commencé quand ma mère m'a annoncé d'une voix trompettante qu'elle était obligée de...*

— Ça va pas, voix trompettante ? Ça serait plutôt claironnante ? Trompettante c'est plus. Plus quoi ? Plus plus. Laisse-moi faire... *m'a annoncé d'une voix trompettante qu'elle était obligée de partir à cause d'un travail à aller faire dans un département dans le Nord. Et qu'elle allait me laisser seul pour les fêtes de Pâques. Et ça m'a fait de la peine.*

— De la peine beaucoup ? De la peine énormément ? Enormément. *Et ça m'a fait de la peine énormément. Et j'ai pensé dans ma tête que si j'étais tout seul j'allais faire des tas de...*

— Ben non, Pilipili, pas de conneries. C'est pas un mot qui s'écrit. Je saurais même pas si ça a un ou deux n. *Que j'allais faire des tas de bêtises. Et puis j'ai eu le cafard. Et envie de me suicider.*

— Comment ça c'est pas vrai ? Qu'est-ce que t'en sais ? Je suis trop trouillard. Jamais j'oserais. Tu verras le jour où je le ferai. Tu verras. *Et puis j'ai eu le cafard. Enormément. Et puis aujourd'hui est arrivé très tôt ce matin et ça a été l'heure du chocolat que j'ai pas bu malgré mon appétit et maman aurait bien voulu des baisers et que je lui dise bon voyage mais j'ai pas marché dans la combine et je lui ai pas dit même au revoir. Et aussitôt tout seul j'ai fait cuire une omelette très infecte et failli faire brûler la maison.*

— Tiens ! Si je l'avais pas étouffé avec ma casquette, le feu, tout serait cramé et toi aussi. Tu serais un chat vraiment mort. Alors fais pas chier... *et failli faire brûler la maison. Puis j'ai été commettre un vol dans un magasin.*

Je dis pas lequel. C'est jamais bon de donner des indices. *Puis après un interrogatoire...* Ah si ! Ils m'ont interrogé... Même que ça n'en finissait plus et qu'il fallait faire très gaffe à ce que je répondais parce qu'ils voulaient me faire cracher le morceau. Mais tu me connais. *Puis après un interrogatoire serré et des violences policières j'ai réussi à leur échapper et j'ai été manger avec délice une glace fraise-framboise-citron.* A trois boules, oui monsieur. Ça te dérange ? *Et après cette glace aux couleurs si harmonieuses, j'ai été voir un film superbe. « Paris-Texas ». C'est un film qui a reçu une palme en or de film superbe au festival de Cannes avec des vedettes que j'avais jamais vues.*

— La vraie vérité c'est que ce film, il l'est pas, superbe. Ce film il est chiant. Ça se passe au Texas mais pas au vrai Texas comme les westerns. Ça se passe dans un Texas avec des autoroutes qu'on se demande où ils les ont trouvées et il y a aucun cow-boy se poursuivant sur son cheval au galop. Ça veut rien dire se poursuivant ? Non. T'as raison. Ça veut rien dire. Mais on s'en fout puisque je le mets pas dans ma narration. Et toi, tu t'en fous que je te dise des trucs qui veulent rien dire puisque tes oreilles elles sont en imitation. C'est triste. C'est triste que je t'ai eu toi et jamais un vrai chat. Jamais parce que maman Dora a toujours dit que c'était si petit ici qu'il aurait étouffé et eu une vie qu'aurait pas été une vie et aussi que toi, tu me suffisais amplement. Je dis pas que tu m'as pas suffi. Je le dis pas. Mais... Tu te rappelles quand on a été deux jours à Marseille chez l'amie de maman Dora et que j'ai dit que si tu venais pas avec nous j'y allais pas et que j'ai fait une si grosse colère que maman Dora a filé acheter le panier à chat pour te mettre dedans. Comme si t'étais un vrai chat vivant et voleur et gourmand et tout ça. Un panier avec des petites fenêtres pour que tu voies dehors. Des petites fenêtres qu'on pouvait déboutonner pour que tu sortes le bout de ta tête. Et t'étais très content là-dedans. Très très content. Tu ronronnais si fort dedans que c'était comme si on avait trimbalé un transistor. Non. Tu ronronnais pas. Mais on faisait comme si. Et t'étais mon seul ami. Et le meilleur. Et aucun autre meilleur ami pourra jamais te remplacer. Pas Véronique en tout cas. Parce que celle-là... C'est vraiment une fille. *Après « Paris-Texas » qui est un superbe film superbe, je suis allé faire une visite à mon amie Véronique qui est une fille de médecin de mon âge qui demeure deux maisons plus loin que la mienne. Quand je suis arrivé lui rendre visite, elle jouait au piano une valse entraînante qu'elle apprend pour devenir virtuose dans des tournées mondiales et elle m'a reçu comme un chien dans un jeu de...*

— Dans un jeu de quoi ? C'est pas le ping-pong. C'est pas un jeu de cartes. C'est pas un jeu sur minitel. C'est quoi le jeu où on vous reçoit comme un chien ? Tu sais pas ? Ça serait un jeu où on vous recevrait comme un chat tu le saurais ? Tu le saurais pas non plus si ça se trouve. Dans un jeu de ? Dans un jeu de ? Dans un jeu de chiotte !

La narration, c'est marre. On laisse tomber.

Aujourd'hui n'est pas non plus un jour à narration.

Ou alors faudrait se tritouiller salement la cervelle et en faire une qui dirait que des drôleries, comme dans *Charlie et la rivière de chocolat*, ou des choses pas possibles mais vachement bien, comme dans les bouquins qui se passent dans des époques qui n'ont pas existé avec des barbares forts chacun comme dix pas barbares qui partaient délivrer des princesses de ces époques-là des griffes de monarques d'une grande cruauté dans des châteaux forts où personne pouvait arriver sauf les barbares capables de vaincre des dragons de la taille de camions de quinze tonnes crachant du feu plus brûlant que des rayons laser et arrivant à arracher la lourde épée en or précieux du rocher où elle était plantée depuis avant le commencement des temps par un magicien connaissant des formules secrètes.

Ou alors faudrait dire la vraie vérité. Dire qu'elle avait que deux boules, la glace. Une boule fraise, une boule framboise. Et dire que ça a été très compliqué d'entrer dans le cinéma à cause du type à l'entrée qui faisait du racisme anti petits garçons et que si la plaçeuse avait pas viré un certain Manu, il serait encore en train de dormir dans son fauteuil. Parce que le superbe film superbe, il en a vu qu'un bout du milieu très chiant et que c'est presque aussi vexant d'avoir roupillé au moins trois heures au ciné que de s'être fait prendre quand on le méritait pas à la Samar et de s'être même pas fait prendre les empreintes digitales.

Le moche avec la vie c'est que c'est trop souvent vexant.

Véronique aussi elle l'a vexé autant qu'elle a pu en le recevant comme un chien dans ce con de jeu où on reçoit mal les chiens.

Elle est un peu sa petite chérie. Un peu. Il a pas envie de l'embrasser partout partout partout. Mais il voudrait être souvent avec elle. Alors qu'elle lui fasse ses grands airs... Qu'elle lui dise qu'il a qu'à s'asseoir et la boucler et l'écouter jouer les valses entraînantes qu'elle apprend... Et ses rondos.

Pour qui elle se prend ?

Au Forum des Halles, il lui avait acheté un très beau petit lapin œuf de Pâques. A quinze francs. Une sorte de cadeau d'amoureux, si on veut. Une sorte.

Et il lui a pas donné.

Qu'elle aille se faire enculer ! Que tout le monde de toute la terre y aille, se faire enculer !

C'est où qu'on va se faire enculer ?

Zakopak — qui se vante que son père est un agent secret qui tutoie le pape et a plein de soldats polonais en civil qui veulent le tuer dans sa rue à Paris où il s'est réfugié — il dit que c'est dans des douches d'Amérique du Sud qu'on se fait enculer par des danseurs déguisés en danseuses qui vous mettent le microbe du Sida dans le derrière.

Il doit falloir être spécialement pas net dans la tête

pour dépenser le prix d'un billet d'avion pour l'Amérique du Sud pour aller se faire fourrer le plus mortel des microbes dans le derrière.

Avec tout ça il est sept heures du soir et Manu a répondu à aucun coup de téléphone qui a sonné trois fois.

Et il a cherché aucun des œufs cachés.

Et l'omelette purulente est toute froide et s'est mise à devenir craquelée comme les photos en gros plan de la terre de la Lune quand Armstrong y a mis les premiers pas de l'homme sans y trouver le moindre habitant.

L'omelette purulente elle va prendre le chemin du vide-ordures.

Et Manu, lui, il va...

Y aurait pas ce chat à pas arrêter de l'espionner, à pas arrêter de guetter le moment où il va se dégonfler, il mettrait un jean propre, un tee-shirt propre, ses baskets les plus neufs et il irait chez Jean-Luc. Autant se faire chier avec des gens que tout seul, non ?

Mais il y a les deux yeux incassables imités à la perfection.

— Tu vas me lâcher un peu ? T'as rien de plus intelligent à faire que de me regarder ? Ça t'a pas suffi d'avoir jamais été un vrai chat. T'es devenu con aussi ? Ce qui va t'arriver, à force, c'est que tu vas y retourner dans le « vrai cimetière ». Et les souris te boufferont.

Qu'est-ce que c'est dégueulasse de dire ça à Pilipili !

Qu'est-ce que c'est dégueulasse !

Manu va vite lui embrasser le crâne qu'il avait tout bien poilé et qui l'est presque plus.

Il est plus poilé. Mais d'un poussiéreux.

Si Manu le nettoyait, Pilipili, avec le liquide à raviver tout dont maman Dora est si contente ?

C'est en cherchant le liquide à raviver tout dans le petit meuble sous l'évier — le petit meuble à balayettes, serpillières, Ajax, Harpic, Javel et Ça-va-seul — qu'il trouve un œuf.

C'est un œuf œuf. Avec un cœur dessus. Tout rouge. Peint au vernis à ongles. Mais pas au vernis de maman Dora qui est couleur ongle. Au vernis rouge volé dans un Prisu par amour pour son Manu ? Sûr que c'est ça. Elle tuerait pour son Manu. Elle l'a dit à Mme Boissier une nuit de converse jusqu'à plus soif. Elle a pas précisé si c'était un poulet ou un lion ou quelqu'un qu'elle tuerait pour son Manu, mais elle tuerait.

Elle tuerait mais il y a des choses moins compliquées que tuer qu'elle fait pas. Emmener son garçon avec elle, par exemple. Après tout, le nord de la France c'est pas le pôle Nord. C'est interdit d'y emmener son garçon, dans le nord de la France ? Il y a des lois qui défendent aux mamans d'emmener en voyage avec elles des Manu en vacances de Pâques ? Dans son hôtel de séminaire, le lit, il est pas assez grand pour deux ? Elle le sait qu'il la dérangerait pas dans son travail, qu'il se ferait tout petit, invisible, qu'il serait pas une gêne, qu'il est tout à fait capable de...

Pourquoi elle a pas voulu de lui ?

Lui, il veut pas de son œuf avec un cœur rouge.

L'œuf, l'omelette purulente... dans le vide-ordures !

Emballez, c'est pesé.

Ça fait du bien. Ça soulage. Ça dévexe.

Un bon petit Coca par là-dessus et Manu se sent de taille à...

C'est fini le cafard. Il va manger tout ce qu'il y a de meilleur dans le frigo, regarder tout ce qu'il y a de meilleur à la télé. Il va arrêter de se faire chier. Il va même écouter les trois coups de téléphone sur le répondeur.

Le premier c'est maman Dora.

— *Je te salue, méchant. Je te salue de Lille où je viens juste d'arriver après une route gaie comme une route qui m'éloignait de mon méchant Manu. Il ne pleut pas encore mais ça va venir. J'ai confiance. Et le séminaire promet d'être bien tristounet. A part ça, comment ça marche la chasse aux œufs ? Tu ne t'ennuies pas, hein ? Et tu manges. Et tu te fringues comme un prince pour aller chez Jean-Luc. Ah ! Ce qui serait chic et smart c'est que tu achètes des fleurs pour Gisèle. Tu peux aller jusqu'à cent francs. Je te fais confiance. T'es méchant mais je t'aime. Je te fais un bec sur le bec. Et un wagon de bisous. Je te rappelle dès que je peux. Ici ou chez Jean-Luc. Et un bisou de plus. A tout à l'heure vieux ouistiti que j'aime.*

Le second message c'est Jean-Luc.

— *Bonjour Emmanuel. C'est papa. Je t'attendais à midi. On suppose que tu avais un rendez-vous d'amour et qu'on te verra seulement ce soir. Gisou a fait des œufs à la neige pour un régiment. Miam-miam. Il y aura aussi une de ces volailles... Re-miam-miam ! Alors tu rappliques à sept heures tapantes. A tout de suite, fils.*

Fils ? Sûrement pas. Et la Gisou, ses œufs à la neige pour un régiment elle peut se les bouffer. Ça lui fera peut-être un peu grossir ses jambes en allumettes.

Qu'est-ce qu'elle dit maman Dora dans le troisième message qui est son deuxième à elle ?

— *Mon Manu, je profite d'une pause-pipi. J'ai déjà tant de mots allemands dans la caboche que j'ai l'impression que je vais me métamorphoser en choucroute. Tu me manques, tu sais. Des œufs, tu en as trouvé combien ? Le plus beau il est... Je devrais pas te mettre sur la piste... mais... Moi, à ta place, j'irais fouiner du côté de la salle de bains. Si tu veux en profiter pour te laver, ne te gêne pas. Je suis amoureuse. Amoureuse d'un petit Manu. Bisous. Bisous.*

Bisous. Bisous. Sans le faire exprès, il a fermé les yeux. Et il les a sentis les bisous. Un sur le bout du nez. Un sur chaque joue. Un sur le front. Un sur le crâne là où il a son épi qu'aucun coiffeur n'arrive jamais à en venir à bout.

Et un sur la bouche.

Elle exagère maman Dora de dire qu'elle est amoureuse de lui.

Mais qu'est-ce qu'elle est gentille quand elle se met à être gentille.

L'œuf avec le cœur dans le vide-ordures c'est salaud.

Si salaud qu'au milieu du film d'Antenne 2 (un commissaire Bourrel ni bien ni mal), Manu décide d'aller le récupérer.

Mission périlleuse : faut descendre au rez-de-chaussée et faire gaffe à pas se faire repérer par la gardienne, Mme Rabanès, qui supporte pas qu'on aille rôder dans ses sous-sols.

C'est en descendant qu'il rencontre le monsieur.

Un très grand monsieur qui n'a plus l'âge de porter des jeans et en porte quand même.

Et il porte pas que ça. Il porte aussi un ange.

Oui, il a un ange sous son bras. Un ange comme dans les églises, en vieux bois doré. Un ange excessivement joufflu et excessivement souriant.

Le grand monsieur aussi sourit quand il voit Manu. Et il se contente pas de sourire.

— Bonsoir, Manu, il dit. Et il dit encore : je te connais pas mais je te dis bonjour Manu parce que tu es très ressemblant.

Ressemblant ? Mais ressemblant à quoi, à qui ?

6

Ressemblant !

S'il y a une chose que Manu trouve minable, c'est d'être ressemblant. Manu, il a sa tête à lui. Une tête de Manu tout à fait convenable et à son goût. Une tête qui lui plaît beaucoup. Avec des yeux du même marron un peu doré que le magnifique marron un peu doré des yeux de maman Dora. Et il a des cheveux très raides. Ce qui est le comble du chic. Etre frisé comme une chicorée ou même qu'un peu, c'est peut-être bien pour une fille — et encore — mais pour un garçon... Et il est pas rouquin comme certains. Même son épi absolument pas coiffable il en est plutôt content. Beaucoup de héros de bandes dessinées ont des épis. Beaucoup. Et ceux qui disent (comme la Gisou) qu'il a le nez de Jean-Luc se gourrent complètement. Il a le nez du petit garçon très beau (et très héroïque) d'un feuilleton de la Cinq. Un nez *aquilon*. Et, à tous les âges qu'il a déjà eus, il a été grand pour son âge. Et pas gras. Pas maigrichou non plus. Et il n'a pas un gros cul comme Jean-Loup ou (l'horreur des horreurs) ce garçon de l'école qu'on appelle Ballon-de-foot. Et il a besoin d'aucun appareil pour ses dents dont pas une seule n'a même été un petit peu gâtée par les sucreries dont il abuse pourtant avec excès. D'ailleurs maman Dora, qui s'y connaît, passe son temps à lui répéter qu'il est beau beau beau beau.

Alors pourquoi il se mettrait à être ressemblant ?

Et ressemblant à qui, d'abord ?

Il l'a pas dit le type aux jeans.

Et puis d'abord qui c'est ce type qui a plus l'âge de porter des jeans et qui en porte encore ?

Et pas des jeans qui imitent, pas des jeans en tissu mou fabriqués n'importe où par des copieurs de jeans. Les jeans de ce vieux type c'est des jeans vraiment américains. Des Levi's. Des Levi's slim-fit. Pas avec une fermeture Eclair zip. Avec des boutons en fer dur comme tout à boutonner et qui coincent. Les mieux, quoi. Ceux des vrais cow-boys du temps de la ruée. De la ruée vers l'or. Ça, Manu connaît. Les rois de France, les croisés des Croisades, la Révolution française, la guillotine... il en sait que le minimum qu'on doit en savoir pour empêcher les salauds du corps enseignant de vous empêcher de monter de classe. Mais la conquête de l'Ouest, les pionniers, Fort-Alamo, Little Big Horn, la construction qui a duré des années par des Chinois d'importation faméliques du chemin de fer Pacific-Express, Buffalo Bill et ses cent buffles tués par jour avec des carabines rudimentaires, les cruautés extrêmement dégueulasses du capitaine Custer contre des chefs indiens extrêmement portés sur l'honneur, le courage sans limites de Géronimo, le courage de Cheval Fou (on peut dire aussi Crazy Horse, c'est pareil), la défaite du général Lee, la vie d'une rudesse exemplaire des cow-boys qui pouvaient ne jamais se laver au savon et se nourrir que de viande dure et appelée barbaque et trop salée... Ça, c'est son rayon, à Manu. Même qu'il a au-dessus de son lit un poster du président Lincoln qui a été assassiné sauvagement un soir qu'il offrait le théâtre à sa femme. Du président Lincoln qui avait démarré très pauvre et très inconnu et était très ami des malheureux nègres qu'il voulait pas qu'on fouette pendant qu'ils cueillaient du coton qui est une plante qui se cueille. Et qui était grand comme un géant.

Et le type avec son ange doré aux joues joufflues dans les bras, il est lui aussi grand comme un géant. Principalement des jambes.

Mais qui c'est ? Et il veut quoi ?

Parce que c'est bien gentil de vous tomber dessus dans le hall du rez-de-chaussée et de vous empêcher d'aller retrouver un œuf avec un cœur rouge dans les poubelles et de connaître votre nom et de vous trouver ressemblant, c'est bien gentil mais...

Il veut quoi, hein ?

Il veut que Manu lui fasse « l'immense honneur » de lui dire à quel étage il habite et quelle porte est la porte de sa maison.

— C'est au cinquième, la deuxième porte à gauche. Mais je vais au sous-sol.

— Si c'est au sous-sol que tu as à faire, mon garçon, tu vas au sous-sol. Moi, je grimpe. Je t'attendrai là-haut.

Il grimpe ? Il se figure quoi, ce vieux type ? Que pendant que Manu va récupérer l'œuf, il va entrer chez Manu dont la porte est même pas fermée ? Mais ça va pas. Ça va pas du tout.

Si c'est un représentant — ça existe les représentants en anges joufflus ? —, faut qu'il demande à la gardienne Mme Rabanès la permission qu'elle lui refusera de monter dans les étages. Et si c'est pas un représentant... Si c'est pas un représentant c'est quoi ?

Manu n'est pas de ces crétins qui se font des feuilletons dans la tête pour un rien et s'imaginent qu'un Arabe même honorable commerçant a forcément un poignard arabe dans sa poche, qu'un nègre ne prend le métro que pour commettre des forfaits dans les couloirs des correspondances et qu'un inconnu qui aborde un garçon dans la rue pour lui demander une rue va obligatoirement lui voler son argent de poche ou lui faire voir le boa qu'il a sous son imperméable.

Mais quand même.

Ce type avec ses jeans et son ange on peut se demander.

Les voleurs, les cambrioleurs, pendant les week-ends fériés, il y en a. Qu'on le veuille ou pas, il y en a. A le regarder, ce type, il a pas bien une tête de cambrioleur. Il a plutôt une tête de vieil acteur de cinéma. Maigre. Avec pas de joues. Avec des yeux qui regardent avec l'air de se foutre un peu de ce qu'ils regardent. Et des rides très creuses. Un visage buriné comme on dit dans les livres bien écrits. Et juste assez de cheveux courts et broussailleux pour pas être chauve. Il est pas mal de gueule. Pas mal du tout. Il pourrait être vieil acteur de cinéma dans les rôles de magiciens qui connaissent les secrets d'avant le commencement du monde. Ou dans les rôles de types très haut placés dans la Police fédérale ou la CIA. Bref, il a une tête et des jambes très bien pour un vieux de son âge. Et il a des mocassins super. Américains aussi, sûrement. Ou anglais. Mais pas de chaussettes. Il serait trop pauvre pour pouvoir s'en acheter ? Il a pas l'air si pauvre que ça. Et pas l'air d'un cambrioleur, plus on le regarde. Pas du tout du tout.

N'empêche que...

Son ange avec ses joues trop joufflues, il peut très bien venir de le voler dans un appartement de gens partis en week-end de Pâques.

Et il le trimballerait comme ça, même pas enveloppé ? Pourquoi pas si c'est un voleur culotté.

— Alors, gamin, on grimpe ou on grimpe pas ? Parce que si tu te figures que je vais rester planté dans ce couloir jusqu'à la Trinité...

Bon. Manu ira récupérer l'œuf au cœur rouge plus tard. On grimpe.

Au cas où ça se mettrait à tourner mal, il suffira de hurler assez fort pour que Mme Boissier qui entend toujours même ce qu'on voudrait pas ameute la police. Et puis si, demain au petit jour, on retrouve un cadavre de Manu horriblement mutilé dans une mare de sang, ça apprendra à maman Dora à...

Il a des jambes tellement longues, le type au vrai jean et au visage buriné qu'il monte deux marches à la fois.

Et, quand il voit la porte restée ouverte, il entre sans se gêner et il s'allume une cigarette avec un briquet zippo (celui des G.I. des films de guerre) et il s'écroule dans un fauteuil. Comme s'il était un ami de la maison qui serait déjà venu là. Dans le plus beau fauteuil. Et il s'allonge ses jambes de géant, se foutant pas mal qu'on voie qu'il a pas de chaussettes dans ses chaussures coûteuses. Pas bien cirées. Mais coûteuses.

Manu a fait bien attention de pas refermer la porte du palier. Il l'a même ouverte plus grande. Ses hurlements, même madame Rabanès la gardienne pourra les entendre. Reste plus qu'à attendre de savoir s'il va falloir qu'il les pousse et quand. Quand le type proférera des menaces, brandira une arme ? A ce moment-là, il sera peut-être déjà trop tard.

Manu commence à avoir la trouille.

En réalité c'est de la trouille et pas de la trouille.

C'est possible d'avoir peur et pas peur en même temps. Peur parce qu'il y a du danger dans l'air. Et pas peur parce que — danger ou pas danger — ce qui se passe est intéressant.

Parce que c'est intéressant de voir un type qu'on n'a jamais vu, écroulé dans le meilleur fauteuil de sa maison et foutant de la cendre de cigarette à côté d'une timbale qui, de toute façon, est pas faite pour qu'on y mette de la cendre ?

Pour Manu, oui.

C'est intéressant parce qu'il se faisait tellement chier que n'importe quoi de pas prévu, d'inattendu, serait intéressant.

Bien sûr... si ce type est un cambrioleur...

Bien sûr, ça serait préférable que ça se mette pas à virer au tragique événement.

Ça vire pas au tragique événement. Ça vire à la conversation. Le type regarde bien bien Manu avec ses yeux qui rigolent en douce. Et il lui parle. Et c'est pas pour le menacer. C'est pour savoir.

— Ton nom, en fait, c'est Emmanuel ?

— Oui monsieur. C'est Emmanuel. Mais ma mam... Mais ma mère elle aime mieux Manu parce que ça va plus vite.

— Ça, Dora, avec elle rien ne va jamais assez vite.

Comment il sait, ce type, que maman Dora s'appelle Dora ? Et pourquoi il dit Dora, seulement Dora ? Elle a un grand nom, non ? Ça serait un ami de maman Dora ? Une relation de travail ? Quelqu'un avec qui elle fait des jobs ? Faut que Manu sache. Faut qu'il sache aussi, faut qu'il sache d'abord, à qui ce type trouve qu'il ressemble. Alors il lui demande. Il se dégonfle pas. Il lui demande. Et, le type, ça le fait rire. Aux éclats.

— A qui tu ressembles, bonhomme ? Mais à lui. A lui.

Lui, c'est l'ange joufflu que le type a posé par terre sur le tapis. Manu est indigné.

— C'est pas vrai. Je lui ressemble pas.

— Tu lui ressembles sans y ressembler. Mais c'est Dora. Quand elle l'a vu... C'est comme ça que tout a commencé. Elle passait, elle l'a vu, elle a poussé un cri. Je le veux ! Je le veux ! qu'elle a crié. Je le veux parce que c'est le portrait craché de mon garçon quand il était bébé.

Un portrait craché. C'est dégoûtant. Et, d'abord, elle passait où, maman Dora, quand elle a crié ? Que Manu ne s'inquiète pas, il va tout lui expliquer, le type. Le temps d'écraser le peu qui reste de sa cigarette et de s'en allumer vite une autre avec son zippo.

— Elle a crié je le veux, je le veux. Mais elle ne se doutait pas, la chère petite, qu'un angelot, pur dix-septième, sans la moindre éraflure, et pas la queue d'une retouche, ça coûte ce que ça coûte, au jour d'aujourd'hui. Même en étant plus que raisonnable chapitre bénéfice, je ne pouvais pas lui demander moins de huit mille francs. Moralité : elle ne me l'a pas acheté mais en était tellement entichée, de mon ange, qu'elle est revenue le voir. Et pas qu'une fois.

— Elle est revenue le voir où ça ?

— Dans mon magasin. Elle ne te l'a pas dit ?

— Dit quoi ?

— Qu'elle n'arrêtait plus de venir nous voir, mon chérubin et moi. Dans ma caverne d'Ali Baba. Aux Puces. Alors, Dora, quand elle a à faire dans le coin... Et même quand elle n'a rien à y faire. A la longue, l'ange, c'est devenu un prétexte. Quelque chose comme un alibi, si tu préfères. Bref, c'est ce petit futé d'ange qui a tout déclenché et puis... Et puis... C'est que c'est quelqu'un ta maman. Une fille fantastique. Une fille rare. Elle est où, au fait ?

— Dans le nord de la France.

— Comment ça dans le nord de la France ?

— Ben... pour son travail de traductrice d'allemand.

— Tu veux dire que Dora n'est pas ici, pas à Paris ?

— Non. Elle est pas ici. Puisqu'elle est à Lille jusqu'à lundi.

— A Lille ? Jusqu'à lundi ? Mais jamais elle ne m'a parlé de ce voyage.

Pourquoi maman Dora lui aurait parlé de son voyage à ce vieux type qui vend des anges sans la queue d'une retouche aux Puces ? Et pourquoi il a l'air si furax tout d'un coup ? Pourquoi il se lève en faisant tomber la timbale et tous les livres qui sont posés sur le guéridon ?

— A Lille ? Tu es sûr qu'elle est à Lille ?

— Oui. J'en suis sûr.

— Jusqu'à lundi ?

— Oui. Jusqu'à lundi.

— Mais tu es avec qui, alors ? Une grand-mère ? Quelqu'un qui te garde ?

— Non. Je suis avec personne. J'ai pas besoin qu'on me garde. Si je voulais je pourrais aller chez mon père. Mais...

— Chez ton père ? Quel père ?

Ça c'est con comme question. Quel père ? Son père à lui, Manu. Il sait pas encore, à son âge, ce type, que tous les garçons pas orphelins ont un père ? Il croit que c'est des cigognes d'Alsace qui apportent les garçons ! C'est tellement con, comme question, que le type s'en rend compte.

— Tu as raison. C'est idiot comme question.

Pourquoi il dit à Manu qu'il a raison puisque Manu lui a rien dit ? C'est sans doute pas un cambrioleur. Mais ça se pourrait qu'il soit un fou ou quelque chose comme ça, ça se pourrait qu'il soit dérangé de la tête.

— En réalité, c'est idiot et pas idiot. Evidemment que t'as un père. Mais vu que Dora ne m'en a jamais parlé... Et il vit où, ce père-là ?

— Ici. A Paris. Avenue Trudaine.

— Et il s'entend comment avec Dora ?

— Pas mal. Des fois, ils se disputent. Il est marié

pas avec ma mère, mon père Jean-Luc. Il a un autre garçon.

— D'accord. Je vois le tableau. Et si tu me donnais un petit quelque chose à boire, Manu... Un petit quelque chose dans le genre vodka.

— On en a pas de la vodka. Maman elle en boit pas.

— Elle en boit peut-être pas ici. Mais... quand elle est de sortie... T'as quoi d'autre à boire ?

— Y a une bouteille de whisky. Et une de liqueur.

— Le whisky fera l'affaire. Mais sec.

— C'est vrai que ma mère elle boit de la voldka quand elle est de sortie ?

— Catastrophe ! J'ai gaffé. Gaffé et cafté. C'est pas bien de cafter. C'est surtout pas très malin. Allez... T'inquiète pas, bonhomme, elle en boit pas des tonneaux. Juste une petite vodka ou deux pour aller avec le saumon. Parce que ça nous est arrivé de dîner ensemble. Ça nous est arrivé, oui. Tu ne le savais pas ? Elle ne te raconte pas tout ? Les femmes, même les mamans, ça ne raconte jamais tout. Et moi je suis peut-être en train de t'en raconter plus qu'il ne faudrait. Alors... ce whisky ? Tu m'avais bien parlé d'un whisky.

— Je vais le chercher. Il est dans la cuisine.

— C'est ça. Vas-y. Et puis non. C'est pas la peine. Laisse tomber. Si je fourre mon nez dans un verre, ça ne va pas louper, je vais me mettre à t'en dire encore plus. Et ça ne fera qu'augmenter le gâchis. Parce que j'ai comme l'impression que... Une sale impression, mon vieux Manu. Une sale impression.

Il se relaisse choir dans le fauteuil.

Il a l'air tout embêté, tout triste.

Il a dit que c'était pas la peine mais Manu va quand même le chercher, le whisky. Et un verre. Et il verse du whisky dans le verre et le type y fourre son nez, dans le verre.

C'est peut-être un alcoolo. Peut-être qu'il se cuite comme madame Boissier. Peut-être qu'il souffre d'affolements lui aussi.

— A Lille jusqu'à lundi ! Et moi qui... Tu vois, Manu, cet ange qui paraît-il a la bouille que tu avais quand tu étais bébé, eh bien, je venais lui en faire cadeau à ta maman. Cadeau. Et elle n'est pas là. A toi, elle ne te dit pas qu'elle boit de la vodka et, à moi, elle ne me dit pas qu'elle va à Lille. Et c'est une fille fantastique. Une fille...

Il dit pas une fille quoi elle est encore, maman Dora. Il regarde dans le vide avec un drôle de regard.

C'est drôle de dire d'une maman que c'est une fille.

Il est drôle, ce type.

Manu n'a plus la trouille. Mais Manu voudrait savoir. Il sait pas quoi il voudrait savoir. Mais il voudrait savoir. Le nom de ce type, par exemple. Il n'a qu'à lui demander.

— C'est quoi votre nom à vous ?

— Mon nom ? C'est un nom comme tous les noms. Je ne l'ai pas choisi. Pas plus que ma tête, ma grande carcasse. On ne choisit pas grand-chose, tu sais. Tu me trouves comment ?

— Comment je vous trouve ?

— Oui. Tu me trouves vieux, laid à faire peur, pas laid, sympathique, pas sympathique, emmerdant ?

— Je vous trouve grand.

— C'est vrai que je suis grand. J'aurais pu être petit. Mais je suis grand. Alors tu sais ce que tu vas faire : tu vas m'appeler Grand.

— Monsieur Grand ?

— Pas monsieur. Je t'appelle Manu et tu m'appelles Grand. Tu me dis : tu veux encore un petit whisky, Grand ?

— Faut que je vous dise ça ?

— Faut absolument que tu me dises ça. Allez, dis-le.

— Tu... Tu veux encore un petit whisky, Grand ?
— Avec plaisir, Manu. Et ce qui me ferait encore plus plaisir, ce serait que tu te serves un verre de ce que tu voudras et qu'on trinque.
— Je peux trinquer avec du Coca ?
— Et comment !
C'est pas un cambrioleur. C'est un type un peu piqué qui veut qu'on l'appelle Grand et qui...
Le téléphone !
Comme c'est forcément maman Dora, Manu se précipite.
— Allô, allô.
C'est Jean-Luc, merde ! Jean-Luc qui a sa voix furieuse et qui somme Manu de sauter dans un taxi et de venir sur l'instant manger la volaille et la masse de bonnes choses que Gisou s'est donné le mal de faire et de...
Manu a répondu oui oui j'arrive et il faut qu'il y aille et c'est la chiotte.
— C'est mon père. Faut que j'aille manger chez lui. Tout de suite.
— Avenue Trudaine ?
— Oui. Avenue Trudaine. En taxi.
— On va t'y emmener, avenue Trudaine. Avec ma roulotte, c'est la porte à côté l'avenue Trudaine.
Avec sa roulotte ? Il serait aussi bohémien ? Il dirait la bonne aventure et volerait des poules ?
Décidément, ce type.
— On va t'y emmener chez ton père. Mais... d'abord, tu vas me faire voir ta cagna... ta chambre. Que je te connaisse un peu mieux. Si on doit devenir une paire d'amis d'enfance, toi et moi, autant qu'on fasse un peu mieux connaissance, non ?
Manu voit vraiment pas comment ce bonhomme d'au moins cinquante ans pourrait devenir un ami d'enfance à lui. Mais, c'est plus fort que lui, il ne peut

pas s'empêcher de répondre à toutes les questions qu'il lui pose. Et pour en poser, il en pose. Même les flics de films policiers ils en posent pas tant et aussi vite. Il veut tout savoir de Manu. Tout.

Dans quelle rue est son école. S'il aime y aller, à l'école. Si ses profs ont la manière ou pas. (La manière de quoi ?) S'il déjeune à la cantine. Qu'est-ce qu'il aime et aime pas manger. S'il aime lire. Quels livres il a lus. Si les garçons d'aujourd'hui lisent encore Arsène Lupin et Jules Verne. Et Zig et Puce. Et les films qu'il a vus, ceux qu'il aime ou aime pas. Et où il va en vacances. Et quelles maladies il a déjà eues. Et comment elle est sa cagna, sa chambre. Parce que, comme il dit en se remplissant son verre :

— Si tu as vu le nid, tu connais l'oiseau.

Il le trouve comme il faut, douillet, vivant, accueillant comme une cabane de trappeur, le nid à l'oiseau Manu. Il fait aucune remarque sur tout ce qui traîne partout. Il fait celui qui voit pas les tiroirs pas fermés avec leur bordel de tee-shirts pas bien pliés, de chaussettes aucune de la même couleur ensemble. Il enjambe les piles de bouquins, d'illustrés, de boîtes pleines de fouillasseries qu'on sait pas pourquoi on garde des fouillasseries pareilles, comme si c'était normal qu'une chambre ait l'air d'un champ de bataille après la bataille. Et il reconnaît tout de suite Abraham Lincoln dont il sait qu'il est né à Hagdenville dans le Kentucky. Et il s'extasie devant la reconstitution aux crayons-feutres de la bataille de Little Big Horn par Manu. Il dit que « c'est de la belle ouvrage » et « que manque pas un bouton de guêtre ». Il a l'air de très bien s'y connaître en Indiens, en cow-boys et en guerre de Sécession. Il a l'air de très bien s'y connaître en tout. Il connaît les noms latins des coquillages qu'une amie Anna de maman Dora a ramenés d'Espagne pour Manu, il sait que Superman est né sur la planète Krypton, que la table de nuit de Manu est en bois de mélèze, il sait que la grosse bille sur le bureau de Manu, c'est une agate.

— Une variété de calcédoine, en fait. C'est devenu une agate à cause d'une rivière de Sicile. L'Akhatès. Mais si je commence à te farcir le crâne avec toutes les foutaises que j'ai dans le mien... Avec un bavard comme moi, il faut crier « pouce » de temps en temps. Sans ça...

— Vous me farcissez pas. Vous en voulez encore du whisky ?

— Oh là ! petit monstre ! Tu veux me saouler ou quoi ? Non. Non. Plus de whisky. On va dire que j'ai eu ma dose. Mais ce qui me ferait plaisir... Aller dans la chambre d'une dame qui n'y est pas, dans sa chambre, ça ne se fait pas. C'est contraire aux usages. Mais, vu que ça y est, c'est fait, que toi et moi nous voilà devenus des amis de toujours, tu vas me la faire voir, la chambre de Dora, parce qu'un broc, un marchand d'antiquailles, faut que ça fouine partout. C'est le métier qui veut ça. C'est en chinant et rechinant sans cesse qu'on finit par trouver des trésors. Chiner ça veut dire chercher partout, chercher et trouver le petit objet salingue, déglingué, plus regardable, le livre tout jauni qui n'a même plus sa couverture, le meuble de guingois qui, retapé, vaudra dix ou vingt fois le prix qu'il t'a coûté. Même un couteau tout rouillé, sans lame et sans manche, un bon broc, il doit le remettre dans le circuit. La brocante, c'est pas un métier, si tu vas au fond des choses. C'est un art.

— Des trésors, vous en avez trouvé des vrais ?

— Des vrais, des vrais... Le gros, l'énorme, celui qui a tant fait saliver les pirates de l'île au trésor, je lui course toujours après et je tomberai jamais dessus. C'est gagné d'avance. Mais... des trésors à ma pointure à moi... Tiens, sans aller chercher plus loin... Dora, ta maman, c'en est un de trésor.

— Dans sa chambre, faudra toucher à rien.

— On ne touchera qu'avec les yeux. Qu'avec les yeux.

Quand Manu ouvre la porte de la chambre de maman Dora, ils rigolent plus, les yeux du broc capable de remettre dans le circuit un couteau sans lame et sans manche.

Il a des yeux tout attendris.

— Alors ? Vous la trouvez comment, sa chambre, à maman ?

— Comme elle. Touchante. C'est ça : touchante. Naturellement, je n'aurais pas assorti des rideaux de ce violet avec le bleu de ces murs. Mais c'est une chambre... une chambre bien. Les meubles en pin, toute cette camelote *made in London*, ça n'est pas du tout du tout ma tasse de thé... Mais... là... Arrangé comme ça. C'est calme. Chaud. Quiet. C'est une chambre pour y dormir et y rêver. Et dans notre putain de siècle numéro vingt, les chambres pour y dormir et y rêver... Jolie courtepointe. Les fleurs séchées, très bien. Rien à dire côté coussins. La commode... Evidemment, la commode... Les poignées ne sont pas d'origine. C'est du garanti faubourg Saint-Antoine. Et assez tartignolle. Elle s'est fait rouler, là, Dora. Mais c'est pas grave. Je lui en trouverai, moi, des poignées. D'origine. Et cet ange qui fait son possible pour avoir ta bouille, c'est ici qu'elle doit le suspendre. Ici. Comme ça, le matin, la première chose qu'elle verra... C'est une gentille chambre. Tu as de la veine d'avoir la maman que tu as.

— La vôtre de maman, elle était comment ?

— D'un autre âge. C'était une maman d'un autre âge. Elle avait l'âge de ta mère quand j'avais l'âge que tu as. Et elle était sûrement belle. Sûrement. Mais de là à imaginer que...

— Que quoi ?

— Que rien, gamin. Que rien. Tu oublies toutes les âneries que je viens de te débiter. Je te laisse l'ange. Quand Dora revient, tu lui dis que c'est mon cadeau de Pâques, que je l'embrasse bien fort. Et on y va. Je t'accompagne avenue Trudaine. A moins, bien sûr, que t'aies quelque chose contre les roulottes de brocs.

Les brocs, c'est les antiquaires qui, comme Grand, font des kilomètres et des kilomètres pour trouver des anges joufflus sans la queue d'une retouche, et autres vieilleries pour leurs magasins. Et la roulotte à Grand, c'est une Range Rover vachement bien avec, dedans, un fouillis pire que dans la chambre à Manu et un chien jaune grand comme un ours qui répond au nom de Toufou et lèche très fort.

Grand brûle presque tous les feux rouges.

Grand roule comme aucun taxi oserait le faire.

Grand est un type pas ordinaire.

C'est plus intéressant que les types ordinaires, les types pas ordinaires.

7

Ce qui l'est pas, intéressant, c'est de se retrouver chez Jean-Luc. Ça l'est tellement pas que Manu n'a pas plus tôt eu droit aux quatre baisers du bout des lèvres — un sur une joue, un sur l'autre et on remet ça — de Gisou, qu'il a décidé d'être odieux. Et quand il décide d'être odieux, Manu...

Ça n'a pas traîné, il s'y est mis tout de suite. En disant bonjour à son père.

— B'jour.

— Bonjour qui ?

— B'jour Jean-Luc.

C'était bonjour, bonjour papa qu'il fallait dire. Il l'a pas dit. Exprès. Et il a marché — exprès aussi — sur une voiture de course modèle réduit à Clarence. Et la voiture s'est retrouvée devenue plate comme une crêpe. Et Clarence a hurlé comme le débile qu'il est. Et Manu n'a plus arrêté de faire son odieux. De grognocher, de chipoter à table, de renverser la salière, de pas déplier sa serviette comme un grand garçon doit déplier sa serviette, de trouver que le superbe blouson (l'œuf de Pâques de Jean-Luc) était d'une couleur pas à la mode et tellement trop grand pour lui que, même en mangeant cinquante kilos de patates par jour, il était sûr qu'il arriverait jamais à le remplir, de traiter Clarence de p'tit troudu, de mélanger les pièces du puzzle de six cents pièces de Clarence, de dire con, chier et merde, d'exiger de dormir enroulé dans une couverture par terre à côté du lit de Clarence sous prétexte que Clarence fait toujours que de donner des coups de pied et de ronfler comme un phoque de zoo, de dire qu'il avait envie de vomir et aussi d'horribles brûlures d'estomac parce qu'on lui avait fait manger des nourritures qu'il digérait pas, de sortir des disques de jazz de Jean-Luc de leurs pochettes et de ne pas les y remettre, de faire pipi à côté de la cuvette des cabinets et pas dedans, de pas arrêter de dire que ses meilleurs copains d'école étaient que des Juifs, des Arabes et des Vietnamiens, de dire que, quand il serait grand, il serait gauchiste, d'appeler tout le temps Gisèle madame et pas Gisou. Bref : d'être odieux.

Et le matin, au moment de savourer le petit-déj en regardant une cassette de « l'imparable Noah » à Roland-Garros, il a annoncé qu'il fallait qu'il s'en aille, qu'il s'en aille si vite qu'il avait même pas le temps de manger.

— Que tu t'en ailles où ça, s'il te plaît ?

Où ça ? Fallait trouver un mensonge. Il a trouvé un mensonge. De taille.

— A l'église.

— A l'église ? A quelle église ?

— A l'église où je fais l'enfant de chœur.

— Le quoi ?

Jean-Luc a failli s'étouffer avec son toast beurré-marmeladé.

— L'enfant de chœur, papa.

— L'enfant de chœur, toi ? Toi qui n'es même pas baptisé ? L'enfant de chœur, toi, que Dora refuse d'inscrire au catéchisme ?

— Maintenant, elle veut bien m'y inscrire.

— C'est nouveau, ça.

— Oui. C'est nouveau. Et faut que je me dépêche. La messe elle est à dix heures. Et faut arriver avant. Pour mettre les habits d'enfant de chœur.

— Mais enfin, bon sang ! Ça lui a pris quand, à Dora, de te faire aller à l'église ?

— Ça lui a pris... Ça lui a pris un jour. Je peux partir, papa ? Parce que le curé... le père Fourchon, si on n'est pas à l'heure...

Le nom du curé, il l'a inventé. Fourchon, c'est le nom du plombier qui vient quand le lave-vaisselle de maman Dora se transforme en chutes du Niagara. Mais père Fourchon, ça sonnait bien.

Et Jean-Luc a marché. Il était ravi tout à fait d'apprendre que Dora se décidait enfin à faire de leur fils un chrétien. Parce que (il l'a dit à Gisou, Jean-Luc), même si c'est fait pour être oublié quand on est en âge de comprendre, la bonne parole, c'est indispensable. Ça inculque des vérités — fausses, c'est entendu — mais indispensables.

Elle était bien d'accord là-dessus, Gisou. Et encore plus ravie que son mari. Pas à l'idée que Manu allait enfin mettre le pied dans le sein de notre mère l'Eglise. A l'idée que ce morveux aussi agréable à vivre que sa chieuse de mère n'allait pas leur gâcher leur dimanche. Qu'il y aille, faire l'enfant de chœur. Qu'il y aille !

Nanti de quatre baisers vite donnés par Gisou, Manu a filé. En poussant l'odieuserie jusqu'à oublier le coûteux blouson œuf de Pâques de son père.

Et il se retrouve dans le métro à se demander ce qu'il va bien pouvoir faire de cette connerie de dimanche férié de chiotte de merde.

Peut-être que ça serait amusant d'aller vraiment faire l'enfant de chœur ? Non. Ça serait sûrement pas amusant.

Alors ?

Il pourrait aller rôder du côté du square Jacques-Prévert où il a toutes les chances de trouver Laurent, Arnaud, Ballon-de-foot, Krapinzinsky, El Ouat et autres crapulos de l'école, du quartier, restés à Paris comme lui. Mais ça va être pour passer des heures assis sur un banc comme des veaux, à se raconter toujours les mêmes histoires de pines, quéquettes et de caca. Ou pour monter des combines terribles — comme d'aller dégonfler les pneus de toutes les voitures de toute une rue, ou de pirater une cabine de téléphone. Combines qui finissent toujours en couille. Et puis Laurent, Arnaud, Ballon-de-foot, il les voit assez tous les jours de l'année. Et puis, le square Jacques-Prévert, depuis qu'il y a des grands du lycée Robert-Desnos qui viennent vous y rançonner...

Une fois, Krapinzinsky il a été forcé de chiper pour la leur donner la clé du tiroir-caisse du magasin de fourrures de son père. Sans ça, il finissait enfermé dans une cave sans air, sans manger, sans boire, sans éclairage.

C'est ce qu'il a raconté, en tout cas.

Et — ça c'est entièrement vrai — un mercredi matin, à Manu, les grands de Robert-Desnos lui ont piqué trente-cinq francs, sa montre à quartz de plongée et un badge de Greenpeace. Et il l'a jamais dit même à maman Dora. Parce qu'il voulait pas courir le risque de se faire casser toutes les dents du devant comme il en avait reçu la promesse.

C'est des vrais délinquants juvéniles, ceux de Robert-Desnos.

C'est pour acheter des cigarettes de drogue et des magazines de femmes nues qu'ils font ce qu'ils font.

Quand il sera grand, Manu le fera pas.

Il fera pas non plus l'ingénieur EDF comme Jean-Luc. Parce que qu'est-ce que ça peut rendre chiant d'être ingénieur EDF.

Mais aujourd'hui, qu'est-ce qu'il va faire ?

Il va aller dans les sous-sols pour commencer. Vu qu'on est jour férié, l'œuf au cœur rouge il doit être encore dans les ordures qui n'ont pas été ramassées par les poubelliers. Et aussi le petit lapin qu'il a pas donné à Véronique qu'il n'aime plus, c'est fini. Il le gardera pour lui. Ça peut devenir un fétiche un petit lapin en bois qui fait semblant de jouer de la mandoline.

Va falloir qu'il les lave, l'œuf et le lapin. Ça l'occupera toujours un bout de temps.

Il peut aussi aller se louer une ou deux cassettes de westerns si c'est pas fermé là où on en loue.

Quand il y arrive, ça vient juste de fermer.

Direction les sous-sols, alors ?

Non. Il va d'abord aller écouter les messages de maman Dora qui n'a pas pensé à lui téléphoner chez Jean-Luc.

Il y en a deux.

— *C'est maman, mein klein Manu. Tu vois comme on parle à force d'entendre de l'allemand ? Je vais dîner d'un sandwich et re-boulot. Je suis cre-vée. Je m'ennuie de toi. Tu me manques, sale gosse. Cent mille baisers. Je t'aime !*

— *Bonjour le Manu. Et joyeuses Pâques ! Où en es-tu de ta chasse aux œufs ? Moi, j'ai peine à tenir les yeux ouverts et j'ai tellement de mots allemands dans les oreilles qu'elles doivent être devenues grandes comme des oreilles d'âne. Alors je te dis hi-han, petit bourricot de mon cœur et je te rappelle dès que je peux. Tu es mon amour. Je t'aime. Sois sage. Si tu ne l'es pas, je t'aime quand même.*

— T'as entendu, Pilipili ? Cent mille baisers. Tiens, en voilà un. Tous les autres, je les garde. Ça te suffit pas, un ? Bon. Je les garde tous, con de chat. Mais parce que je suis le plus chic des Manu, je te fais un baiser à moi. Il est bon, hein ? Toi, t'es de moins en moins bon. Tu sens le poil à poussière. Je blague pas. T'as un goût de balai. Mais je t'aime presque encore plus que quand t'avais un goût de chat jouet tout neuf. On se paye un petit coup de télé ?

C'est la messe de Pâques italienne avec le pape. Il a plein de micros devant lui et il les bénit en toutes les langues. Il pourrait être traducteur dans des séminaires technico-commerciaux comme maman Dora. Ça doit gagner gros, un pape. Et ça voyage partout. Mais si t'es pas baptisé... Et puis ça doit être un métier emmerdant.

Ce qui doit être un métier amusant c'est d'être broc.

L'angle joufflu doré sans la queue d'une retouche, il est toujours par terre. Et si Manu l'accrochait au mur de la chambre de maman Dora là où Grand il a dit qu'il fallait l'accrocher ? Il sait où sont le marteau et les clous. Elle aurait encore une meilleure surprise en rentrant. C'est dingue de faire un cadeau d'ange à huit mille francs. A part les chaussettes qu'il a pas, il a l'air d'être pas pauvre, Grand. Ça doit être à force de revendre dix fois leur prix des trucs cassés qui valaient rien. Broc, ça doit être un métier amusant mais salissant.

Comment ça peut être un couteau qui n'a pas de lame et pas de manche ?

C'est tellement compliqué à imaginer que Manu va dans la cuisine sortir un couteau d'un tiroir. Il cache le manche avec une main. La lame avec l'autre.

Et... il reste plus rien.

Il s'est payé sa gueule, Grand !

Complètement tout à fait payé sa gueule.

Si ça se trouve, c'est des blagues la vodka pour aller avec le saumon, des blagues qu'il connaît maman Dora et qu'elle va tout le temps le voir aux Puces.

N'empêche qu'il est sympa. Et il a l'air de connaître tellement de choses. C'est un type qui a dû voyager.

Manu mange un yaourt aux fruits. Pas avec un couteau sans lame ni manche. Pas non plus avec une cuillère. Avec les doigts. C'est le seul moyen de s'en mettre plein les vêtements.

D'en mettre aussi par terre.

Merde ! C'est pas possible, pas possible ! Maman Dora a oublié sur le tabouret de la cuisine son sac de voyage en vuitton qu'elle appelle en rigolant son baisenville ! Baisenville c'est un mot qu'il faut pas dire. Sauf si on est une maman distinguée comme maman Dora et qu'on le dit en rigolant. C'est un sac dans lequel il y a tout ce qu'elle emporte toujours quand elle va faire un travail de traductrice d'allemand. Tout. Sa petite machine de sténotypie, son dictionnaire de mots allemands difficiles, ses crayons à gomme, son stylo qui bavouille pas et ses pilules et ses boules Quies sans lesquelles on ne peut pas dormir dans des hôtels. Tout. Mais comment elle va faire, alors ? Et pourquoi elle en a pas parlé dans ses messages au téléphone du baisenville oublié ?

Elle a dû trouver ce qu'il lui faut à Lille. Les séminaires c'est plein de gens avec des baisenvilles. Forcément. Et ils ont forcément tous des pilules pour pouvoir dormir dans des hôtels et des boules à se fourrer dans les oreilles. Sans ça personne dormirait dans aucun hôtel.

Quand même.

— Tu vois un peu la situation, Pilipili ? Moi, je la vois, la situation. Qu'est-ce qu'elle a dû être embêtée quand elle s'en est aperçue. Peut-être qu'elle a cru qu'elle l'avait perdu pendant son voyage. Ce qu'on va faire c'est lui dire à son hôtel qu'il est ici sur le tabouret, son baisenville. C'est comme la fois où elle était en Angleterre et qu'elle avait pris tout et pas son imperméable et qu'elle avait eu droit à un temps anglais et qu'elle avait dû voler un parapluie dans un restaurant pub et que...

Elle doit être en plein dans son travail, maman Dora. Tant pis. Manu peut pas la laisser se ronger les sangs, même rien qu'un peu. Parce que c'est pas possible qu'elle se les ronge pas.

Téléphoner, Manu adore.

Maman Dora est contre qu'il l'appelle sans raison à l'autre bout de la France ou même à un bout rapproché de l'étranger à cause des notes de téléphone qui sont de plus en plus des calamités. Mais en cas d'urgence...

Ses numéros de téléphone d'hôtels maman Dora, quand elle part travailler, elle les note sur l'ardoise à commissions. Dans la cuisine. Sur le mur à côté de la liste des choses qu'on peut manger sans prendre un gramme ni un centimètre de cellulite qu'elle a découpé dans *Cosmo*.

Alors le numéro ?...

Le numéro, elle l'a oublié. Comme le baisenville.

Sur l'ardoise il y a écrit qu'il faudra acheter du sucre Edulcor, de la moutarde, de la tisane Médiflor (la numéro un, l'amaigrissante), qu'il faudra penser à la révision annuelle du chauffe-eau. Mais il y a pas la queue d'un numéro de téléphone d'hôtel à Lille.

Pas la queue !

Merde et merde et re-merde et crotte au cul !

Et s'il avait mis le feu tout à fait, hier, quand ça a cramé à côté de la poêle à l'omelette purulente ? Et s'il attrapait brusquement une maladie mortelle ?

Jamais elle a fait ça d'oublier d'écrire en gros sur l'ardoise le numéro de l'hôtel où elle est, maman Dora. Ni son nom, à l'hôtel. A Cannes, elle a été une fois à l'hôtel Miramar et une fois à l'hôtel Splendid, à Rome à l'hôtel Excelsior, à Londres dans un hôtel à nom de général ou d'amiral qui avait vaincu Napoléon. Mais à quel hôtel elle est à Lille ?

— Tu te rends compte, Pilipili ?

Il se rend pas compte. Non. Il peut pas se rendre compte.

Y a que Manu qui peut. Manu tout seul.

Jamais il a été autant tout seul.

Il a toujours son pot de yaourt à la main et ses doigts pleins de yaourt qu'il s'essuie sur son tee-shirt sans y faire attention. Tout seul, tu fais attention à rien.

Elle est souvent pas là, maman Dora, mais elle est pas là dans des endroits où on sait où elle est. C'est la première fois que ça arrive qu'il y ait pas de numéro de téléphone sur l'ardoise. Et y aurait pas de numéro de téléphone et elle serait partie voir un film ou se faire une soirée de « mamans seules en détresse » — comme elle dit — avec ses amies Corinne ou Joëlle ou Marielle, ça serait pas si terrible. Ça serait dans Paris et Manu saurait que même s'étant fait bien chier, même ayant rêvé des cauchemars, elle le réveillerait le lendemain en le traitant de vieux ouistiti ou de fripouille et l'embrasserait sur ses cheveux en broussaille de garçon qu'a quand même fini par s'endormir et lui annoncerait qu'un chocolat maouss l'attend dans la cuisine.

Mais... là...

Lille c'est dans le nord de la France et ça doit être plein d'hôtels.

Quelqu'un qui n'a pas mis de numéro sur l'ardoise et qu'est dans un nord de la France plein d'hôtels, comment le retrouver ? C'est comme si elle était perdue, maman Dora. C'est comme les navigateurs solitaires pas chanceux qu'aucun hélicoptère pourtant très nombreux arrive jamais à retrouver sur les océans.

C'est comme...

Manu va faire quoi ? Crier ? Se mettre à pleurer ?

Il sait pas ce qu'il va faire.

Il sait plus rien.

Si. Il sait qu'il a jamais été malheureux comme ça.

Même dans les films les plus tristes aucun acteur de rôle de malheureux a été aussi malheureux.

Elle peut pas l'avoir fait exprès de pas mettre le numéro de l'hôtel sur l'ardoise. Elle a oublié parce que...

Ça y est. Il pleure. Et il y a de quoi : elle a oublié et le baisenville et le numéro sur l'ardoise parce que, au moment de partir, Manu lui a fait énormément de peine en étant méchant, en voulant même pas l'embrasser.

Il a été salaud ignoble. Alors... maman Dora...

Il peut pleurer, le Manu. Il peut. Qu'il pleure... Qu'il pleure toutes les larmes de son corps. Il l'a pas volé d'être autant malheureux.

Les méchancetés qu'on fait, elles vous retombent toujours sur le pif.

Toujours. C'est des conséquences.

Et tu peux te tritouiller la cervelle pour essayer de savoir comment tu pourrais savoir dans quel hôtel de Lille elle est, ta maman Dora, t'arriveras pas à trouver. A rien, t'arriveras.

Maman Dora, tu sais pas où elle est. Et quelqu'un que tu sais pas où il est c'est comme s'il était nulle part.

C'est comme si...

Là, maintenant, Manu, la seule chose qu'il aurait à faire, ça serait de mourir. De se jeter par la fenêtre comme des petits garçons, des petites filles, des fois, à la télé ou dans *France-Soir ?* Et s'il avalait toutes les pilules pour dormir dans les hôtels du baisenville ? Il aurait d'atroces souffrances dans le ventre et, après, il y aurait une collecte à l'école et Jean-Loup, Ballon-de-foot et tous les crapulos donneraient, en larmes, un peu de l'argent de poche qu'ils auraient sur eux pour une couronne mortuaire et Véronique jouerait une valse pas entraînante, une valse pour un garçon mort. Et il y aurait Jean-Luc en cravate noire et Gisou et Clarence très tristes. Et, si ça se trouve, maman Dora elle y serait même pas à l'enterrement parce que personne aurait su comment la retrouver à Lille dans le nord de la France. Et, quand elle reviendrait avec sa tête de tous les jours parce qu'elle saurait rien du drame, on lui apprendrait avec des voix très douces que son garçon Manu serait déjà tout froid tout raide dans un cimetière. Et alors, elle...

C'est plus le pot de yaourt qu'il tient. C'est Pilipili. Il le serre contre sa poitrine. Il le serre de toutes ses forces. Comme s'il était un chat mort et que la mort c'était contagieux et que...

— Tu le sais, toi, con de chat, que les garçons pas baptisés ça va dans aucun endroit quand ça meurt ? Ça doit être affreux de se retrouver dans aucun endroit.

Et si Mme Boissier ?... Elle est conne. Mais on sait pas.

Il frappe si fort à sa porte, à Mme Boissier, qu'on croirait qu'il veut la défoncer. Elle est pas longue à ouvrir. Elle devait être — comme presque tout le temps — à écouter derrière dans l'espoir qu'il se passe quelque chose dans le couloir. Elle a son kimono jaune et ses dents jaunes.

— Ah ! C'est toi. Etant donné que, à part le releveur de compteur de gaz et d'électricité et des ahuris qui se trompent, y a que toi pour venir me voir, ça m'étonne qu'à moitié. T'aurais pu te dispenser de m'amener cet épouvantail à moustaches. Les chats, tu le sais, je suis plus bien copine avec depuis que mon Charlie est parti par les toits pour ne plus revenir. Mais t'en as une mine. Tu nous fais quoi ? Un rhume ou un chagrin ?

— Maman... elle a pas laissé son numéro.

— Son numéro de quoi ?

— De téléphone d'hôtel.

— Ah ! de téléphone d'hôtel. C'est que ç'aurait pu être son numéro de Sécurité sociale. Ou de compte en banque. Ou de... Avec tous les numéros qu'on est obligé d'avoir, plus ça va. Comme si ça serait pas plus pratique d'avoir le même pour tout, de numéro. Une supposition que, pour le téléphone, tu serais le dix-neuf mille cent quatre-vingt-trois ou quatre-vingt-quatre ou n'importe quel autre numéro que tu voudras. Ça manque pas les numéros. On a le choix. Mettons que ça soit un numéro dans les dix-neuf mille et quelques. Suffirait que ce numéro dix-neuf mille et quelques ou, moi je veux bien, un numéro avec beaucoup plus de chiffres dans la mesure où on n'arrête pas de se surpeupler, suffirait qu'il soit celui que tu aurais pour le téléphone. Suffirait qu'il soit aussi celui de ta carte d'identité, de ta Sécurité sociale, de ton compte en banque, de ta voiture si t'en as une, de ta télévision, de ta clé que c'est des complications à n'en plus finir si tu la perds ou même que, simplement, tu l'aies posée sur un meuble ou n'importe où ailleurs et que tu la retrouves plus. Le même seul et unique numéro. D'autant de chiffres que tu voudras. Mais le même. T'imagines un peu la simplification ? Non mais t'imagines la simplification ?

C'est une conne. Une sale conne, madame Boissier. Quand elle débarque à n'importe heure avec ses affolements de folle, faut que maman Dora l'écoute et lui dise de pas se faire de bile, que ça va passer et lui offre des petits remontants. Mais quand quelqu'un qui a vraiment un grand terrible malheur vient la trouver... C'est une si sale conne que Manu lui crie merde et détale.

Qu'elle en suffoque, en bave, en rote, en fasse des pets, un feu d'artifice, une explosion atomique de pets, qu'elle crève tout debout dans son kimono, la madame Boissier, de ce merde reçu en pleine poire, il est déjà loin, Manu.

Loin chez lui à courir en tous sens, à soulever les coins des tapis, tous les coussins, les napperons du guéridon, des petites tables, à soulever le couvercle des chiottes, à défaire le lit de maman, le sien, à regarder dessous et aussi sous les matelas, à ouvrir tout ce qui est ouvrable — du tiroir du vieux moulin à café aux marmites, aux boîtes à épices, aux paquets de nouilles, en passant par l'armoire à glace et celle sans glace et les valises pour les vacances qui sont dans la penderie —, à écarter les rideaux et les doubles rideaux, à tout soulever, tout bouger.

Comme un enragé, il cherche.

Pas pour trouver un trésor de broc. Pour trouver les œufs de Pâques de maman Dora, les œufs de Pâques parce que...

Ben oui, idiots qu'on est tous ! Tous à commencer par Manu : le numéro de l'hôtel, elle l'a caché aussi. Pour que Manu le trouve et l'appelle et lui dise « merci maman Dora pour les jolis œufs ».

Une bonne farce, elle lui a faite.

Et Manu qui boudait, qui faisait son fier... Petit con ! Il aurait pas ses mains occupées à ouvrir, soulever, déchirer, éventrer, il se giflerait.

La maison va devenir pire qu'une banque après le passage des frères James. Mais ça rend : un œuf en nougatine avec des poussins en plastique dedans, une montre Zorro avec un grand fouet pour les heures et un petit pour les minutes, le sweat-shirt banane qu'il avait trouvé si beau dans la vitrine d'un magasin, une poule en chocolat, la radio FM (pile et secteur et avec un casque) dont on parlait depuis Noël (c'est ça qui a coûté la peau des fesses), un livre (ça lui en fera sept) sur la conquête de l'Ouest, un slip groseille avec un Mickey au bon endroit...

— Tu te rends compte, Pilipili, ce qu'elle est gentille.

Qu'est-ce qu'il va l'embrasser, maman Dora, demain lundi quand elle rentrera. Il aura tout rangé, remis en ordre, bien sûr. Il va si bien faire ça qu'elle se demandera comment il a fait pour trouver les œufs.

Ah ! il a pas trouvé l'œuf numéro de téléphone. Ça, c'est chiant.

— Naturellement, que je vais chercher encore, crétin de chat.

Il va chercher où ?

Parce que, comme dirait un enquêteur, la maison, il l'a passée au peigne fin. A part à l'intérieur des ampoules et des cubes de glace du frigo, son nez *aquilon,* il l'a fourré partout partout.

Il refait une tournée. Mais : rien.

Il n'y a pas d'œuf numéro de téléphone.

Et maman Dora est dans un quelque part qui est aussi introuvable que le nulle part où vont les garçons morts sans avoir été baptisés.

Assis au milieu du merdier que c'est une maison passée au peigne fin, Manu pleure.

C'est con de pleurer quand on vient de découvrir la radio FM de ses rêves, un œuf en nougatine, une poule en chocolat, une montre Zorro, un slip avec un Mickey placé au bon endroit...

C'est con. Mais Manu peut pas s'en empêcher.

8

Les Puces.

Pas celles qui vous grattent en se nourrissant que de votre sang, et que des sans foi ni loi aussi dégoûtants qu'elles font éclater avec leurs ongles.

Pas non plus les puces petites comme les puces dans lesquelles des ingénieurs pas EDF qui ont fait des études longues jusqu'à en être interminables intègrent des circuits intégrés qui sont l'avenir de la technique.

Non. Celles, de Puces, qui ont leur marché tout au bout de la ligne de métro porte d'Orléans-porte de Clignancourt. Un marché crasseux où les samedis, dimanches et lundis ça grouille de chineurs venus de partout. Même de Chine.

C'est là qu'il se retrouve, Manu.

Il aurait pu retourner chez Jean-Luc. Pour y entendre dire des allusions sur maman Dora et la vie impossible qu'elle mène et la mère impossible, vraiment impossible qu'elle est et se faire consoler, embrasser, léchouiller par Gisou ? Il aurait pu trouver dans le carnet posé à côté du téléphone les numéros de Joëlle, d'Anna, des meilleures et des pas meilleures amies de maman Dora et leur demander si elle leur avait pas dit, à elles, à quel hôtel de Lille elle allait. Ça aurait été long, chiant, et elles auraient sûrement pas été là, ou elles auraient pas su. Il aurait pu aller demander dans un commissariat. Pour se faire moquer de lui, traiter on ne peut pas savoir comment par des flics énervés d'être flics ? Aller se jeter dans la Seine ou sous un autobus alors ?

Bien sûr que c'était LA solution. Mais mourir, ça a toutes les chances d'être chiant.

Et c'est peut-être comme de voler, de se disputer avec sa maman, de pas vouloir lui faire un baiser d'au revoir. La mort c'est peut-être suivi de conséquences. Et... les conséquences... les conséquences...

Et puis, surtout surtout, il s'est remonté le moral. Comme il a pu. Avec les moyens du bord, il se l'est remonté. Comme on se le remonte dans les bateaux quand on va heurter un iceberg, couler ou être attaqué par des requins ou une mer d'huile qui est, à en croire certains bouquins, une des pires chienneries qui puissent arriver à qui navigue. Les moyens du bord c'étaient l'œuf en nougatine, la cocotte en chocolat. Il a assez entendu maman Dora parler de calories pour savoir que, si tu as le courage de manger du sucré en quantité suffisante, tu peux faire face à tout. Les champions olympiques, les chevaux de course, les présidents de républiques ou d'importantes entreprises, c'est au morceau de sucre qu'ils fonctionnent. C'est connu. L'œuf, la poule, c'est pas par gourmandise, c'est pour faire face qu'il les a mangés. Sans en laisser une miette, en écoutant au casque la formidable radio FM.

C'était écœurant mais héroïque. Et pas con.

Un garçon qui va pleurnicher à droite et à gauche ou se tuer dans la Seine ou sous un bus parce que sa maman a oublié son baisenville et d'écrire son numéro de téléphone d'hôtel est un garçon con.

Et Manu n'est pas un garçon con. Ça non.

C'est un garçon triste et bien déballé. Un garçon tout seul. Un garçon un peu jobard aussi. Parce que s'il se figure qu'il va retrouver Grand dans ce supermarché crasseux et géant et plein de plein de marchands et d'acheteurs de tout et d'encore plus de traînards...

C'est comme les souks des films qui se passent dans l'Orient mystérieux, les Puces. C'est un endroit fait pour marcher pendant des heures et s'y perdre dans des rues rien qu'en boutiques sans maisons au-dessus. Des rues pas larges qui s'emmêlent les unes dans les autres. Avec des boutiques chics à marchands bien habillés qui ont pas de temps à perdre avec des clients parce qu'ils font des mots croisés et boivent du thé dans des tasses très anciennes à vendre. Et des boutiques comme des cabanes à lapins avec des marchands clochards qui vendent de la marchandise de poubelle. Ou volée. Avec des Africains très joliment crépus qui vendent des totems, des tambours en peau d'animaux exotiques, des gris-gris grimaçants des colliers en dents de bêtes féroces et des parfums puants. Avec des marchands de frites et de merguez qui sentent bien bon la graisse. Des marchands d'uniformes troués de soldats de toutes les guerres et de toutes les armées. Des marchands de bouquins et de journaux déjà lus. Des marchands de parapluies. Des marchands de radios d'avant la FM grandes comme des télés, de télés grandes comme des frigos, et de fers à repasser pas électriques. Il y a un marchand que de Mickeys avec pas d'oreilles ou pas de queues, de Félix le Chat, de Popeyes et de vieilles petites voitures et de buvards du temps où on écrivait pas au feutre dans les écoles. Il est très bien habillé, ce marchand-là. Presque tout à fait comme Buffalo Bill, avec une sacoche bourrée de sous et des bottes qui ont dû arpenter plus d'une vallée de la Mort. Il y a un marchand de sabres et de sagaies empoisonnées au curare. Des marchands que de boutons qui ont des milliers de milliers de boutons. Des marchands de vieux costumes déchirés, tachés, et de blousons en skaï avec des têtes de mort peintes derrière ou des têtes de rockers connus. Ça, c'est les marchands de Malik. C'est écrit en lettres énormes que ceux qui vendent juste des fringues neuves ou pas neuves, c'est les marchands de Malik. Ou alors, Malik, c'est peut-être le nom du marchand patron de tous les marchands de fringues neuves et pas neuves. Il y a des dames indiennes en costumes de dames indiennes qui vendent du patchouli et de l'encens à brûler. Il y a un vieux d'au mois cent ans sans aucune dent dans sa bouche qui vend uniquement une machine à écrire qui n'a plus beaucoup de lettres. Il l'a posée dans le ruisseau et il s'est endormi sur une chaise qui doit être à vendre aussi mais pas cher tellement elle est dépaillée. Il y a...

On peut pas tout voir. C'est impossible.

Le catalogue des Puces, s'il existe, il doit être cinquante fois gros comme celui de La Redoute. Ou cent fois.

C'est bien comme endroit. C'est fou toutes les choses qu'on aurait envie d'acheter si on était venu pour acheter. Des choses du genre casque à pointe d'Allemands boches qui coupaient les mains pendant la Grande Guerre qui s'est faite dans des tranchées à Verdun avec des zeppelins volants, des grosses berthas et des guynemers. Du genre ceinturon de G.I. tuant des populations à Hiroshima. Du genre photographies dédicacées de toutes les vedettes de cinéma américaines. Du genre épée ayant servi. Du genre lion naturalisé comme Pilipili. Un vrai lion. Avec ses vraies griffes. Du genre paires de bottes de cow-boys dont certaines paires sont des paires d'une seule botte et doivent provenir de cow-boys qui ont perdu une de leurs deux jambes dans une lutte sans merci.

C'est vraiment très très bien comme endroit. Ça doit

être épouvantablement microbeux. Ça doit être un des derniers endroits où on doit pouvoir encore attraper des maladies d'époque comme la peste ou la lèpre. Mais, comparé au BHV ou même à la Samar... C'est pas compliqué : c'est tellement mieux que c'est pas comparable. Et puis personne vous regarde d'un regard soupçonneux. Personne regarde personne, pas même un garçon tout seul. Personne regarde personne parce que tout le monde est trop occupé à chiner.

Retrouver Grand, le magasin caverne d'Ali Baba de Grand, dans ce supersouk qui s'étale dans tous les sens, ça va être dur. Même en demandant. Il aurait peut-être plus de chance en demandant le chien Toufou puisque Toufou, il s'appelle vraiment Toufou alors que Grand il s'appelle autrement que Grand. Jamais il arrivera à le retrouver. Mais Manu trotte quand même à s'en user les pieds et les jambes. Il trotte sans plus même voir tout ce qui mériterait de l'être. Il trotte. Il trotte.

A un moment, à en croire la montre Zorro (qui va vachement épater Ballon-de-foot et les autres), ça fait presque trois heures qu'il trotte dans tous les sens, repassant dans des rues qu'il a déjà faites, repassant devant le marchand très bien habillé de Mickeys sans oreilles ou sans queues, repassant devant les négros qui cassent les oreilles avec leurs petits tambours, devant le lion naturalisé avec ses vraies griffes, devant...

— Alors, Manu, c'est fait ? Je t'ai refilé le virus. Te voilà devenu chineur ?

Grand ! C'est Grand ! Grand avec toujours ses jeans. Grand assis dans un trône de roi. Grand en train de manger une pomme. Ses longues jambes allongées et ses belles chaussures et pas de chaussettes.

Sa caverne d'Ali Baba, à Grand, il est passé au moins trois fois devant, Manu. Au moins trois fois.

Qu'est-ce qu'il est content. Content à s'en sentir tout bête. A pas être fichu de dire « bonjour, Grand ».

— T'as mangé ta langue ?

— Non. Je l'ai pas mangée.

Il l'a pas mangée. Mais il trouve rien à dire avec.

— Alors comme ça, tu es venu te payer une partie de chasse au trésor ?

— Oui... Non.

— Tu as pas ta tête d'hier, toi : tu as l'air chafouin, pas dans ton assiette. Quelque chose qui ne va pas ? Un problème ? Un gros gros problème ?

Manu regarde le bout de ses baskets. Il sait plus très bien pourquoi il voulait voir Grand. Il sait qu'il est parti, qu'il a pris le métro direction porte de Clignancourt-les-Puces avec l'idée que, s'il arrivait à trouver Grand, ça serait bien. Et... maintenant...

— C'est pas défendu de s'asseoir, tu sais. Tu as même le droit de choisir dans quoi tu veux les poser, tes fesses. Dans du Louis XV, du Régence ? Moi, je serais toi, c'est sur ce fauteuil en rotin que je m'assiérais. Il a l'air un poil lourdaud, à première vue, mais il est Charles X et, une supposition que tu serais en quête de quelque chose de gai et sans prétention pour un jardin d'hiver... Dora, elle en a le béguin, de ce fauteuil. C'est toujours là qu'elle... Tu veux une pomme ?

— Non. J'en veux pas.

Grand croque dans la sienne. Il regarde Manu.

Manu regarde le magasin caverne. C'est un peu sale. Mais seulement un peu. Et encombré. Des fauteuils, tous pas pareils, il doit y en avoir au moins cent, entassés les uns sur les autres. Et des chaises en pagaille, un buffet tout de traviole avec, sur ses étagères, au moins cinquante cafetières aucune pareille, un squelette de mort, un ours carpette avec sa tête, des miroirs qu'on peut pas se voir dedans, des christs sans nez, avec des doigts cassés, une cage à oiseaux sans oiseaux mais pleine de boules dorées. Des lanternes avec des verres en couleurs, des fusils qui doivent plus marcher ou peut-être que si, un lit en fer avec un type encore plus vieux que Grand qui dort dessus tout habillé.

— Lui, il n'est pas à vendre. C'est Princesse. Mon associé. Il fait sa sieste.

Il a des chaussettes, l'associé. A carreaux écossais. Mais pas de chaussures. Il dort la bouche ouverte et à chaque souffle qu'il fait avec sa bouche, ça fait remuer un peu ses poils de sa moustache très fournie en poils.

— Il est mignon, hein ? Si je te dis que plus tante que lui, y a pas, ça te dira peut-être pas grand-chose. Alors je ne te le dis pas, gamin. Vingt ans qu'on travaille ensemble. Vingt ans.

Comment un monsieur à moustache peut être une tante ? Ça...

— Dora, elle t'a téléphoné ?

— Non. Elle m'a pas téléphoné.

— Et tu t'ennuyais et tu es venu voir comment c'est les Puces. C'est folklo, hein ? Mais tu es pas tombé un bon jour. Aujourd'hui, c'est pas un jour à clients. C'est un jour à promeneurs, à traînassons qui ne savent pas où aller traîner pour tuer leur dimanche de Pâques. Ça regarde, ça regarde mais ça ne veut rien acheter. Un pique-feu. Un malheureux pique-feu à une Anglaise, voilà tout ce que j'ai réussi à fourguer depuis les aurores. Tu as quoi, Manu ?

— J'ai rien.

— Mon œil que tu n'as rien. Quand on n'a rien, on n'a pas la tête que tu as. C'est de pas avoir eu de nouvelles de Dora qui te chiffonne ?

Il est venu pour ça, que pour ça, que pour lui dire ça, à Grand, alors autant lui dire, non ?

— Maman elle m'a pas laissé son numéro. Elle me

les laisse toujours ses numéros sur une ardoise dans la cuisine. Et, hier, parce qu'on s'est disputés...

— Disputés pourquoi ?

— Parce que je lui faisais la tête.

— Tu avais une raison de lui faire la tête, ou c'était juste un caprice de morpion ?

— Je lui faisais parce qu'elle s'en allait, la tête.

— Alors, là, j'aurais fait comme toi. Et pas la tête. C'est la gueule que j'aurais fait. Carrément la gueule.

— Elle a pas oublié que de me laisser le numéro de téléphone de l'hôtel de Lille où elle est. Elle a oublié aussi son baisenville.

— Son baisenville ?

— C'est son sac en vuitton avec toutes ses affaires pour travailler et ses pilules pour dormir. Dans les hôtels, dormir sans pilules, elle y arrive pas.

— Et c'est ça qui te fout en l'air ?

Grand pose sa pomme sur un plateau en cuivre marqué mille deux cents francs sur une petite étiquette. Grand s'allume une cigarette. Il tire une bouffée. Une autre. Une autre.

— Dora, pour arriver à la suivre...

Il tire plus de bouffées. Il pose sa cigarette dans une tasse tête de grenouille. Il pense avec la tête qu'on se met à avoir quand on pense des choses pas ordinaires.

— Elle arrive, s'assied sur ce fauteuil en rotin. Et on parle. Tu as remarqué que, pour moi, parler c'est ne jamais la fermer, ne jamais écouter les autres ? Ça m'a toujours fait supérieurement chier les histoires des autres. Vraies ou pas vraies, je préfère toujours les miennes à moi. Mais Dora, ta maman, elle, je l'écoute. Je peux passer des nuits à l'écouter.

Grand se lève. Il ne regarde plus Manu, il ne regarde plus rien. Il est dans ses pensées.

Qu'est-ce qu'il est grand.

— Pourquoi elle s'est mise à m'intéresser autant

que ça ? Des dames, des femmes, belles, pas belles, agréables, pas agréables, t'en vois des milliasses. Ici. Ailleurs. Partout. Même si tu les regardes pas particulièrement, tu les vois. Il arrive qu'une t'accroche plus que les autres. Il arrive que... Mais... Dora... Elle passait, elle a vu l'ange. Moi, je l'ai vue elle. Et... depuis... C'était un lundi... Un lundi quatorze... C'est resté gravé. Un lundi. Je n'ai rien fait pour qu'elle revienne. Je mourais d'envie qu'elle revienne. Mais j'ai rien dit, rien fait pour. Faut pas. Faut laisser les choses se faire si elles doivent se faire. Et... si elles doivent se faire... Le samedi d'après, elle revenait. Elle avait un manteau bleu marine. Elle paraissait encore plus jeune, plus frêle. Elle ne serait pas revenue, elle ne serait pas revenue. Je m'en serais remis. On se remet de tout passé un certain âge. Mais... elle est revenue... Et ça me mine autant que toi qu'elle soit...

Il reprend sa cigarette, se remet à tirer dessus. Il avale toute la fumée. Ce qui est très mauvais pour l'intérieur des poumons.

— Elle est revenue. Et toi, aujourd'hui, tu viens. Alors, mon bonhomme. Alors, mon bonhomme...

Il regarde Manu. Il est sérieux. Ses yeux ne rigolent pas, pour une fois.

— Tu es sûr que tu veux pas une pomme ?

— Non. Merci.

— Et ça ? Tu vas me dire non merci ou oui merci, si je te fais cadeau de ça ?

Ça, c'est un pistolet. Un vieux pistolet si long et lourd qu'il faut les deux mains pour le tenir. Avec une poignée en bois rouge et un système compliqué comme les pistolets à amorces.

— C'est quoi ?

— Un pistolet du dix-huitième. Pas arrondissement. Siècle.

— Un pistolet de pirate ?

— Plutôt de soldat. Ou de gendarme. Ou de brigand.

— C'est un vrai ?

— Plus vrai que ce pistolet, tu meurs. Tu meurs aussi si on te tire dessus avec. C'est qu'il est en parfait état de marche. Faut, évidemment, avoir la charge qu'il faut. Mais ça se trouve. Il te plaît ?

Manu voit l'étiquette sur la crosse, le prix : trois mille francs.

— Vous pouvez pas m'en faire cadeau.

— Pourquoi je ne pourrais pas ? C'est fait, Manu. Il est à toi. Pas pour t'en servir. Pour le garder dans ta chambre. Il est pas beau ?

— Il est formidable.

— Alors dis-moi merci.

Comme si un merci pouvait suffire. Une arme, même pas de pirate, au prix qui est sur l'étiquette, une arme aussi pesante, une arme qui doit tuer même si on s'en sert que comme casse-tête, ça mérite... Ça mérite...

D'ailleurs, Manu ne réfléchit pas, il se lève.

— Je peux vous faire un baiser ?

— Si vous êtes rasé, pas d'objection, Votre Honneur. Ce que je déteste, c'est qu'on m'embrasse quand on pique. Mais... si tu ne piques pas...

Il pique pas, Manu. Combien de fois maman Dora lui a affirmé que des joues douces comme les joues qu'il a mériteraient d'être des fesses !

Grand doit se plier en deux. Il picote, lui. Il a dû se raser mais il a le poil rude. Il sent le tabac américain et le parfum sauvage des types qu'ont dû beaucoup bourlinguer. Il a droit à un vrai bisou. Du fond du cœur. Pas à un bisou de commande.

— Quand je te le disais, qu'on était partis pour devenir des amis, d'enfance, nous deux. Tu sais que je pourrais être ton grand-père.

— Vous en avez un, de petit-fils ?

— Parle pas de malheur ! Pas la queue d'un petit-fils. Et pas de petite-fille non plus. Je ne suis ni père, ni grand-père. Sorti de Toufou, question descendance, moi... Etre grand-père, j'aurais horreur de ça. Horreur. Les petits pisseux de ton espèce, je veux bien m'en faire des amis d'enfance. Mais... grand-père ! Ah ! non ! Je n'ai même plus ce qui s'appelle une épouse. J'en ai eu une. Une seule et unique. Dans le temps. Vraiment dans le temps.

— Vous vivez tout seul ?

— Pas plus que si j'avais trente-six enfants, petits-enfants, bonne femme, belles-filles, neveux, nièces, poupons à la mamelle et autres encombrants bipèdes à me traîner dans les pattes, à me polluer mon air. D'abord, tout seul, on l'est toujours. Tu verras.

Pourquoi Grand a dit « tu verras » ? Ça le déçoit, Manu. Il n'aime pas quand les gens, les grandes personnes lui disent « tu verras ». C'est comme quand ils lui promettent que s'il ficelle pas mieux les lacets de ses baskets il va tomber, que s'il regarde trop Mike Hammer à la télé, il deviendra myope et idiot, que s'il se récure pas les trous des oreilles tous les matins avec des Cotons-Tiges il trouvera jamais à se marier. Leurs « tu verras », aux gens, ça veut toujours dire que quand il sera dans son avenir — ce fameux avenir qui pend au nez de tout le monde — il aura droit qu'à plein d'ennuis, qu'à plein de choses pas rigolotes, qu'il « en bavera ».

Il est curieux, Manu. Autant qu'on peut l'être. Mais de là à avoir envie de voir toutes les mochetés qui attendent ceux « qui verront »...

Ça lui plaît pas que Grand ait dit « tu verras ». Manu a remarqué que plus les gens lui disaient « tu verras », plus ils étaient devenus très très cons à force — sûrement — d'en avoir trop vu.

Maman Dora le dit jamais, elle, « tu verras ». Jamais.

Qu'est-ce qu'elle va être épatée quand elle va voir le pistolet authentique. Et l'ange.

Qu'est-ce qu'elle va être emmerdée quand elle va découvrir qu'elle a oublié son baisenville et de mettre son numéro d'hôtel sur l'ardoise.

Tiens ! Qu'est-ce qu'il fait, Grand ? Pourquoi il asticote son copain de travail, Princesse, qui est une tante qui dort habillé ? Il veut qu'il dorme plus ?

C'est ça. Et Princesse ça le rend de mauvaise humeur d'être réveillé de sa sieste.

— T'es fou, merde ! Qu'est-ce qui se passe ? Pourquoi tu me... ?

— Parce qu'elle l'a fini, son dodo, la grande fille.

— Tu fais suer. J'étais bien. Mais bien... J'étais en train de rêver que...

— Que tu étais Elizabeth Taylor dans « Cléopâtre » ? Faut te faire une raison, ma grande. Tu n'es pas Elizabeth Taylor. Ni dans « Cléopâtre », ni ailleurs. Tu es une grosse feignasse qui finira obèse à force de trop dormir. Alors tu vas redescendre sur terre et te recoller tes faux cils. Parce que moi, je m'en vais.

— Tu t'en vas ? Comment ça, tu t'en vas ? Ce n'est pas aujourd'hui, qu'il doit venir, le monsieur à l'aquarelle douteuse de Renoir qui est peut-être une aquarelle de Monet ?

— C'est aujourd'hui. A cinq heures. Mais moi, à cinq heures, je serai loin. Alors tu prends l'affaire en main, ma poule.

— Pas question. Tu sais bien que moi, la peinture, je ne la sens pas. Que j'ai pas le feeling. Et, d'abord, tu seras où, à cinq heures ?

— T'es gentille, Princesse. Tu me lâches avec tes questions. J'ai une course à faire en ville. Et pas dans cette ville-ci.

— Tu fais suer. Mais suer ! C'est qui, ce gamin ?
— C'est Manu.
— Manu, le fils à ta Dora ? Il a ses yeux. Il est mignon tout plein.
— Il est surtout pressé. Et moi aussi. Alors tu te sors de ce lit, tu te refais une beauté, un petit coup de brushing et, pour l'aquarelle, tu ne vas pas au-delà de quatre mille. Elle est de toute beauté. A trois mille cinq, même si elle n'est ni de Renoir ni de Monet, c'est l'affaire du siècle. Pigé ?
— C'est pas suer que tu fais. C'est...
Grand ne veut pas en entendre plus. Que son associé tante continue à glousser tout seul. Grand est très pressé d'aller faire sa course en ville dans une autre ville. Grand prend sa canadienne — une authentique, avec le dedans en poil de mouton qui dépasse dehors —, il prend deux pommes, il cueille son zippo, ses cigarettes, et attrape la main de Manu. Celle qui ne tient pas le pistolet.
— En route, boy.
— On va où ?
— Ça c'est la bonne question. Et la réponse va être encore meilleure : on va voir Dora.
Voir maman Dora ? La voir comment ? Comment on pourrait aller voir une maman Dora qui...
— Oui, Manu, on va à Lille. On passe chez toi récupérer le baisenville et...
C'est pas possible.
Si. Ça l'est.
Il est comme ça, Grand. Comme ça. C'est un type capable de dire tout d'un coup, sans réfléchir, on va à Lille et de grimper dans sa roulotte de broc, de déloger Toufou qui roupillait, la truffe sur un os à moelle sans moelle, à la place du mort, d'y installer Manu, de mettre le contact, de démarrer en trombe en manquant d'écrabouiller un bonhomme qui vend des

bouts de chiffons déchirés alignés sur un papier journal au bord du trottoir, de crier (en italien) d'aller se faire enculer à un flic qui fait son important à la porte de Clignancourt, de rouler dans la file réservée aux autobus et aux taxis aussi vite que si Starsky et Hutch voulaient le rattraper, et de stopper devant l'immeuble de Manu pas même un quart d'heure après.

— Maintenant, Manu, tu fonces. Tu récupères le baisenville, tu te prends un blouson ou un gros chandail bien chaud et c'est parti !

— On peut pas...

— On peut pas quoi ? On peut pas quoi ? Tu sais combien de kilomètres je fais chaque semaine pour aller les dénicher toutes mes fouillasseries ? Tu sais combien de pneus j'ai usés jusqu'à l'os depuis que je suis devenu broc parce que j'ai compris que, si t'étais pas Gauguin ou Van Gogh, fallait pas être peintre ? Les routes elles sont jamais longues si tu les connais et si tu sais comment les prendre. Et Lille c'est pas Tombouctou. C'est la porte à côté, Lille. Alors... On fait un saut là-bas. On voit Dora, on lui donne son baisenville et on est de retour à l'heure du grand film de la télé. Si Grand te dit que ça peut se faire, petit, ça peut se faire. A condition, bien sûr, de ne pas rester des siècles à se dire qu'on ne peut pas. On peut, Manu. On peut. Tu n'as pas envie d'aller l'embrasser, ta maman ? T'as pas envie de lui faire une surprise ? Une sacrément bonne surprise.

— Elle se fâchera. Elle voudrait pas que je m'en aille de Paris. Je peux pas partir dans le nord de la France.

— Tu peux pas ! Tu peux pas ! Tu crois que Lincoln il resterait là, planté sur le trottoir, à se dire je peux pas ? Lincoln, les questions, il se les posait après. Allez, filoche, tortue !

— Elle va être en colère, maman Dora.

— Et nous, on l'est pas, en colère ? On l'est pas ? Dora, je ne suis pas son père et j'ai envie de bien des choses mais pas de l'être, son père. Mais je le serais, elle aurait droit à une de ces engueulades. Une de ces engueulades à pas s'en remettre. Partir pour Lille et s'arranger pour qu'on ne puisse même pas la joindre à Lille, ça... Elle me le paiera. Et avec les intérêts. Fais-moi confiance. Toi, tu fais comme tu veux. Tu viens... tu ne viens pas... Moi, j'ai envie de bouger, de me dégourdir les pneus. Alors, son baisenville, tu montes le chercher et je lui porterai tout seul. Tu préfères qu'on fasse comme ça ?

— Oui. Je préfère.

— Alors tu te grouilles. Si, dans une minute, tu ne me l'as pas rapporté, ce baisenville... Et pas une minute de soixante et une secondes !

Grand il est fou.

Fou sympa. Mais fou.

— Je savais que tu serais d'accord. On l'est toujours, d'accord, nous deux, Pilipili. Pas toujours ? Seulement presque. N'empêche qu'il est fou. Pour ça, t'es d'accord ? Et son copain associé Princesse qu'est tante. Alors lui... Ça se voit pas beaucoup des gens comme lui. Grand il lui dit qu'il est pas Cléopâtre et qu'il a ses faux cils décollés. Cléopâtre, c'était la reine d'Egypte. Une reine très importante. Avec un nez. J'ai pas bien vu si c'étaient vraiment des faux. Mais c'est des cils très poilus. Il a aussi, l'associé Princesse, des poils trop poilus sur son ventre comme un ventre de baleine qu'il fait voir en dormant devant tous les chineurs qui passent, tout habillé avec une chemise déboutonnée. Il fait voir aussi son collier en perles fines très grosses qui doivent être d'époque. Ils vendent que de l'époque. Ce pistolet, hein ! Oh la la ! Si ça se trouve, il vaut encore plus que trois mille francs.

Alors je l'ai embrassé. Mais aller avec lui dans sa roulotte de broc à Lille... Toi, tu t'occuperais pas des conséquences. Tu monterais dans la roulotte sans réfléchir. Et tu te ferais bouffer par Toufou ! Ça bouffe pas les chats en nylon lavable, les chiens ? Si, ça les bouffe. Ça a un odorat qui sent pas si t'es en nylon si t'es un chat. Moi, il arrête pas de me lécher. Ça râpe. Pourquoi c'est Toufou, son nom ? Ça... Il klaxonne. Faut que j'y aille avec le baisenville. Que je me grouille. Si j'y avais été aussi, fallait que je prenne un chandail ou un blouson. Mais maman Dora me voyant arriver en plein dans son travail de traductrice d'allemand elle m'engueulerait encore plus furieusement que Grand il l'engueulerait, maman Dora. S'il était son père qu'il veut pas être. Il fait celui qui la connaît très bien, maman Dora, Grand. Comme si elle allait tous les jours ou presque s'asseoir dans le petit fauteuil pour les jardins d'hiver. Sa langue, il l'a pas mangée, lui. Il raconte. Il raconte. C'est drôle, maman Dora, qu'elle m'ait jamais dit qu'elle allait manger du saumon avec de la vodka pour aller avec, avec Grand. Quand il en parle, de maman Dora, il se met à avoir encore l'air plus d'un fou. Quand elle va le voir arriver... Peut-être elle va pas être contente que j'aie dit à Grand qu'elle était dans le nord de la France. Ça le regarde peut-être pas. Si j'y allais je lui expliquerais que c'est lui qui... Non. Je peux pas y aller, Pilipili. Je peux pas. Je peux pas arriver lui faire une surprise sacrément bonne sans qu'elle le sache. Si elle le savait ça serait pas une surprise ? T'es chiant. Là, tu me fais des raisonnements. Quel chandail je prendrais si j'y allais ? Celui à carreaux jacquard ? Le bleu marine de marin pêcheur ? Mon blouson ça serait mieux à cause des poches. Je pourrais mettre dans une le répondeur à distance. Comme ça, en route, je pourrais appeler pour savoir si elle a téléphoné son numéro et l'appeler pour lui dire que je viens si j'y allais. Mais j'y vais pas. Je pourrais prendre le petit lapin que j'ai pas donné à cette conne prétentieuse de Véronique ? En voyage, un fétiche, c'est drôlement utile ? Et emmener quoi ? Tu déconnes. Tu me vois emmener un jouet à mon âge ? T'es pas un jouet ? On a dit que t'étais un vrai chat empaillé ? Comme ça le panier qui t'a servi qu'une fois, il servirait une fois de plus et je pourrais m'en servir comme d'une valise et mettre dedans un pyjama ? Tu sais que t'es plus que chiant. Que tu fais plus que suer. Que...

Grand, ça le fait rire que Manu il embarque dans sa roulotte de broc avec le baisenville et un panier à chat. Toufou aussi on dirait que ça le fait rire. Il a une tête de chien qui rit. Il doit avoir très bon caractère pour sa taille. Il renifle même pas le panier.

Grand dit qu'il faut attacher ses ceintures, parce qu'on va décoller.

Ce qu'elle dira, maman Dora, on verra bien.

9

— Maintenant, tu es brave, Manu, tu prends une pomme dans ma poche et tu la manges.

— J'ai pas faim.

— Une pomme, ça se mange sans faim. Ça se mange d'autant plus sans faim que, de manger une pomme, ça ouvre l'appétit. Plus apéritif qu'une pomme, y a pas. Et puis la question n'est pas de savoir si tu as faim. La question... Demande à Toufou comment ça se passe quand on bourlingue. Il fait son boulot de chien. Et moi, je fais mon boulot d'homme. Regarder défiler les arbres, compter les bornes, aboyer un bon coup quand y a lieu d'aboyer un bon coup, c'est lui qui fait ça. Moi, j'aboie pas, je vois pas les arbres, pas le paysage, rien. Je conduis. Alors, vu que te voilà devenu notre compagnon de route et qu'il y a des pommes à manger et que Toufou, les pommes, c'est pas son truc, faut que tu te dévoues, cow-boy. C'est que je n'ai pas quatre mains, moi. Note que si ça te chante de prendre le volant... Mais avec tous les allumés qui ont droit à trois jours de perm pour casser de la tôle et faire des routes de Pâques un cimetière, tu n'as pas intérêt à piloter en danseuse. Regarde-moi ces ploucs ! Mais regarde-les ! Ils se croient où ? Aux autos tamponneuses ? A la guerre ? Et je te change de file. Et je te double à... Tu as vu ce Fangio avec sa portée de lapins dans son char ! Il aurait aussi bien fait d'acheter directement une ambulance ou un corbillard. Il a même pas appris à lire le mot stop, ce sous-développé. Elle a eu chaud la Peugeot. Et pas qu'elle. La Mini qui lui collait aux miches aussi et la Samba. Leur rêve à tous, c'est d'avoir leur nom mardi dans les canards dans la double page sur le bilan du week-end meurtrier. C'est beau l'ambition ! C'est grand, la connerie humaine ! Alors, tu la prends, cette pomme ?

— J'ai pas faim. Je vous jure.

— Tu la mangeras pas pour toi. Tu la mangeras pour moi. Ça calme de manger de la pomme. Et j'ai besoin d'avoir mes nerfs bien détendus, bien lisses. Parce que... faire de la route un dimanche férié, si t'as le nerf noué... Je vais trop vite ? Tu as peur ? C'est ça qui te coupe la faim ?

— Non. J'ai pas peur.

— Alors là, Manu... Tu as tort de ne pas avoir peur. Tu devrais. Avec tous ces chauffeurs du dimanche... Des moutons devenant enragés, y a pas pire. Les guerres, ça ne serait que des guerres sans les paisibles citoyens à qui on refile de force des fusils pour les faire. C'est le civil bombardé soldat qui fait que les guerres tournent à la tuerie. Le militaire de carrière, il tue parce que c'est son métier. Mais le militaire d'occasion, il tue pour s'éclater. Et le chauffeur du dimanche pareil. On va la lâcher, cette putain de nationale. Trop peuplée. Trop dangereuse parce que trop peuplée. C'est le bison qui veut ça. Déclencher de somptueuses conflagrations mondiales, ils osent plus. Alors, pour désengorger quand même un peu la planète, ils ont inventé le bison et ses tuyaux sournois. Mais à futé, futé et demi. Tu vas voir. Grand, il connaît les petites routes pas conseillées. Celles qui zigzaguent et te font gagner du temps en t'en faisant perdre. Des petites routes pas pour les gros malins. Celles d'où tu sors vivant. Les routes, je les connais toutes. Moins elles sont nationales, plus elles sont fréquentables. Et riantes. Alors, on s'accroche au bastingage et à gauche toute! La N16, on leur laisse, aux enragés. Y a pas école, mais on va quand même prendre le chemin des écoliers. Ils foncent droit sur Arras. Nous, on va faire un détour par Crépy-en-Valois. Beau nom et bel endroit. De là on va sur Cassigny, Chaulnes. On va traverser des campagnes, prendre des routes à hérissons.

C'est vrai qu'elle est plus rieuse que la grande, la petite route pas conseillée. C'est vrai qu'elle zigzague. Et au lieu de voir que d'autres voitures et que du béton, que du goudron, que des lignes blanches et des arbres bien alignés, on voit des arbres pas tous pareils, plantés n'importe comment et presque pas de voitures et des maisons, des champs d'herbe avec des vaches posées dessus, des chevaux qui s'amusent à galoper sans personne sur le dos. Et des oiseaux.

La campagne, Manu la connaît pas beaucoup.

Il connaît la montagne de dix-sept cent cinquante-deux mètres d'altitude. Celle de classe de neige où il s'est fait bien bien chier, cet hiver, avec les crapulos de son école et des moniteurs gracieux comme Rambo quand il fait la tronche.

Il connaît la mer Méditerranée et la mer de Normandie. Maman Dora, les vacances, elle ne les aime qu'à la mer. Pour nager, pour se faire quelques relations avec du monde qu'elle connaît pas et rester le plus qu'elle peut au soleil à lire des bouquins de cinq cents pages d'une traite ou rien que bronzer pour devenir encore plus belle.

C'est pas si mal que ça la mer. Il y aurait pas tous les jeux sportifs qu'on est obligé d'y faire, ça serait même bien. Mais faut apprendre à nager, faut faire du volleyball, du golf miniature, faut être inscrit dans des clubs pour devenir grand et fort en s'amusant.

A l'île de Ré, la fois où Corinne était venue en vacances avec maman Dora et Manu dans une location assez coûteuse pas loin du phare de la Baleine, Manu on l'avait inscrit au club des Araignées de mer. Un club chic avec son tee-shirt rose avec une araignée de mer dessus. Il y avait une fille géniale, Anne-Cécile, et des garçons marrants. Mais c'était des horaires encore pire qu'à l'école et jamais de récré. Fallait sans arrêt s'amuser sainement en apprenant la brasse papillon, le crawl et à faire des nœuds marins et à chanter des chansons nulles en faisant chacun une voix différente et en faisant des concours de châteaux de sable que les vagues faisaient devenir des tas de boue quand ils étaient même pas finis.

En fait, la campagne qu'est ni mer ni montagne, Manu il ne l'a vue qu'une fois, autrement que par des fenêtres de bagnole ou de train. La fois qu'il est allé passer une semaine qui n'a duré que trois jours avec maman Dora chez la maman de maman Dora. Sa grand-mère Louise qui attend de « passer l'arme à gauche » en faisant du tricot, de la broderie et des cancans à Neuville-du-Poitou. Elle a une grande maison là-bas. Avec des meubles d'époque et un col du fémur qui l'empêche d'aller même dans son jardin voir pousser ses radis et fleurir ses lilas. Et elle s'entend pas avec maman Dora. Maman Dora non plus s'entend pas avec elle. C'est terrible : plus elles crient fort, moins elles s'entendent. Elles s'entendent pas à cause de tout. A cause des études de danse que grand-mère Louise a pas voulu laisser faire à maman Dora. A cause des jupes, des robes, de maman Dora que grand-mère Louise trouve toujours pas décentes et toujours d'un goût à en frémir. A cause de Manu qui n'a pas un vrai père et qui deviendra un désaxé comme tous les fils qui n'ont pas un vrai père. A cause de la façon dont maman Dora s'alimente que de nourritures qui font soi-disant pas grossir. A cause des travails de maman Dora qui sont pas un travail stable. A cause de tout.

Comme maman Dora et grand-mère Louise faisaient qu'à rester assises à se lancer des quatre vérités à la figure, Manu avait tout le temps d'aller voir dehors comment c'était.

D'aller voir les animaux de la maison d'à côté qui était une ferme sentant très mauvais le caca de vache qui est de la bouse et le lait pas pasteurisé. Le fermier s'appelait monsieur Pleutrard et il avait les ongles en deuil et il racontait à Manu qu'il fallait qu'il se lève dans la nuit pour aller dire au coq de se réveiller pour dire au soleil de se lever. Il tuait des lapins en leur cognant la tête contre un poteau, monsieur Pleutrard, et il se plaignait de toutes les maladies dues à la bombe atomique qui faisait pousser le blé moins fourni et les tomates rachitiques. Il avait trois chiens et quatre chats qui n'avaient pas de nom. Il avait appris à Manu à fendre des bûches et arracher des orties sans se piquer. Ça piquait quand même. Ça faisait mal. Mais c'était pas grave parce que « c'était le métier qui entrait ».

Il y avait aussi une dame avec des verrues sur le nez qui était assise avec des biquettes dans un champ. Ses biquettes avaient toutes des noms. Mais elles étaient très paresseuses pour donner du lait. C'était une dame qui n'avait pas la radio et pas d'électricité. Elle était très bavarde. Mais elle riait jamais. Elle lui avait expliqué à Manu qu'elle riait jamais mais que ça lui aurait pas déplu de rire, au contraire même, mais qu'elle avait jamais ri de toute sa vie parce qu'elle avait jamais eu l'occasion, mais que si, un jour, avant de mourir, elle en avait une, occasion de rire, ça lui plairait beaucoup. Elle avait jamais lu de journal ni de livres, parce qu'elle avait pas appris à lire. Mais ça, ça la dérangeait pas. Elle s'en battait l'œil.

Il y avait la dame au chat empaillé Cricri.

Il y avait une petite rivière où on pouvait prendre des écrevisses avec les mains et un garçon qui faisait fumer des mégots de Gauloises à des crapauds.

C'était dégueulasse mais assez intéressant.

Manu a été quand même vachement content quand maman Dora a décidé, au milieu d'un dîner avec une excellente tarte à la rhubarbe, de prendre ses cliques et ses claques et de quitter ce patelin de crotte où elle n'aurait jamais dû remettre les pieds.

Elle était si furieuse qu'elle a pété la fermeture de sa valise en la refermant.

C'est que, quand elle pique une colère, maman Dora...

— Et si elle est pas contente, maman, de nous voir arriver avec son baisenville en vuitton ?

— Si quoi ?

Grand, qui ne s'est même pas allumé une cigarette depuis qu'ils ont pris la route, regarde Manu de son œil droit. Comme une poule de la campagne, il regarde Manu.

— Si elle n'est pas quoi ?

— Maman... On va la déranger dans son travail. Et si ça se trouve...

— Ça... On a une chance sur deux de se faire rembarrer comme des malpropres. Deux chances sur deux, même. Quelqu'un qui s'esbigne en douce... Quelqu'un qui s'arrange pour qu'on sache surtout pas où il est... C'est quelqu'un qui a des choses à cacher. Tu veux quoi ? Qu'on laisse tomber ? Qu'on fasse demi-tour ?

— Non.

— Alors, au lieu de gamberger, tu ferais mieux de

t'intéresser au paysage. De faire comme Toufou. Il en perd pas une miette, lui. Le jour où il écrira ses Mémoires... C'est qu'il en a vu du pays. Hein, mon chien, que t'en as vu du pays ?

Toufou, c'est son Pilipili, à Grand. Mais au moins il fait celui qui écoute. Il tend l'oreille, il cligne, il bave un peu pour montrer que ça lui fait plaisir qu'on lui cause.

— C'est quoi comme chien, Toufou ?

— Un labrador. Un yellow. Un jaune. Une bonne occase. Je l'ai eu en prime en achetant un clavecin foutu. C'était une vieille vieille dame dans un vieux château à courants d'air et à fantômes. Elle voulait tout bazarder pour que ses héritiers n'aient rien. Ses portraits d'ancêtres. Son mobilier. Un vase de nuit dont avaient usé des ducs et des princes. Son clavecin foutu, même à l'œil, j'étais pas preneur. Il sonnait comme un glas enroué. Hors course, il était. Mais y avait Toufou. Elle voulait pas non plus le laisser à ses héritiers. Quand elle a vu que j'avais unc tête qui lui revenait, à son chien, elle m'a fait un blot pour le clavecin et le Toufou. Et j'ai craqué. C'était une très bonne mauvaise affaire. C'était il y a... Ça va faire cinq ans, à force.

— Vous les avez vus, les fantômes du château ?

— Pas vraiment.

— Ça existe ?

— Pas vraiment non plus. Enfin... On ne sait pas. Peut-être que Toufou il le sait, lui. Et toi, tu sais où on est, ici ? On est dans la forêt de Compiègne. Et quand on est dans la forêt de Compiègne...

Il ralentit, il s'arrête, Grand.

— Quand on est dans une forêt, Manu... On a droit à chacun son arbre. Tu choisis le tien. Celui qui te va. Toufou, lui, ça va être ce chêne-là. Je le connais. Il lui faut des arbres centenaires.

Il descend, Grand. Il s'étire.

Toufou aussi il descend et il s'étire encore plus. Il s'étire toutes les quatre pattes en même temps. Et il s'étire les oreilles et la langue. Et il renifle des touffes d'herbe, les mordille pour jouer, leur donne des coups de tête. Ça le met de bonne humeur, les forêts. Ça doit lui rappeler quand il était un chien de château hanté.

Grand, son arbre, il l'a choisi. C'est un arbre avec de l'écorce blanche. Un arbre pour...

Compris. Manu a compris.

Il va s'en choisir un, d'arbre, sur lequel il fera lui aussi pipi. Mais en s'arrangeant pour pas être vu. Il va un peu loin. Dans un coin de forêt sombre. Il avait très envie mais il y pensait pas. Il asperge des bestioles très agitées qui sont sûrement des fourmis. C'est rigolo de faire ça. Mais après, on regrette. On se rend compte que c'est peut-être très mauvais pour leur santé d'insectes d'être arrosés de pipi. Peut-être mortel.

Quel salaud, ce fermier du patelin de grand-mère Louise, qui estourbissait des lapins contre un poteau ! Quels salauds les chasseurs ! Et Buffalo Bill alors ? Lui, c'était pas un gros con qui va tuer des lapins pour le plaisir, lui c'était une question de survie. Les Africains qui tuent des lions aussi. Des gens qui vivent dans des régions sans boutiques, sans supermarchés et avec des famines, ils ont que ça : des lions. Mais les monsieur Pleutrard, les chasseurs...

Grand s'est allumé une cigarette.

— C'est beau, non ?

— C'est pas mal.

— Dieu il a dû se régaler quand il a créé les forêts. T'imagines un peu. Un de ces fameux six jours durant lesquels il a pas arrêté de bosser comme un dingue, il a eu cette idée grandiose : les forêts. Alors il s'est concentré. Il a sûrement fermé les yeux. Et il a bien pensé à tout. Aux arbres, bien sûr. Avec le max de branches pour que les oiseaux et les écureuils puissent faire les acrobates. Avec des troncs pour que l'homme et le chien puissent faire leur pipi. Puis il a pensé à la mousse, à la bruyère, à la fougère, aux champignons, aux fraises des bois, au gui pour les druides. Il a rien oublié. Rien. Et, une fois son affaire faite, il a dû les rouvrir, ses yeux. Et s'étonner lui-même tellement c'était beau. Ça t'arrive de le prier, Dieu ?

— Non. Ça m'arrive pas.

— J'oubliais que Dora est contre.

— Il existe, Dieu ?

— Pour moi, oui. Pas toujours. Mais parfois. Il est je ne sais pas où et je sais encore moins comment. Mais il y est. Je veux qu'il y soit. Même qu'il m'arrive, pas souvent souvent, d'être sûr qu'il entend ce que je lui dis. Tu n'as pas été baptisé, toi, tu ne vas jamais à l'église ?

— Non. J'y vais pas.

— C'est peut-être aussi bien comme ça. Il n'y est peut-être ni plus ni moins qu'ailleurs, dans les églises, Dieu. Je connais un Japonais qui fabrique des vases vieux d'un siècle dans un atelier près de la Bastille. Lui, il affirme que Dieu est dans un grain de riz. Dans un grain de riz comme tous les grains de riz. Mais qu'on ne sait pas dans lequel. Et que, depuis les temps les plus anciens, personne ne l'a encore trouvé, le bon grain de riz. Alors, mon Jap, quand il mange son bol de riz, il fait un de ces cirques... Bon. Toufou, tu pisses ou tu pisses pas ? Parce que c'est terminé, l'entracte. Alors si tu veux pas être semé comme le Petit Poucet...

Toufou doit connaître l'histoire. Il pisse. Vite. Même pas contre un arbre. N'importe où. Sur une motte de terre. Encore un déluge pour les fourmis. Si c'est des fourmis. Ça peut être des tas d'autres bêtes.

Et on repart. Direction : Lassigny. Toujours par des routes avec si peu de voitures qu'on peut les compter.

Des routes rieuses avec des cyclistes rieurs. Et même des voitures tirées par des chevaux.

Passé Chaulnes, on passe sur un pont sur la Somme qui est une rivière assez large dont Manu a entendu parler à l'école. Elle a l'air pas mal.

A la sortie d'Albert, on s'arrête pour boire. Grand un café serré. Manu un Coca. Toufou de l'eau dans une cuvette très désémaillée.

Albert c'est pas bien un nom de ville.

— Et si tu demandais un peu à ton répondeur si Dora s'est enfin décidée à le donner, le nom de son hôtel ?

C'est la première fois que Manu téléphone d'une cabine. Avec des pièces qu'il faut mettre pour entendre. Mais seulement après avoir décroché. Grand lui a expliqué et il fait tout bien. Le répondeur lui répond. Il entend la voix de maman Dora. Sa voix du nord de la France qui passe à Paris et qu'il entend à la sortie d'une ville pas grande qui s'appelle Albert.

— *Salut, le Manu. Tu devais commencer à te languir. Faut pas m'en vouloir. J'ai jamais travaillé aussi dur et autant. C'est pas un séminaire, c'est le bagne ! Si ma tête éclate pas c'est qu'elle est vraiment solide. A part ça : je t'aime, je t'aime, je t'aime. Et je t'aime encore plus que ça. Et je te fais six cent neuf mille bisous. Et je te retéléphone pour te dire bonsoir. Et un baiser de plus.*

Elle a peut-être la tête qui va éclater, mais elle est de bonne humeur, maman Dora. Et toujours gentille gentille gentille. Qu'est-ce que c'est bien de penser qu'on va arriver dans pas longtemps lui faire une sacrément bonne surprise. Quand elle va voir Manu et Grand et Toufou, elle se fâchera pas. Mais le nom et le numéro de son hôtel, elle a encore oublié de...

— Ça doit être à cause de sa tête qui pourrait éclater.

— C'est fragile, les têtes. Je connais. J'en ai une. N'empêche que...

Que quoi ?

Grand finit son café mais pas la phrase.

Il plante Manu et va se planter devant la porte du café. Pour regarder dehors où il y a rien à regarder que des maisons grises, moches et personne qui passe sauf un chat à rayures.

Il regarde longtemps, Grand. Avec, dans sa bouche, une cigarette qu'il allume même pas. Ça a l'air de vraiment pas lui plaire, ce qu'il regarde.

Qu'est-ce qu'il a ?

Peut-être que son café était pas bon.

Il met au moins dix minutes à regarder dehors. Et il revient et fait tomber sa cigarette pas allumée, pas fumée dans un cendrier.

— On a dit qu'on y allait. On y va.

Et on reroule. Toufou s'est mis à faire un somme sur des tissus à fleurs en tas, dans le fouillis à l'arrière de la roulotte de broc. Là où il y a une table de nuit avec trois pieds, des bouquins reliés en cuir, une caisse d'assiettes et de tasses plutôt cassées, un panier plein de vieilles serrures et de boutons de porte, une grande croix en fer sans son seigneur Jésus. Grand dit pas un mot. Il conduit.

Manu soulève le couvercle du panier. Pilipili a toujours ses yeux incassables parfaitement imités ouverts. Comme un vrai chat mort.

Il pleut. Plus on roule, plus il pleut.

Manu... C'est pas qu'il se fait chier... Mais...

Les petites routes pas conseillées, il commence à les trouver moins rieuses. C'est que des routes. Et il commence à avoir largement son compte d'arbres. D'abord, avec les essuie-glaces, on voit sans voir. C'est mouillé-brouillé. Et pas gai. Et Grand aussi il s'est mis à être pas gai.

Quand ça lui a pris de réveiller son associé tante Princesse et de dire je m'en vais et de faire démarrer sa roulotte de broc comme un dingue, il était gai comme tout. Au moment du pipi dans la forêt de Compiègne aussi il était gai. Et il l'est plus. Même Toufou l'est plus.

Manu tend la main derrière son dos et il lui touche la tête à Toufou. Doucement pour pas le réveiller en sursaut. Parce qu'il a un peu peur aussi. On sait pas. Un si énorme labrador yellow jaune ça déteste peut-être être caressé quand ça dort. Ça peut peut-être vous mordre. Non. Ça vous mord pas. Ça se réveille pas non plus. Ça continue son sommeil. Ça a le crâne tout chaud sous votre main, ça remue pas, ça ronronne pas et ça se laisse même tortiller une oreille. C'est énorme mais mignon. Qu'est-ce qu'il a bien fait, Grand, de l'acheter quand même le clavecin foutu.

Il est bien, Grand.

Manu saurait pas expliquer pourquoi. Mais il est bien pour quelqu'un de son âge de vieux. Et pas seulement parce qu'il lui a fait cadeau d'un pistolet authentique d'une valeur incalculable. Parce que... Y en a des parce que ! Ses jeans slim-fit, ses mocassins américains, sa canadienne, sa tête un peu d'acteur de cinéma, ça en fait déjà pas mal des parce que. Y a aussi tout ce qu'il sait, tout ce qu'il dit quand il parle. Il parle vraiment pas comme tout le monde. Ou alors peut-être que tout le monde parle comme ça. Mais pas à lui, Manu. Grand, il lui parle comme... Il dit des tas de choses passionnantes et puis des choses que Manu comprend pas. Mais c'est pas grave. Manu sait très bien que personne peut *tout* comprendre. Sauf Dieu qui existe pas pour tout le monde. Grand dit que ça lui arrive de faire des fois des prières à Dieu. Ça doit le faire marrer Dieu. Parce que ses prières, de Grand à Dieu, elles doivent être drôlement plus drôles que les

Notre Père je vous salue Marie que les autres ils lui disent.

Manu, dans des églises, il y est allé. A un baptême d'un lardon d'une amie de maman Dora, à une communion solennelle de plusieurs crapulos de son école. Pour s'emmerder à cent sous de l'heure, y a pas comme les églises. Faut se lever, plus se lever, se mettre à genoux, s'incliner la tête. Faut ne surtout pas regarder le truc doré que le curé lève en l'air pour que tout le monde le voie bien. Faut savoir par cœur les prières qui sont en latin dans les églises anticommunistes. Quand c'est un baptême, on fait pleurer le lardon en lui mouillant la tête. Quand c'est une communion solennelle, faut manger un petit gâteau (paraît-il pas bon du tout) qui est une hostie catholique en pain azyme de Juifs. Faut le manger sans le manger et sans avoir rien mangé avant. Même pas avoir bu un chocolat ou un verre de lait sans tartines. Et le Bon Dieu est dedans l'hostie. Maman Dora qui a été baptisée dans le Poitou a eu la foi et elle l'a perdue quand elle a été en vacances en Angleterre. Et elle l'a jamais retrouvée. Et elle trouve que c'est tant mieux parce que c'est un monceau d'âneries. Elle dit qu'il y a pas plus de Bon Dieu dans une hostie que dans un Carambar. Et s'il y en avait un ? Comme dans le grain de riz qu'on ne sait pas lequel c'est du Japonais que Grand connaît.

Grand doit connaître plein plein de monde. C'est forcé, avec tous les gens qui vont aux Puces. Et tous les gens qu'il va voir par ses routes à lui, dans des châteaux hantés et partout, pour leur chiner des trésors.

C'était vraiment pas un voleur quand il est arrivé, hier, à la maison, avec son ange joufflu. C'était le contraire d'un voleur.

Pourquoi il n'est plus gai ?

Manu se demande ce qu'il pourrait faire pour qu'il le redevienne, gai.

— Maintenant, je veux bien la manger la pomme de votre poche.

— Tu as retrouvé ton appétit ?

— Oui. Je l'ai retrouvé. Je peux la prendre ?

Grand secoue la tête. Ça veut dire oui.

Manu prend la pomme. Il mord dedans. Mais c'est bien pour faire plaisir à Grand.

— T'as retrouvé ton appétit. Espérons qu'on va aussi retrouver Dora.

Ça se pourrait qu'on la retrouve pas ?

Pourquoi il dit ça, Grand ?

Pourquoi il recommence à dire plus rien ? A faire que conduire pas gaiement.

— Vous en voulez un bout ?

— Un bout de quoi ?

— De la pomme.

— Non. Toi, tu manges. Moi, je conduis.

Il a l'air carrément fâché. Ça doit être la pluie. La pluie qui tombe de plus en plus.

Ça se pourrait vraiment qu'on retrouve pas maman Dora ? Qu'il y ait tellement d'hôtels à Lille que, même en les faisant tous, on en oublie un et que ce soit dans celui-là qu'il soit son séminaire technico-commercial ? Ou alors, Grand, il est sûr qu'elle va être furieuse de les voir arriver lui faire une surprise. Ça doit être ça. Peut-être que Grand, elle l'aime pas. Peut-être que c'est quelqu'un qui la débecte, maman Dora. C'est possible qu'elle lui en veuille de jamais avoir voulu lui vendre son ange moins cher. Que c'était pour ça qu'elle est allée le voir plusieurs fois à son magasin des Puces, pour qu'il baisse son prix. Et que ça la faisait chier d'aller manger du saumon à la vodka avec lui, si c'est vrai qu'ils en ont mangé, du saumon. Qu'elle faisait ça à contrecœur pour avoir l'ange à un prix moins coûteux. Lui, Grand, il a l'air de bien l'aimer maman Dora. Mais de bien l'aimer comme un fou.

Il en a déjà vu des hommes qui aimaient bien maman Dora, Manu. C'étaient pas des hommes comme Grand. D'abord ils étaient tous pas vieux. C'étaient plutôt des hommes à peu près du même âge qu'elle. Des amis, des copains, des relations qu'elle s'était faits en les rencontrant quelque part. Des hommes qui venaient boire un drink à la maison. Des fois, il avaient prévenu avant. Ou c'était maman Dora qui les avait invités à venir le boire, le drink. Des fois, c'étaient des hommes qui arrivaient quand maman Dora les attendait pas. Et elle leur faisait une bonne tête ou une tête pas bonne.

Il y a eu un Olivier comme ça. Il arrivait toujours quand on l'attendait pas. Et maman Dora qui pouvait être ou à regarder la télé tranquille avec Manu ou toute seule, ou qui était même pas habillée, juste en robe de chambre ou avec n'importe quelle nippe portable que toute seule chez soi, à bouquiner ou à coudre ou à faire la cuisine, elle était contente que ce soit l'Olivier. Ça se voyait qu'elle aimait bien qu'il l'aime bien. Il avait des pantalons à la mode — larges aux fesses, serrés en bas — son casque de motard toujours sous le bras et des cheveux frisés et très longs. Et il s'asseyait par terre. Il aimait pas les fauteuils, les chaises. Et il se mettait à raconter des trucs formidables parce qu'il était journaliste envoyé spécial à la télé et revenait tout le temps du Liban, du Pakistan, de la Maison-Blanche où Reagan lui avait dit... Mais Manu connaissait jamais la fin de ses histoires parce que maman Dora, ça finissait toujours comme ça, l'envoyait se coucher dans sa chambre vite et sans rouspéter.

Il y a eu aussi un monsieur Perini. Lui, il arrivait

avec des fleurs. Qu'une seule fleur. Une seule fleur à la fois. Très bien enveloppée. Et aussi une bouteille de champagne. Et maman Dora était ou contente ou pas contente de le voir. Ça dépendait de ses humeurs. Il disait Dora à maman Dora et elle lui disait monsieur Perini et il la houspillait. Il lui demandait quand elle se déciderait à lui dire Mario. Et elle se décidait pas. Il avait des costumes bleus très chics. Et une tête de sale con. A lunettes. Un jour il est plus venu. Et maman Dora s'est mise à lui téléphoner beaucoup beaucoup et à lui dire Mario au téléphone et à être triste et à se mettre à pas arrêter de fumer et de boire des whiskies dans la cuisine après chaque coup de téléphone. Il y en a eu des autres — un Jean-Marc, un Andy, un Smak (ou Smok ?) — qui sont venus qu'une fois. Ceux-là, maman Dora les attendait, elle savait qu'ils allaient venir et elle avait mis ses belles robes, ses bijoux, elle s'était aspergée de Shalimar de Guerlain. Et elle leur offrait juste un seul drink avant de s'en aller avec eux (pas eux tous ensemble, un seul chaque fois) voir une pièce de théâtre ou à un concert ou pour travailler. Et Manu se retrouvait devant la télé avec son Pilipili. Ou il se retrouvait à manger tout seul dans la cuisine. Des bonnes choses préparées pour lui « avec amour » qu'il trouvait pas bonnes. Parce que c'était salaud de le planter et de revenir quand il avait fini par s'endormir sans un bisou.

Il y a eu aussi Pat. Pat ça été le pire. La deuxième fois qu'il est venu sans avoir prévenu —, il avait apporté un album relié de Tarzan pour Manu et il a dit bonjour à maman Dora en lui faisant un baiser sur la bouche. Et maman Dora est devenue très gênée. Et elle a foncé mettre son imper et prendre son sac et elle a filé avec le Pat et laissé Manu se faire à manger tout seul ce qu'il voulait. Et il a rien mangé. Qu'une plaque entière de chocolat. Et il était complètement tout à fait fou de rage. L'album relié de Tarzan était si grand qu'il a été obligé de le couper avec le couteau à viande pour le faire entrer en plusieurs fois dans le vide-ordures. Après, il l'a regretté. C'était un album de Tarzan américain. Avec les photos de tous les Tarzan de tous les films. Et une carte d'Afrique avec l'endroit exact de la jungle à Tarzan. Mais il était dans un de ces états. Il a même essayé de faire exprès pipi au lit. Pas tout à fait essayé. Mais... Et le Pat s'est mis à venir tout le temps. Et maman Dora le laissait lui dire bonjour sur la bouche sans même plus être gênée. Et il la prenait par la taille et lui tapait pas fort sur le derrière. Et elle gloussait comme une volaille idiote. Et il arrivait avec des huîtres, du poulet cuit, des pâtés impériaux, du pain Poilâne, des pâtisseries, du vin bouché. N'importe quand. Et il enlevait ses baskets, foutait le bordel dans la cuisine en faisant des pâtes italiennes à la carbonara. Et il avait le culot de prendre des douches dans la salle de bains et de venir après fumer une cigarette tout nu absolument en regardant le journal télévisé. Il était agent de change. Et il appelait Manu gros-pissou ou bébé-fortiche, ce con ! Et il regardait dans ses cahiers d'école. Et, une fois, maman Dora a accompagné Manu à l'école un matin et elle lui a demandé s'il trouverait pas ça bien que Pat vienne vivre quelque temps à la maison parce qu'il avait des problèmes de logement. Et Manu a demandé à maman Dora dans quel lit il dormirait. Et maman Dora — elle avait pas dû penser à se poser la question ! — a pas su quoi répondre à Manu. Et Pat, on l'a plus revu. Et maman Dora a plus jamais jamais parlé de Pat.

Et elle est devenue copine avec un Roger qui l'emmenait écouter des chanteurs pas très connus à Bataclan et dans des maisons de la culture de banlieue. Il était grassouillet et mal habillé et disait pas Dora mais Dodo. Et...

— A quoi tu penses, cow-boy ?

— A rien.

— Faudrait que tu m'expliques ta méthode. Penser à rien, j'ai jamais su faire ça, moi. Et, des fois, ça m'arrangerait fichtrement de ne pas penser qu'à des choses qui me minent la tête et le moral. Cette pomme, elle était bonne ?

Manu saurait pas le dire. Il l'a toute mangée sans y faire attention.

— Encore quinze méchantes bornes et on y sera, à Lille.

— Ça va être difficile de le trouver l'hôtel ?

— T'inquiète pas. On le trouvera. Et on lui offrira un de ces petits dîners, à Dora. Tu aimes les coquillages au moins ?

— Oui. Je les aime.

— Alors c'est dans la poche. A L'Huîtrière, on va l'emmener, Dora. C'est un des bons restaurants de Lille, L'Huîtrière. Ils te servent de ces huîtres, de ces moules et un de ces blancs de turbot à la moutarde... Et puis il est pas dans n'importe quelle rue, ce restaurant. C'est rue Chats-bossus.

— Rue quoi ?

— Chats-bossus. Faut le faire. Je les ai jamais vus les chats bossus. Mais L'Huîtrière, je connais.

— Vous y êtes déjà venu, à Lille ?

— Je suis déjà venu partout.

— C'est vrai que c'est pas beau, Lille ?

— Pas beau ? C'est une très belle ville. Ancienne. Une ville qui a vécu. Avec des pierres qui ont pris le temps de se patiner, de devenir des vieilles pierres. Tu vas voir le beffroi. Et le manège.

— Un manège comme dans les fêtes ?

— Bien sûr comme dans les fêtes. On est venus pour faire la fête, non ?

— Oui.

— Alors plus que quatorze bornes. C'est comme si on y était.

Ça va être épatant de manger des coquillages avec maman Dora dans une rue de Chats-bossus.

10

Lille ! Terminus ! Tout le monde descend.

Tout le monde sauf Toufou. Il va faire son travail de chien, le yellow jaune. Veiller sur le fouillis de trésors de la roulotte de broc. Et montrer ses crocs si un amateur de trésors se pointe et fait mine de vouloir s'y attaquer. Ça l'emballe pas, Toufou, d'être de faction. Il ferait volontiers une randonnée en ville.

— Hors de question, la randonnée. T'as voulu être un chien. Sois-le. Et on ne grogne pas. Toi, tu montes la garde, nous, on trouve Dora, on l'arrache à ses Teutons on vient te chercher pour le souper fin. D'accord ?

Non. Il l'est pas, d'accord. Et il le prouve en faisant à Grand une de ces grimaces... Il pourrait être chien hideux hargneux dans des dessins animés, Toufou.

Bon. Qu'il fasse la tête qu'il veut. Tout à l'heure il aura droit à autant d'os de poisson (qui sont des arêtes) qu'il voudra dans le bon restaurant de la rue des Chats-bossus. De toute façon, la Range Rover, pas question de chercher maman Dora avec. C'est beaucoup en rues piétonnières, Lille.

Et c'est vrai qu'elle a exagéré maman Dora en disant que c'était une ville pas belle. C'est une ville très correcte. Grande. Pas comme Paris. Mais avec un métro mieux que celui de Paris. Avec pas beaucoup de lignes. Mais automatique. Parfaitement. Un métro qui se conduit tout seul. Comment ? Pour le savoir, faudrait le prendre. Et on le prend pas. Mais Grand le sait, qu'il est automatique...

On prend pas le métro automatique de Lille. On prend des rues avec des gens qui marchent sous la pluie. Des gens du nord de la France qui ont l'air de gens qui n'ont pas l'air de s'étonner de voir trotter, sous une pluie des plus pluvieuses, un broc en jean et sans chaussettes et un garçon qui trimballe un baisenville d'une main et un panier à chat de l'autre.

Laisser Pilipili tout seul avec Toufou qui faisait sa tête de chien hideux hargneux, c'était trop risqué.

— Number one : Le Royal. Logiquement, c'est là que ça se passe. C'est l'hôtel avec le plus de chambres. J'y ai dormi. Pas vraiment dormi en fait. J'y ai passé une nuit. Une nuit... Mais ceci est une autre histoire.

Ça devait être une histoire pas nette. Parce que Grand a un sourire pas net en y pensant à sa nuit à l'hôtel Royal. Pas net du tout.

— Alors, cow-boy, tu y vas. Tu y vas et tu demandes poliment au concierge. Le concierge, c'est l'espèce d'amiral qui est derrière son comptoir avec la masse de clefs et qui fait l'important. Un concierge de palace ça fait toujours l'important. Toujours. Il ne va pas te regarder. Il va te toiser. Mais tu ne te laisses pas impressionner. Tu lui dis qui tu es et qui tu cherches. Ni plus ni moins.

— Vous voulez que j'y entre tout seul dans l'hôtel ?

— Oui, Manu.

— Et vous ?

— Moi ? Moi, je t'attends. Tu récupères Dora ou dans son séminaire ou dans sa chambre, tu lui fais les bisous d'usage et tu lui dis que quelqu'un l'attend dehors pour l'emmener faire un bon dîner. Tu ne lui dis pas qui. Tu lui dis : quelqu'un. On est venu pour lui faire une surprise, non ?

On est venu pour lui faire une surprise à maman Dora. Mais que la surprise elle soit dedans l'hôtel ou dehors, c'est pas pareil ? Il est gonflé, Grand, de vouloir que Manu aille tout seul se faire toiser par un amiral concierge.

— Qu'est-ce que tu attends ?

Il va y aller, Manu. Il va y aller. Mais déjà que la concierge de sa maison, madame Rabanès, elle lui fout toujours un peu la trouille... Aller affronter un concierge qui va faire l'important... Avec, en prime, la possibilité que maman Dora trouve que la sacrément bonne surprise c'est une sacrément grosse bêtise méritant une flopée de conséquences...

Il faut y aller. Il y va.

C'est vrai qu'il est important, le concierge, et qu'il a plein de clefs dans des petites cases derrière lui. Il est important et plus que très poli. Et vraiment désolé. Navré même.

— Na-vré. Des séminaires, nous en avons. Nous en avons souvent. Et des congrès, des colloques. Nous en avons même plus que nous ne le souhaiterions. Mais pas aujourd'hui. Et, pour ce qui est de votre maman, jeune homme... Elle n'est pas descendue ici. Non. Il faudrait aller voir au Bellevue. Au Carlton peut-être.

Au Carlton ? Le Carlton, c'est un hôtel à Cannes. Ça, Manu, il le sait. Il l'a même en carte postale dans un tiroir de son bureau avec de la correspondance à fautes d'orthographe de Véronique du temps qu'elle était pas devenue la prétentieuse qu'elle est devenue et de filles drôlement bien connues à la mer en vacances à qui Manu pensait beaucoup aux rentrées et puis de moins en moins après.

Le Carlton c'est un hôtel ensoleillé avec d'innombrables fenêtres et des palmiers exotiques et, devant, des vedettes du festival de Cannes dont l'Américain qui fait Superman pas habillé en Superman et des minettes trop dodues si peu habillées que c'est pire que si elles l'étaient pas.

— Des Carlton, tu en as dans des tas de villes. Même à Hong-Kong ou à Pernambouc, tu as des Carlton. C'est comme des cafés du Commerce, les Carlton.

Si Grand le dit.

Le Carlton de Lille, il est rue de Paris de Lille. Et le Bellevue dans une rue Roisin. Mais maman Dora n'est pas plus au Bellevue et au Carlton qu'au Royal. Et aucun des importants concierges du Carlton et du Bellevue n'est au courant d'aucun séminaire technico-commercial en allemand ou en anglais ou en russe.

C'est la poisse. Grand trouve sûrement aussi que c'est la poisse. Mais il fait celui qui trouve pas que c'est la poisse.

— Te tracasse pas. Si faut les faire tous, on les fera tous. Tiens, on va aller voir au Nord Hôtel. C'est moins grand genre. Mais pour un truc aussi tristounet qu'un séminaire technico-machin...

Il a retrouvé son humeur, Grand. Sa bonne. Il connaît Lille comme sa poche. Comme toutes ses poches. La rue des Bateliers, qui est très animée de gens du nord de la France, on jurerait qu'il a passé sa vie à s'y balader. Celle de Léon-Gambetta aussi. Il en connaît toutes les boutiques, les cafés à petits vins qui se laissent boire, toutes les maisons qui méritent le coup d'œil. Et puis chaque rue lui fait penser à une autre rue ou ruelle ou impasse où il y a un fameux marchand de vieilleries ou un recolleur de vaisselle en mille morceaux qui est un crack du recollage. Il voit une église, il sait que c'est l'église Saint-Sauveur et il dit que si on était pas pressé et qu'elle était pas pleine comme un œuf parce qu'on est le soir de Pâques, ça vaudrait le coup qu'on entre dedans pour y regarder une sainte vierge tout bonnement admirable.

Et il fait des pas tellement grands avec ses grandes jambes que Manu doit lui courir derrière.

Et il s'énerve, Manu.

C'est vrai que c'est énervant d'être obligé de faire autant d'hôtels, de se faire toiser par autant de concierges importants dont certains reçoivent Manu comme un chien dans un jeu de...

Faudra que Manu demande à Grand dans quel jeu c'est que les chiens...

C'est pas au Nord Hôtel qu'elle est, maman Dora. Pas de maman Dora ni de séminaire non plus à l'hôtel Univers place Reignaux.

— Y en a combien des hôtels, à Lille ?

— Trop. Et, toi et moi, on est trop couillons.

— Trop couillons pour quoi ?

— Parce qu'on est là à faire tout Lille et que c'est pas ici qu'il faut la chercher.

Pas ici ? Elle a dit qu'elle allait à Lille, maman Dora.

— Elle a dit à Lille. Mais c'est à Lille Lesquin qu'elle est.

— A Lille Lesquin ?

— Evidemment, farceur. Ton séminaire de marchands de je sais pas quoi, il se tient forcément dans un de ces nouveaux palaces accueillants comme une morgue avec air conditionné pour te foutre la crève et musique de Vivaldi dans les ascenseurs. Son hôtel c'est l'Holiday Inn à Lille Lesquin. A l'aéroport. C'est là qu'on aurait dû aller. Directement.

Lille Lesquin c'est encore Lille mais faut quand même récupérer la roulotte et Toufou que ça ragaillardit et faire un bon bout de route à bouchons du dimanche soir. Avec la masse de voitures de gens du nord de la France aussi chauffards enragés que les gens de toute la France. Klaxonnant et se traitant de tout par leurs vitres baissées. L'Holiday Inn, c'est un grand hôtel immense. Tout neuf. Avec un concierge qui parle à plein de monde en même temps en plusieurs langues étrangères. Il est plus important que tous les autres concierges d'hôtels de Lille. Mais, lui, il a des adjoints un peu moins importants qui sont au courant du séminaire. Bien sûr qu'ils en ont un de séminaire. Il est dans une grande salle, le séminaire. C'est un séminaire fléché, pas difficile à trouver si on suit les flèches.

Mais c'est un séminaire de Japonais.

Un séminaire de Japonais pas du tout technico-commercial et sans maman Dora.

— Elle est pas à l'Holiday Inn ! Alors c'est qu'elle est au Novotel.

Eh ben non. Elle y est pas non plus au Novotel.

Et pas non plus à l'autre Novotel qui est celui de Lille Lomme et pas celui de Lille Lesquin Aéroport. Et pas non plus au Mercure de Lille Lomme. Pas non plus.

— Alors là, Manu, c'est le moment de crier merde.

C'est le moment. Alors il le crie, Grand, il le hurle en se foutant bien que les gens qui passent l'entendent. Et il s'allume une cigarette qui veut pas s'allumer parce qu'il pleut de plus en plus. Et il balance la cigarette dans une flaque d'eau et pas son briquet zippo avec. Mais c'est tout juste. Et il fait des grands pas dans les flaques d'eau. Des pas de géant fou qui se fout de se tremper ses pieds sans chaussettes. Et il agite ses mains. Et il re-crie merde. Et Toufou se fait aussi petit qu'il peut se faire avec sa taille. Ça doit pas lui arriver souvent de voir son maître aussi en colère que ça. Grand ressort son paquet de cigarettes, prend pas de cigarette. Donne un bon coup de pied dans rien.

— La conne ! La petite conne !

Ça serait maman Dora qui serait une conne, une

petite conne ? Ça serait possible que Grand pense ça ? Hors de lui comme il est...

On est où quand on se met à être hors de soi ? Dans un territoire peuplé que de coléreux qui braillent de toutes leurs forces tous en même temps ? Ça doit être terrible pour les oreilles d'y être. Grand, il y reste pas, hors de lui. Il se rerentre dedans à toute allure et ça le fait rire aussi fort qu'il a crié merde.

— Niqués ! Elle nous a niqués, la chère petite Dora. Niqués ! Mais alors, dans les grandes largeurs ! Se taper Paris Lille pour aller retrouver quelqu'un qui n'y est pas, qui n'y a peut-être jamais été, à Lille !

— C'est forcé qu'elle y soit. Puisque...

— Puisque quoi ? Elle est où, hein ? Elle a une chambre dans quel hôtel ? A l'Hôtel de Ville ? Chez le maire ? Chez l'habitant ? Dans un asile pour mamans perdues ayant perdu leur baisenville ? Tous, on les a faits, les hôtels ! Tous ! Ils t'ont dit quoi, les concierges ? Ils t'ont dit quoi ?

— Qu'elle était pas dans leur hôtel à eux.

— Alors ?

Alors, Manu sait pas.

Maman Dora avait ses nerfs en partant parce que, lui, il était méchant avec elle. Alors elle a pu se tromper de nom de ville. Elle a dit Lille et ça pouvait être...

— Etre quoi, misérable minus ? Roubaix ? Tourcoing ? Lyon ? Marseille ? New York ? Frisco ? Bénarès ? Simferopol ? Bamako ? Tampico ? Berlin-Ouest ? Berlin-Est ? Tu veux que je te les énumère toutes, les villes de cette putain de planète ? Tu veux qu'on les fasse toutes ? Tu veux qu'on achète une boussole, des rations de survie et qu'on vire pèlerins ? Si c'est ça que t'as dans ton crâne de piaf, dis-le. Dis-moi : on va se farcir tous les hôtels de la terre entière !

Manu va sûrement pas dire ça. Manu va plus rien

dire du tout. Ce qu'il va faire — il sent que ça arrive —, c'est se mettre à pleurer. A pleurer de toutes ses forces. A pleurer parce que maman Dora... Déjà, ce matin, à la maison, quand il a trouvé le baisenville et pas le numéro de téléphone sur l'ardoise, il a eu une boule dans le ventre et des larmes et l'envie de mourir. Mais, maintenant...

Maintenant...

Grand le regarde. Il arrête de faire des pas dans les flaques, de faire gigoter ses mains. Il s'approche de Manu. Bien près. Il lui pose sa main mouillée sur son crâne mouillé.

— Tu ne vas pas, en plus, te mettre à chialer. Tu ne vas pas... Enfin, Manu, c'est pas parce qu'on trouve un petit os dans son bol de soupe aux légumes qu'on doit se mettre à... Imagine une seconde que notre vieux camarade Abraham Lincoln se soit retrouvé dans la même panade que nous... Eh bien, notre vieux camarade Abraham Lincoln... Non ! Tu as raison. Au point où nous en sommes, Lincoln, ce qu'il aurait fait ou pas fait, on en a rien à cirer. Rien. C'est nous, que nous, qui sommes dans la panade. Et c'est à nous de faire face. Alors on ne pleure pas. Ses larmes, on se les ravale. Et on renifle un bon coup. Et on... Tu te souviens de notre grand et beau projet d'aller se faire une ventrée de bonnes choses à L'Huîtrière ? On va le mettre à exécution ce grand et beau projet. On va aller manger des huîtres et du saumon et des desserts. On va aller se faire un dîner de roi.

— Où elle est ma mère ?

— Elle n'est pas perdue, va. A mon idée, elle est partie pour Lille, comme prévu. Et, une fois sur place, elle a appris que le séminaire, il avait été déplacé, qu'il se tenait à Tourcoing ou à Dunkerque. Quelque part pas loin d'ici. Et elle travaille, ta maman, et quand on travaille, on ne fait pas ce qu'on veut. Bien sûr, c'est bête qu'on l'ait loupée. Mais c'est que bête. Que dommage. C'est pas tragique. Allez, en route. On va parler de tout ça en mangeant des huîtres. Tranquillement, on va en parler. Calmement.

— J'en veux pas, d'huîtres.

— Tu prendras des moules. Des bigorneaux. Tu peux même manger du requin ou de la baleine. Ce que tu voudras.

— Je voudrai rien.

— Si tu veux rien, tu l'auras. Toufou, il crève de faim. Et moi aussi. Et pas que de faim. J'ai une de ces soifs de quelque chose d'un peu requinquant...

— Y en a pas d'autres, d'hôtels de Lille ?

— Honnêtement, je ne sais pas. J'en vois pas. Mais, au restaurant, on va demander. On ne laisse pas tomber, Manu. Va pas croire. On la retrouvera peut-être à minuit sonné, Dora. Ou au petit jour. Mais on la retrouvera.

A force de lui caresser son crâne, à Manu, Grand il l'a tout dépeigné. Il doit être comme un épouvantail.

Grand aussi il est dépeigné. A cause de la pluie et de sa colère. Mais avec le peu de cheveux qu'il a, ça se remarque moins. Ce qui se remarque c'est la tête qu'il a. Une tête de quelqu'un qu'est furieux et qui veut pas que ça se voie, une tête de quelqu'un qui voudrait casser tout et qui fait l'agréable.

L'agréable qu'a vraiment pas de chance : le restaurant très bon de la rue des Chats-bossus il est fermé les jours fériés.

On se contentera d'un restaurant moins bon. Genre auberge de l'ancien temps. Avec bougies et jambons qui pendent sur vos têtes.

Manu veut rien. Ce qui est dit est dit.

Grand veut un double double whisky. Ecossais. Il veut une choucroute. Du vin blanc sec. Et une salade d'œufs durs en entrée.

— Une salade de quoi ?

— D'œufs durs. Une salade d'œufs durs.

— Nous n'avons pas ça au menu, monsieur.

— Je le sais que vous n'avez pas ça au menu. Je sais lire. Mais c'est quand même de ça que j'ai envie.

— C'est possible, monsieur. Mais comme ce n'est pas au menu...

— C'était au menu qu'il allait faire un temps pourri aujourd'hui ? Non. Il était pas au menu le temps pourri. Et, le temps pourri, on l'a quand même. Pour ce qui est de ma salade d'œufs durs, c'est pareil. Elle n'est pas au menu mais il m'en faut une. Alors, tu es coopératif, tu arrêtes de nous les briser avec ton menu, tu vas à la cuisine et tu dis à ton cuistot de faire durcir quatre œufs, de les couper en rondelles, de les coucher sur un lit de feuilles de salade... de la laitue... enfin... ce qu'il a dans le genre salade, de bien poivrer, bien saler, d'ajouter un oignon... en tranches bien fines, l'oignon, du persil, bien sûr, une lichée de ketchup, de la mayonnaise, une bonne cuillerée, quelques câpres, une pincée de cannelle, un fifrelin d'angustura... ah ! une larmichette de cognac aussi. De faire une salade d'œufs durs, quoi !

— Je vais demander à la cuisine, monsieur. Mais je ne suis pas sûr que notre chef... Monsieur ne voudrait pas plutôt une bonne salade de cervelas ?

— Non. Monsieur, c'est une salade d'œufs durs qu'il veut. D'œufs durs.

Le garçon s'en va en traînant la patte.

Grand boit son double double whisky. Il le boit entièrement. Et ferme les yeux.

Manu a posé le panier à Pilipili sous la table. Il tend une jambe pour le toucher avec le bout de son pied. Le baisenville, il l'a laissé dans la roulotte. Mais pas le panier. Et de le toucher du bout du pied, ça le réconforte un tout petit peu. Ça le fait se sentir un peu moins perdu. C'est qu'il se sent salement perdu.

Salement.

Qu'est-ce qu'il fait là dans un restaurant du nord de la France avec un Grand qui va devenir très vite saoul à boire autant de whisky aussi vite? Qu'est-ce qu'il fait là?

Ça lui est arrivé d'être dans des situations terribles. Une fois (il avait encore des petites dents à perdre pour la petite souris), il a perdu maman Dora au rayon électroménager des Galeries Lafayette. Une autre fois, l'année dernière, il s'est presque cassé la jambe en courant sans regarder devant lui au bois de Boulogne. Et il était tout seul dans une allée à pas pouvoir se relever et à avoir mal et plein de sang et à se dire que personne allait passer et qu'il allait mourir là. Il est aussi resté enfermé avec aucun moyen d'en sortir dans l'armoire de maman Dora en faisant le con. Pendant deux heures. Aussi enfermé qu'un mort dans son cercueil cloué. C'était horrible. Il a eu des poussées de fièvre de plus de trente-neuf cinq pendant quatre jours et le docteur savait pas pourquoi. Même qu'il voulait qu'on l'emmène d'urgence en ambulance aux Enfants Malades. Dans un service *spécialisé*. Une fois aussi...

Y a Toufou — qui est sous la table comme le panier — qui lui pose une de ses grosses pattes sur le pied avec lequel il touche le panier. C'est un bon chien, Toufou.

Mais un bon chien, un bon Grand, tous les bons n'importe qui qu'on voudra, ça peut pas remplacer une maman Dora qui est nulle part.

— Je peux aller encore téléphoner au répondeur?

— Bien sûr que tu peux, du moment que tu as ton bip.

— Je l'ai.

Grand sort une poignée de pièces d'une de ses poches.

C'est au sous-sol. Maintenant, Manu connaît la manœuvre. Il connaît aussi tous les messages gentils de maman par cœur. Mais il use plein de pièces pour écouter deux fois. Y en a aucun autre de plus. Aucun autre.

Quand il remonte, Grand liquide un deuxième double double whisky et il fait le méchant avec le garçon.

— On avait parlé d'une salade d'œufs durs. Pas d'une platée d'étouffe-chrétien.

— J'ai dit au chef exactement ce que monsieur...

— Alors c'est que c'est pas un chef, ton chef. Ça n'a pas de goût, pas de gueule, cette pâtée. Même mon chien, il en voudrait pas. Hein, Toufou, que tu en voudrais pas de cette saloperie ?

Eh bien si. Toufou il en veut. Quand Grand lui pose l'assiette de salade d'œufs durs par terre, il se jette dessus.

— Qu'est-ce que je disais : c'est du manger pour chien. Pas du manger pour homme. Si ta choucroute est aussi réussie...

— Là, monsieur... il est Alsacien, notre chef. Et sa choucroute...

Il repart, le garçon. En traînant encore plus la patte. Et les gens qui mangent aux autres tables regardent tous Grand. Il leur plaît pas. Mais Grand ne les voit pas. Il voit peut-être même pas Manu qui est revenu de téléphoner. Il doit voir que son briquet zippo qu'il arrête pas d'allumer et d'éteindre.

— Y a pas de message en plus.

— De message ?

— Sur le répondeur, à la maison.

— De message sur le répondeur à la maison... De message sur le répondeur à la maison...

Grand continue à allumer et éteindre son zippo. Il fait claquer le couvercle très fort. Il fait ça avec une main seulement. Comme un aviateur dans un film en noir et blanc que Manu a vu à la télé. Ça doit pas être facile à faire, d'une seule main. Doit falloir s'entraîner. Et avoir des grandes mains comme Grand.

— Les messages sur les répondeurs, tu sais... Avant, tu avais un truc qui était pas mal non plus. C'était les abonnés absents. Tu étais quelque part. Loin, pas loin. Enfin... tu n'étais pas là. Alors tu téléphonais. Et au lieu d'entendre la voix que tu crevais d'envie d'entendre, tu avais une voix, une voix de merde de fonctionnaire des PTT, qui te disait que la voix que tu voulais entendre absolument, tu ne l'entendrais pas. Et tu comprenais que ta maman bien-aimée ou la poulasse pour qui tu te languissais, elle ne te dirait même pas sèchement « salut » avant de te raccrocher au nez. Le service des abonnés absents ! Pour te foutre en l'air, y avait pas mieux. Eh bien si, ils ont trouvé mieux. Ils se sont penchés sur le problème et ils ont trouvé mieux que pas mieux. Elle est plus absente, la voix que tu crèves d'envie d'entendre. Elle est au bout du fil. Mais pas pour te parler à toi. Elle est là pour dire la même chose à n'importe qui. Que la même chose. Comme un perroquet très con. Pour ricaner connement. Pour se foutre de toi. Te dire des menteries. Manu... Mon ami Manu.

Grand pose son briquet. Il pousse son assiette, son verre, la salière, la carafe d'eau, la bouteille de vin blanc dans un seau en argent avec des glaçons. Il se penche. Il a sa tête tout près de celle de Manu. Manu sent son odeur de tabac et de whisky.

— Tu sais quoi, Manu ? Non. Tu ne sais pas quoi. Tu ne peux pas savoir. Tu es un gosse. Et... les gosses... Faudrait pas, jamais, ne plus être un gosse. Faudrait pas, jamais, se mettre à savoir. D'autant que ce qu'on se met à savoir... Les gens qui savent, ils savent quoi ? Qu'ils finiront immanquablement par y passer un jour, qu'ils sont toujours fin prêts à chopper la mauvaise grippe, la bonne congestion, le cancer, qu'ils peuvent à chaque instant paumer leurs clefs, leur chien, leur femme... Qu'ils peuvent... Ils ne peuvent rien, en fait. On ne peut rien, Manu. Rien de rien. Tu te lèves le matin. Tu vas, tu viens, tu fais tes petites affaires, tu gagnes ton fric plus ou moins proprement, plus ou moins astucieusement. Tu as ton lot de petites et grandes joies, de petites et grandes emmerdes. Mais pourquoi je te dis ça ? Je te dis ça, mon Manu, parce que... Ça te rend malheureux, ça te fait mal, très mal, que ta maman Dora ne soit pas dans cette ville tout bien pesé fort désolante. Moi aussi, ça me fait mal. Moi aussi. Tu ne peux pas le savoir. Tu ne peux pas. Dora, elle, elle pourrait. Elle est fine, Dora. Elle me comprend comme je la comprends. Question de longueur d'ondes. De longueur d'ondes, Manu. Ça fait combien de temps que je la connais, Dora ? Quarante-deux jours. Je les ai comptés. Quarante-deux. Elle passait. Elle a vu l'ange qui est censé avoir ta bouille et moi, je l'ai vue elle. Je l'ai vue avec ses cheveux frisottés. Pas grande. Une femme, une jeune femme. Belle. Mais belle c'est facile à son âge. Ça court les rues, les belles filles. Dora, elle ne courait pas. Elle passait et je l'ai vue. Et on a parlé. Parlé de l'ange. Du prix de l'ange. Parlé comme on parle dans le travail que je fais. On a parlé. Je lui ai dit je ne sais plus quoi pour la faire rire. Elle a ri. Et ça m'est tombé dessus. Tombé dessus. Tu ne t'y attends pas. Tu ne peux pas t'y attendre. C'est ça qu'est fabuleux. Ça te tombe dessus. Je te raconte ça... Ça ne doit pas se faire de raconter à un petit garçon qu'on est amoureux de sa mère. Surtout si t'as l'âge d'être le grand-père du petit garçon. Mais l'âge, les âges...

Grand prend son verre de double double whisky qui est vide. Il boit quand même. Il boit le vide. Il a les yeux qui brillent qui brillent. Comme s'ils allaient se mettre à pleurer.

— Je te dis des conneries que je devrais pas te dire. Mais ce n'est pas des conneries, oh non, et je peux pas ne pas te les dire. Alors tu me laisses les dire mais tu m'écoutes pas. J'ai besoin de dire ce que je dis. Besoin. Il y a des moments comme ça, ou tu parles ou t'étouffes. Les jours, je les ai comptés. Quarante-deux ! Je les compte tous les jours, les jours. Et je n'ai plus envie de parler à personne qu'à Dora. Et elle est pas là. Elle est peut-être là. Mais on a pas été fichus de la trouver. Alors : elle n'est pas là. Tu ne m'écoutes pas, hein. Faut pas que tu m'écoutes. Faut pas. Je vais me mettre à te parler de ses yeux, de ce petit rire qu'elle a. Ce petit rire... Tu crois que tu connais tous les rires. Et puis non. Un jour, t'entends rire quelqu'un et... Ça te cueille, ça te bouleverse, ça te... C'est un rire à elle. Qu'à elle. Son rire. Et sa peau... Sa peau, Manu... La peau de Dora... Et son ventre. Le ventre de Dora, Manu. Le ventre de Dora. Lisse. Lisse comme un coquillage. On ne peut pas expliquer. Un soir... C'était... pas la semaine dernière, c'était l'autre avant... Elle connaissait pas le musée Gustave Moreau. Alors je l'ai emmenée au musée Gustave Moreau. Près de Notre-Dame-de-Lorette. Un musée sans jamais aucun visiteur. Bourré de merveilles et personne pour les voir. Personne. Que Dora et moi. Et elle m'a donné la main. Je l'emmènerai partout, Dora. Je veux lui faire voir tout ce qui mérite d'être vu. Je veux... C'est pas un crime d'aimer. C'est même exactement le contraire. Et... Dora... Faut pas que tu m'écoutes, Manu. Je ne peux pas ne pas parler de ça. Mais tu ne m'écoutes pas. Tu...

[illegible] qui [illegible] ceux qui [illegible] allez!... Comment ils allaient [illegible]

— [illegible]

11

Le mieux pour pas écouter quelqu'un qui vous dit qu'il faut pas l'écouter, c'est de ramasser tout doucement son panier à chat sous la table et de s'en aller tout doucement.

Grand, dans son dégoûtant discours à n'en plus finir, il a même pas dû voir qu'il s'en allait, Manu. Grand il doit continuer à boire dans son verre de double double scotch qui est vide, à regarder rien et à dire...

Même les énormes âneries de M. Canevet, l'alcoolo ivrogne du cinquième qui passe des journées entières dans l'escalier de la maison, accroché à la rampe pour pas tomber et se tuer, c'est rien à côté des âneries qu'il peut dire, Grand.

Ça serait que des âneries, encore. Mais c'est des âneries dégueulasses.

Il avait qu'une envie, Manu : pas rester l'écouter. Et il le déteste comme il a encore détesté aucun de ses plus terribles ennemis. Même Roro Fillacier, qui offre des disques volés de rondeaux de Mozart à Véronique. Même Sonet qui triche, lui, et vous dénonce vous. Même Pat, le Pat de l'album de Tarzan, le Pat qui voulait venir habiter à la maison avec maman Dora dans on sait très bien quel lit, Manu l'a pas autant détesté qu'il déteste Grand. Plus que détester, c'est faire quoi ? Manu le sait pas. Mais...

Plus pourri que lui, que ce Grand qui s'appelle même pas Grand, plus ordure, ça doit pas pouvoir se trouver. Un type qui débarque comme un voleur et l'est pas et fait l'amical, le copain, et vous entortille et vous embarque dans des petites routes sinueuses et veut des salades d'œufs durs qu'il mange pas et boit comme plusieurs trous et raconte que votre maman... C'est comme un mouchard de prison mais menteur en plus. C'est... Des poubelles pour des ordures comme ça, il doit pas y en avoir. Si ça se trouve, y a même pas de conséquences pour des enculés de ce calibre. Ou alors des Sidas spéciaux et pas imaginables. Grand, c'est de la merde. Un Hitler. Ça fait un de ces biens de plus l'entendre.

Ça fait un de ces biens. Mais, avec tout ça, voilà Manu tout seul. Avec plus rien dans les poches de son blouson — encore heureux qu'il l'ait, avec cette pluie de vache qui pisse et le froid glaçant qu'il fait maintenant —, plus rien dans les poches de son blouson qu'un lapin fétiche qui a pas l'air de vouloir fonctionner et un bip qui fait dire au répondeur de Paris rien de ce qu'on voudrait qu'il dise. Et avec, à la main, un panier à chat. Avec, dedans, Pilipili.

Alors il lui parle à Pilipili. Tout bas. Il lui parle tout bas mais pas pour qu'il l'écoute pas. Au contraire.

Il lui parle de Grand qui parle de maman Dora comme personne a le droit d'en parler. De Grand qui dit que son ventre, à maman Dora, c'est un coquillage lisse.

Et d'abord, il l'a vu ? Il l'aurait vu quand comment pourquoi ? On fait voir son ventre à un broc qui veut pas vous vendre un ange joufflu le prix qu'on peut mettre ? Et elle lui aurait montré comment, son ventre, à ce vieux fou ivrogne sale con, maman Dora ?

Pourquoi ?

Ça voudrait dire qu'ils auraient fait ensemble des choses amoureuses comme ça arrive presque tout le temps dans les films, les téléfilms ?

— T'es d'accord, Pilipili, que ça se peut pas ? Avec Pat, elle aurait pu le faire. Ça serait archi dégueulasse, mais avec Pat, elle aurait pu le faire. Ça se peut qu'elle ait pu le faire. Avec peut-être aussi M. Perini Mario. Mais avec Grand, non. Le saumon (et la vodka avec pour le faire passer), ça, ça se peut. Y a plein de choses qui se peuvent. La main dans des musées sans personne, ça se peut. Elle a été dégoûtante si elle l'a fait. Mais ça se peut. Mais pas que maman Dora se soit déshabillée pour montrer son ventre à Grand. Son ventre à maman Dora, Grand peut pas savoir qu'il est tellement mince, tellement si peu ventre que c'est comme si elle en avait pas tout en en ayant un dans lequel je suis resté comme dans un nid douillet bien chaud avant de devenir un garçon à qui on a coupé le cordon ombilical du nombril pour me faire crier que j'étais vivant. Pour vous, les chats, c'est à peu près exactement pareil. Sauf que c'est pas dans des cliniques et que c'est vos mamans chattes avec leurs dents. Pour les girafes et les éléphants mammifères aussi. Sauf pour les poules. Y a pas de cordon ombilical d'œuf à cause des coquilles. Tu m'écoutes au moins ? Grand il veut pas qu'on l'écoute. Moi je veux. Je te commande de m'écouter. Tu vas être tout trempé toi aussi ? Va falloir te passer au séchoir à cheveux. Où on va ? Je sais pas, Pilipili. Comment je pourrais savoir ? A Paris, même perdu, t'es jamais perdu. T'as des métros qui te mènent dans des rues de Paris connues. Tu marches et tu finis toujours par trouver un nom de rue de Paris connu. Mais à Lille dans le nord de la France... Son métro à Lille qui marche tout seul tu peux pas savoir où il t'emmène. Il doit faire comme il veut, ce con de métro. Comme il veut. Si j'ai la trouille ?

Qu'est-ce que Manu pourrait répondre à Pilipili ?

Arrivé où il en est arrivé, la question est plus de savoir si on a la trouille.

C'est une boule de trouille qu'il est devenu, Manu. Ses nerfs doivent être un nœud. Ses dents doivent claquer. Il les entend pas. Mais elles doivent claquer.

C'est pas compliqué : ça se voit. La preuve : une dame le regarde et elle voit bien qu'il est devenu un petit péteux mouillé mouillé mouillé et triste triste triste.

— Qu'est-ce que tu fais là, toi ?

Elle a un imper de dame pas riche. Couleur de pas de couleur, comme dirait maman Dora. Et un cabas. Et un parapluie qui dégouline.

— Tu vas où avec ton chat ? Parce que c'est un chat que tu as là ? C'est pas un chat ?

Manu fait oui de la tête. Oui, c'est un chat. Ça la regarde pas, cette dame. Mais il fait un petit oui avec sa tête. Tout petit.

— Et qu'est-ce qui t'arrive avec ton chat ?

— Il nous arrive rien.

— A voir ta tête, on le croirait pas. Tu as fait une bêtise et tu n'oses pas rentrer à la maison ? T'as peur de recevoir une pâtée, de te faire frotter les oreilles ? C'est ça ?

C'est ça. Il a fait une bêtise. Il a fait la bêtise géante de grimper dans la voiture camionnette d'un salopard de vieux fou alcoolo, la bêtise de faire quelque chose de tellement défendu que maman Dora, s'il la retrouve un jour, elle pourra jamais jamais lui pardonner.

Et elle, il pourra lui pardonner, Manu, d'avoir montré son ventre à Grand ? Parce qu'elle lui a montré. Il voudrait que ça soit pas vrai. Mais c'est vrai. Ça se met à être vrai dans sa tête. Maman Dora a fait l'amoureuse dans des lits avec Grand. Et aussi avec Pat. Et aussi avec...

— Qu'est-ce qui te prend de filer comme ça ?

Manu répond pas. Il est déjà loin. Tant pis pour la dame. Il a rien à lui répondre, Manu. Ça la regarde pas, cette mal habillée, de savoir pourquoi il file. Il file parce que...

C'est comme si ça le regardait pas lui non plus pourquoi il file. Parce qu'il file sans savoir pourquoi il file.

Tout ce qu'il sait, c'est qu'il faut pas qu'il tombe avec ses baskets trempés qui glissent et qu'il fasse pas tomber le panier avec Pilipili. Manquerait plus que ça !

Il file longtemps. Dans des rues tortilleuses qu'il connaît pas. Dans des rues avec, toutes, de plus en plus de pluie. Et de plus en plus dans la nuit.

Lille, ça a pas l'air, mais c'est une ville plus grande que Paris. Plus grande que n'importe quelle autre ville. Une ville effrayante. Avec des gens. Des gens qui regardent un petit garçon avec un panier à chat qui court. Et d'autres qui le regardent pas. Qui entrent ou sortent dans des cinémas, dans des cafés. Qui se dépêchent pour être le moins possible trop mouillés. Des gens comme à Paris, des gens comme des gens. Et d'autres qui ont des têtes, des habits d'individus. De suspects même. Des gens qu'il y a sûrement pas intérêt à se laisser aborder par eux. Des gens qu'il doit pas falloir pousser beaucoup pour qu'ils se mettent à vous faire un mauvais coup. Des gens qui peuvent très bien s'arrêter à pied, ou arrêter leur moto, leur voiture, et alors...

Des gens qui savent pas où est maman Dora de toute façon.

Où elle est ?

Dans une de toutes ces maisons de Lille ?

Dans une autre ville du nord de la France qui n'est pas Lille ?

Et si elle était partie ? Partie pas à son séminaire. Partie partie.

Partie parce que Manu...

Elle la lui a fait, déjà, la menace. Et pas qu'une fois. Des jours à un moment où il l'empoisonnait trop, où il gâchait trop sa vie. Quand elle pouvait plus respirer à tout le temps l'avoir dans ses jupes, quand elle se payait un coup de bourdon et qu'elle disait, en fumant sans fumer (comme Grand), qu'un Manu, pour une fille de son âge, c'était un trop fichu cadeau. Ça lui est arrivé, à maman Dora, de le menacer de le mettre en pension et d'aller tenter sa chance à l'étranger. Elle l'a menacé de le refiler une bonne fois à Jean-Luc, de le planter dans sa chambre jamais rangée, dans sa chambre toujours un vrai bordel où un cochon retrouverait pas ses petits et d'aller faire des choses intéressantes ailleurs dans un bout du monde lointain où elle avait sûrement sa chance qui l'attendait. Après, toutes les fois qu'elle avait fait une menace aussi méchante, elle venait dans sa chambre où il était parti pleurer ou seulement être bien triste, et elle le serrait contre elle et elle lui embrassait le crâne, le nez, les yeux, le bec, les oreilles, les pieds, tout. Même ses petites couillettes, et ça lui faisait plaisir et honte à Manu. Et elle le suppliait d'oublier ce qu'elle venait de dire. Elle lui disait qu'il était pas un fichu cadeau. Ah ! non. Mais le plus beau des cadeaux. Le plus...

— Tu t'en souviens, Pilipili, quand elle a fait ses paquets, ses valises, pour aller travailler au Canada. Une situation formidable l'attendait là-bas. Dans un coin où faudrait qu'elle apprenne à parler en joual mais elle s'y ferait, faudrait bien. Et elle pouvait pas dire non. Une situation formidable comme celle-là au

Canada, c'était la chance de sa vie, sa seule unique chance de pas finir intérimaire mal payée dans des jobs miteux et de vieillir desséchée et clocharde ou tout comme et de plus en plus chieuse et mal embouchée et pleine de rides. Toutes ses valises elle avait faites. Tu t'en souviens ? Nous, toi qui étais encore un chat de pas encore trois ans et pas du tout mort, et moi, on serait élevés — très bien élevés — par Jean-Luc et elle elle deviendrait autre chose qu'une paumée. Le lendemain matin tôt, elle devait partir par un avion. Et tout était réglé avec Jean-Luc et sa Gisou. Et elle nous a empêchés de dormir à nous répéter toute la nuit debout et déjà habillée avec ses chaussures et son imper, qu'il fallait qu'on comprenne qu'elle pouvait pas continuer à gâcher sa vie parce qu'elle en avait qu'une. Le lendemain elle a bien voulu que j'aille pas à l'école. Elle a été nulle part elle non plus. Elle a pas bu de café crème mais du vin à l'heure de l'avion pour le Canada et la situation formidable. Et elle a fait que remettre dans ses tiroirs, dans l'armoire, tout ce qu'elle avait mis dans ses valises.

Et elle a dit qu'on avait eu chaud.

Et elle m'a fait tellement de baisers qu'elle disait qu'elle allait m'user mais que tant pis.

Du Canada elle en a reparlé des fois. Et de la situation formidable. Mais c'était pour dire qu'elle était contente de lui avoir dit non à la situation. Que sa vie c'était de rester avec son garçon. Qu'elle avait que lui sur terre. Qu'aucune situation aussi formidable qu'on voudra pouvait remplacer un petit Manu bien empoisonnant. Tu crois qu'elle a fini par y partir quand même au Canada ? Que c'est ça ? Que les gens de la situation formidable ils lui ont récrit une lettre pour lui proposer une situation encore plus formidable et que... ?

Ils sont arrivés au beffroi de Lille.

A quoi ça peut servir un beffroi ?

Une tour Eiffel, c'est pour accrocher les émetteurs des télés. Mais un beffroi ?

Il pleut il pleut il pleut. Et les gens ont de plus en plus des têtes et des habits d'individus. Surtout, plein de jeunes dans les moins de vingt ans, avec des blousons et des motos qui roulent pas, des motos arrêtées sur lesquelles ils sont assis dessus, des jeunes dans les vingt ans coiffés en bananes ou tout ras avec juste des petites queues pas de la même couleur que leurs autres cheveux. Des filles avec des blousons aussi et des petites jupes en dentelle noire vulgaire comme à Malik aux Puces. Y a aussi des boutiques Malik dans le nord de la France ? Ils mangent des frites ces jeunes-là. Pas tous. Et fument. Pas tous. C'est peut-être des rançonneurs de lycées. Comme ceux de Robert-Desnos.

— Où il va, le minos ?

Faut pas que Manu leur réponde. Il va marcher plus vite. C'est ça qu'il doit faire. Se mettre à marcher plus vite.

Qu'est-ce que c'est un minos ? Ça doit être quelqu'un du nord de la France.

— On te demande où tu vas. T'as pas entendu ?

— Peut-être, qu'il est sourd des oreilles ?

C'est un gros avec une casquette en cuir qui dit ça. (Très bien, la casquette ; le gros est pas très bien mais sa casquette, si.) Et il se marre de ce qu'il a dit et pour empêcher Manu de passer, le gros tend ses jambes avec des santiags au bout et il barre tout le trottoir. Et Manu peut pas descendre dans le ruisseau à cause des autres et de leurs motos. Et le gros se marre de plus en plus comme un cruel. C'est un cruel. Ça se voit. Ça va mal tourner. Ça peut plus que mal tourner.

Aurait fallu qu'il passe pas par là, Manu.

Mais il y est, là.

Et le gros, le cruel, se marre. Il doit trouver Manu tout mouillé, tout triste, très marrant.

— Tu veux une frite ?

Maintenant, c'est une fille qui lui tend une barquette de frites. Une barquette en plastique toute dégoulinante de graisse.

Manu en veut pas, de frite. Il aime plutôt bien ça d'habitude. Mais, une supposition que ça serait une frite droguée. Ça s'est vu. C'est des choses qui arrivent tout le temps.

Et voilà qu'elle lui en tend une, de frite, avec ses doigts, la fille.

Il va ouvrir la bouche ou quoi ? Il va l'ouvrir ?

Le gros cruel se marre plus. Il décolle son gros derrière de sa selle de moto.

— Pourquoi t'en veux pas de la frite à Nanou ?

Faudrait pas répondre.

Mais pas répondre, ça serait risquer trop.

Là, faut répondre. Pas moyen de pas répondre.

— J'ai pas faim.

— T'as pas faim. Mais t'es pas sourd des oreilles et pas poli. De refuser une frite à Nanou, c'est incorrect. T'es incorrect, minos. Et les incorrects, nous... Ses frites, elle les offre pas à n'importe qui, Nanou. Si elle t'en offre, de ses frites, c'est que t'as le ticket. Alors, moi, à ta place...

Manu est un minos et il a le ticket.

Il a de plus en plus peur, surtout.

Faudrait qu'il se tire de ce mauvais pas. C'est dans un mauvais pas qu'il est. Mais on peut se tirer d'un mauvais pas quand on est coincé par plein de voyous et de motos ?

— C'est peut-être pas les frites, qu'il aime pas. C'est peut-être Nanou. Peut-être qu'elle lui plaît pas parce qu'il est une fiotte.

— Toi, tu le verrais de la dalpé ?

— Y a intérêt. Sans ça qu'est-ce qu'il ferait à rôder asteure ? Il devrait être au dodo avec ses peluches, le coco chéri. Avec son nounours.

— A moins que ça soit un nain.

— Tu veux dire une vieille pédale naine ? Avec de la lingerie sous son jean de minos alors.

— Ben tiens.

— Suffirait de lui retirer son jean. On verrait bien.

Le cruel vient tout près de Manu. Et un autre aussi. Un dégingandé avec une moustache de Bronson mais sans encore tous ses poils. Et plein la figure de boutons juvéniles.

— Tu nous le fais voir ton slip à paillettes, chérie ? Tu nous le fais voir ? Tu vois, on est polis, nous. On te le demande poliment de nous le faire voir, ton slip à paillettes. Mais si tu veux pas...

Manu n'a plus qu'une chose à faire : pousser un cri. Mais il vient pas, le cri, il peut pas sortir, le cri. C'est comme si on lui avait ficelé l'intérieur de la gorge. Là où on l'a opéré des amygdales et végétations et qu'il fallait qu'il arrête pas de manger des cornets de glace pour que ça cicatrise. Même pleurer, il pourrait pas. Tout est coincé dans ses intérieurs. Tout.

Le dégingandé va lui enlever son jean. Il va le faire.

Si quelqu'un de pas jeune comme ces jeunes passait. Mais personne passe. Personne. Pourquoi il a pas voulu manger la frite de la Nanou ? Pourquoi ? Elle est pas belle avec ses cheveux jaunes mal peignés. Mais... à côté des autres... Elle, elle voulait juste qu'il mange des frites graisseuses. Pas le déculotter.

Il se sent honteux à en mourir tout d'un coup tout debout, Manu.

— Moi, un cul de nain, j'en ai jamais vu. Ça doit être vilain.

— Et si c'était dans son panier qu'elle était, sa lingerie ?

— Tu crois ?

— Faut bien qu'il ait quelque chose dedans, non ? Ils vont pas toucher au panier, pas toucher à Pilipili quand même !

Ils vont se gêner.

— C'est quoi, ce paquet de poils sales ?

— C'est un chat. Un vieux chat de bébé tout crade.

— Une poupée à son âge ? Alors c'est même pas une fiotte. C'est un vieux nain détraqué. Pour s'emporter ça dans un panier... T'as vu l'horreur ?

Le dégingandé a sorti Pilipili du panier par une oreille. Sa seule. Il va lui arracher. Il va tuer Pilipili. Et qu'est-ce qu'il fait ? Qu'est-ce qu'il fait ? Il se frotte ses boots avec. Comme si c'était un chiffon. Et il rigole. Et les autres aussi.

— Bien, pour les boots. Bien bien.

Il se contente pas de s'être servi de Pilipili comme d'un chiffon à chaussures, il se met à le balancer. Encore par l'oreille. Dans tous les sens, il le balance, il fait des moulinets avec.

Manu devrait se précipiter. Lui arracher Pilipili, au dégingandé. Lui arracher pas trop fort pour que l'oreille s'arrache pas. Manu devrait... Mais il a les jambes comme la gorge. Ficelées. Bouger, il peut pas. Il a froid. Il a très froid. Comme si tout son sang avait refroidi.

Et le dégingandé lance Pilipili. Il le lance comme un ballon, comme quand les cons que ça amuse de faire du rugby se font des passes. Et le gros cruel le rattrape, Pilipili. Comme un gardien de but. Brutalement. Et il le relance. A un autre. Et ils se mettent à se le lancer tous. Et c'est Nanou qui le rattrape. De justesse. Il a failli tomber par terre. Ils vont... Ils vont...

Ça devait arriver : le dégingandé l'a loupé. Il tombe dans le ruisseau, Pilipili. Ça fait floc. Ça éclabousse.

C'est plus possible. Plus possible. Malgré son sang refroidi, Manu arrive à se baisser. Manu ramasse son chat. Il est trempé, sali, boueux. Il a perdu sa seule et dernière oreille et son ventre s'est déchiré et son bourrage de ventre en coton lui sort du ventre et ses incassables parfaitement imités imitent parfaitement des yeux de vrai chat qui pleure.

Il est foutu. Pilipili. Foutu.

Et le cruel, le dégingandé, la Nanou, tous regardent Manu à quatre pattes dans le ruisseau.

Et ça les fait même plus rire. Le gros cruel se repeigne avec un peigne ses cheveux qui dépassent de sous sa casquette en cuir. Manou remange ses frites. Un autre met sa moto en marche.

Ça a fini de les faire rire. Ils ont plus envie de retirer le jean de Manu pour savoir s'il est un nain à paillettes, plus envie de jouer au ballon avec Pilipili. Ils en ont leur compte, du minos.

— T'as fini de nous faire rire. Alors tu caltes. T'es dégueu. Et pas correct. Et même pas un nain. Et pas marrant. Alors tu dis que t'es un petit con, dégueu, pas correct, et même pas nain et tu caltes. Tu le dis, oui ou merde ?

Un coup de couteau, c'est vite pris.

C'est sûr qu'ils en ont, des couteaux.

Alors Manu le dit.

— Je suis un petit con, pas correct, dégueu.

— T'as oublié *et même pas nain.*

— Et même pas nain.

La misérable petite voix qu'il a en disant ça.

— Et un taré. Parce que pour se balader avec un chat crevé...

— Et un taré parce que pour se balader avec un chat crevé.

— T'as tout bien dit. Tu te tailles. Et qu'on te voie plus. Tu te tailles, oui ?

La seule oreille de Pilipili est dans le ruisseau. Manu se demande. Qu'est-ce qui va lui arriver si... ? Qu'il lui arrive ce qui lui arrivera. Il peut pas laisser la patoche de son chat dans un ruisseau. Il peut pas. Tous les regards le regardent. Il se baisse quand même et ramasse le pauvre petit morceau de Pilipili et il le met dans la poche de son blouson. Là où il y a le lapin qui n'est vraiment pas fétiche. Et il remet ce qui reste de Pilipili dans le panier. Et après, seulement après, il se taille. Vachement vite.

Ils auraient pu le tuer. Ou le torturer. Ça a failli.

Il a presque pas eu le temps de reprendre son souffle, sur un banc, dans un coin très noir de Lille, que c'est maintenant deux flics qui lui demandent ce qu'il fait là. Des flics qui parlent pas comme des flics de Paris. Des flics pas habillés tout à fait comme ceux de Paris. Et avec des voix du nord de la France. Des flics qui n'aiment pas voir des garçons sur des bancs la nuit. Qu'il pleuve ou pas. C'est pas la question, qu'il pleuve ou pas. La question c'est que l'heure qu'il est est pas une heure pour les garçons. D'abord, d'où il est, où il demeure, c'est qui ses parents ? C'est des gens de Paris ? Des gens de Paris qui sont dans de la famille à Lille ? Non ? Ils sont où alors ? En train de manger dans un restaurant ? Dans lequel ? Il ne connaît pas le nom du restaurant dans lequel ses parents sont en train de manger ? Et s'il était tout bonnement en train de se tirer de chez lui ? Il est en train de se tirer de chez lui ? C'est ça ? Au cas où, il a intérêt à leur raconter bien tout. En détail. Il leur faut des détails, à eux. Plein. Et qu'il aille pas se figurer que c'est en se mettant à chialer comme un veau qu'il va arranger ses bidons... Ils veulent bien être compréhensifs. Ils ne demandent que ça. Mais si le garçon qui est en train de se tirer de chez lui leur fait un cirque pas supportable, ils vont pas le supporter. Ça non. Son nom, d'abord, c'est comment son nom ? Et son adresse à Paris ? Il n'a pas une adresse à Paris ? Il en a une. Ils la notent. Et le nom de sa mère. Et celui de son père. Ils ont pas la même adresse, sa mère et son père ? C'est pas un peu curieux qu'ayant pas la même adresse à Paris, ils mangent dans le même restaurant de Lille ? Quoi ? Ils mangent de la salade d'œufs durs ? C'est une salade qu'ils connaissent pas, ces flics-là. Ils connaissent des quantités de salades, mais celle d'œufs durs... Il y aurait à Lille un restaurant qui ferait des salades d'œufs durs ? Et ce restaurant, où soi-disant ses parents sont en train de dîner, il voit vraiment pas où il est ? Si. Il voit un peu. C'est dans une rue avec un cinéma et un... Un quoi ? Un magasin de vêtements. C'est vague. C'est si vague que, s'il se creuse pas un peu la cervelle pour leur en dire plus, il va finir par se retrouver au bloc où il ne pourra pas continuer longtemps à raconter n'importe quoi. Parce que le cirque, eux, ils ne sont pas clients. Le cirque ils sont contre. Très. Et puis qu'il arrête de pleurer. Ils ne sont pas des ogres, ils ne vont pas le bouffer. Mais il y a des limites. Alors il arrête de le faire, son numéro. Ils veulent bien reprendre tout depuis le début. Ils veulent bien. Alors ils reprennent tout depuis le début. Ils ont tout leur temps. Pourquoi il est parti faire le jacques dans des rues sous la pluie et se perdre au lieu de rester manger avec ses parents ? Parce que quoi ? Parce que c'est pas avec ses parents qu'il était, mais avec un monsieur grand. Voilà autre chose ! C'est plus ses parents ? C'est un monsieur qui vend des anges sans la queue d'une retouche ? Des anges en bois ? Authentiques ? Grand ? Grand : G.R.A.N.D. ou G.R.A.N.T. ? Grand comme grand parce qu'il est grand. Et c'est son nom à ce monsieur ? Non, ce n'est pas son nom. Le jeune Emmanuel ne connaît pas le nom du monsieur qui l'a emmené à Lille en camionnette Range Rover avec un chien labrador jaune qui lèche ?

— Tu sais que tu es intéressant comme tout ? Tu sais que quand on fait le métier qu'on fait, c'est passionnant de tomber sur un menteur comme toi ?

Un des flics a des bonbons pour la toux dans une boîte en fer dans sa veste d'uniforme. Il en offre un à Manu. C'est un bonbon pas bon.

— Je voudrais faire pipi. Je peux ?

— Si ça peut t'aider à retrouver tes idées, à arrêter de nous prendre pour des billes. Tu n'as qu'à faire ça contre les pneus de la Peugeot, là. Les pneus, c'est fait pour ça.

— Je peux pas si on me regarde.

— Si tu peux pas, on peut pas pour toi, nous.

— J'ai très très envie.

— On te regardera pas. Ça va ?

Manu tient le panier avec ce qui reste de Pilipili dedans, de l'autre main il fait glisser son zip.

C'est vrai, son envie de faire pipi.

Mais tant pis.

Les deux flics du nord de la France le regardent pas. Ils s'allument des cigarettes.

Il a toutes les chances de prendre une balle de revolver dans le dos.

Toutes les chances.

Mais tout le monde ferait ça. Tout le monde d'un peu intelligent et gonflé.

Alors il le fait.

Il se cavale à toutes jambes. A toutes jambes. Comme s'il en avait trois ou quatre ou plus.

Y a pas tellement de gens, même dans les films d'aventures, qu'ont dû courir aussi vite. Même Indiana Jones. Même les géronimos, les chefs indiens poursuivis... A part Superman qui s'envole, bien sûr.

Et les deux flics du nord de la France, pour qu'ils le

rattrapent avec leur voiture pie dans les rues piétonnières...

C'est pas criblé de balles meurtrières qu'il va finir mort, c'est le cœur pété.

C'est plein de ruelles, Lille, de rues qui s'emmanchent de travers, toutes petites, toutes tordues, les unes dans les autres. Ça tombe bien.

C'est autre chose que de piquer un crayon à la Samar, de semer des flics du nord de la France.

On peut pas penser beaucoup en courant aussi vite. Mais on peut quand même se rendre compte qu'on est en train de faire une connerie héroïque tellement immense que...

Quand ils vont le retrouver, les flics du nord de la France...

Il se casse la gueule dans un ruisseau, il se relève. Il s'est déchiré son genou de jean.

Il doit être en train de battre des tas de records.

Il a même plus la trouille.

Plus du tout.

Il est un héros. Il est en train de devenir un héros en cavale.

Un héros dans le noir sous la pluie.

Un héros dans le noir sous la pluie qui se cache à quatre pattes sous un grand camion arrêté quand il croit entendre arriver la voiture pie des deux flics.

Un héros dans le noir sous la pluie qui sait ce que c'est que d'avoir le souffle complètement coupé et le cœur qui bat comme un tambour. Comme dix tambours.

— Tu te rends compte, Pilipili ? Tu te rends compte ?

Pilipili est devenu une ruine de chat mort. Mais Manu l'a pas lâché son Pilipili. Pas perdu.

Il a perdu maman Dora. Il a perdu Grand, le salaud.

Mais pas Pilipili. Et il a dû finir par les semer, les flics du nord de la France.

Le voilà devenu un garçon recherché. Avec peut-être, déjà, sa tête mise à prix dans tous les commissariats du monde.

Plus chiant que tout ça, c'est pas possible. Mais c'est bien aussi.

Il va, il y a énormément de chances sur dix, pas y couper d'une bonne rafale de mitraillette au petit jour et à sa photo dans tous les journaux. Et maman Dora aura le plus grand chagrin du monde. Et même Véronique et même les plus méchants cons de l'école pourront pas s'empêcher de...

Ou alors.

Y a la dernière chance aussi. Y a toujours la dernière chance. Dans aucun film, aucun livre, aucune bédé, y a pas de dernière chance.

C'est la plus risquée. La vraiment dernière.

Mais ça arrive que ça arrive. Il y a eu beaucoup de dernières chances qui sont arrivées pour des héros célèbres de l'Ouest de l'Amérique. Pas pour Billy ze kid. Elle a foiré sa dernière chance. Et il était pas beau à voir dans son cercueil sur les photos. Tout criblé.

— Tu sais pas où elle est, notre dernière chance à nous ? Tu peux plus rien savoir, Pilipili. Mais moi, je peux. Elle est à la gare, notre dernière chance.

Un garçon qui vient de faire ce qu'il vient de faire peut — ça va être terriblement vachement compliqué mais il peut — monter sans billet dans un train qui va à Paris. Après, suffit de faire tout le voyage dans des cabinets du train en s'enfermant bien dedans.

Aller à la gare sans se faire choper par les deux flics et tous les autres flics qui doivent sillonner avec leurs mitraillettes, leurs magnums, des gaz lacrymogènes, des chiens policiers... Ça... bien sûr...

Faut commencer par sortir de dessous le camion. En sortir tout sale. En guenilles. Pitoyable. Et plus courir. Marcher d'un pas qui n'a l'air de rien. Marcher comme quelqu'un qui ferait que marcher. Faut demander poliment à quelqu'un où elle est la gare. Très poliment. Mais pas trop pour pas faire le suspect.

Elle est pas loin, la gare. Suffit de prendre la première à droite, de traverser une place, de prendre l'avenue à gauche. Et elle est là.

Si ça se trouve, il y a un flic derrière chaque arbre, chaque voiture.

On doit même pas s'en rendre compte qu'on vous crible de balles. On doit tomber. C'est tout. Tomber dans son sang. Une marre.

Et plus avoir d'avenir.

Et même pas aller en enfer si on a jamais été baptisé.

— On a la trouille, nous deux ? On a la trouille, mon chat. C'est forcé.

La gare est une gare comme les gares de Paris ou des endroits où on va en vacances. Avec des gens qui achètent des billets, lisent des journaux, ont des valises ou que des petits sacs. Des gens qui attendent des trains pour les prendre. Ou des gens de trains qui arrivent.

Il y a une dame avec des garçons. Des garçons avec des baskets, des sacs sur le dos. Et des têtes de têtes pas mises à prix.

Reste à trouver le train. Le bon. A grimper dedans en cachette. A trouver des cabinets libres.

Avec une des pièces que Grand lui a données pour appeler le répondeur avec le bip, Manu s'achète des chewing-gums à un distributeur. Des Hollywood. Il en mâche un. Comme on mâche un chewing-gum.

Un monsieur le regarde. Manu le regarde aussi. C'est culotté. Mais il le regarde.

C'est sur le quai numéro 3, le train pour Paris.

Il pense même plus à maman Dora. Il pense qu'aux flics, qu'à la rafale qui peut lui arriver dessus et le tuer, qu'à grimper dans le train du quai numéro 3, qu'aux cabinets libres dans lesquels il va s'enfermer et mettre le loquet « pas libre ».

La dernière chance, c'est terrible. Surtout tout seul.

Si maman Dora était là, pas disparue...

Elle est pas là. C'est Grand qui est là !

Grand qui pousse un cri de lion qui rugit. Grand qui se rue sur Manu et l'attrape et le serre contre lui. Fort.

— Manu ! Manu ! Le vieux Manu ! Y avait une chance sur mille que je te retrouve là. Une sur mille !

Ça serait ça, la dernière chance ?

Manu déteste Grand comme il a jamais détesté même ses pires pires ennemis. Et Grand est très en colère contre lui.

Et ils s'embrassent. Ils s'embrassent. Ils s'embrassent

Si vous comprenez quelque chose à ça, vous !

12

Le ciel.

Un ciel d'un bleu si bleu qu'on dirait pas un ciel. Ou alors un ciel peint sur un plafond et imitant sans tout à fait imiter. Sans aucun aucun nuage. Et démesuré. Plus démesuré encore qu'un ciel immense.

Et encore plus petit que dans la vie, sous ce ciel-là : Manu.

Notre Manu. Mais avec des bottes à faire saliver de jalousie tous les crapulos de son école. Des bottes comme on doit en trouver qu'à Houston (Texas). Et encore pas dans n'importe quel magasin de bottes de Houston (Texas).

Des bottes en lézard vert, bien pointues du bout. Et d'un lourd.

Et il marche, le Manu. Ça fait des heures et des heures qu'il marche. Des kilomètres, il a faits. Et il marche encore. Epuisé Au bout du rouleau. Mais tant pis. Il tiendra. Il tiendra malgré la chaleur accablante et un vent d'ouest qui lui souffle dans la figure du sable fin qui lui pique vachement les yeux. Et il a soif et rien à boire. Pour être pénible, ça l'est.

Et, en plus, il entend — au loin — des cris apitoyants. Des cris de Pilipili qui est, Manu le sait, aux prises avec des coyotes. Toute une bande d'immondes saloperies d'enragés coyotes. Et il faut que, sous le ciel trop bleu et trop immense pour un ciel, avec des bottes lourdes et les yeux pleins de sable, il arrive à temps. A temps pour empêcher les coyotes de déchirer à belles dents Pilipili qui crie comme de son vivant.

Quelle situation !

Et voilà qu'en plus arrive une odeur : une odeur qui n'a rien à voir avec tout ça. Une odeur comme il n'y en a jamais dans ces endroits aussi désertiques et ces situations-là.

De chocolat. Une bonne odeur de succulent chocolat chaud. Avec aussi comme une odeur de tartines. Ou alors peut-être pas de tartines, mais de croissants. Chauds, les croissants.

En tous les cas, si forte, cette odeur, que Manu se rend compte — c'est lâche mais tant pis — qu'il va laisser Pilipili se débrouiller avec la meute nombreuse d'immondes saloperies d'enragés coyotes et arrêter de marcher dans le sable et se mettre à ne plus dormir et ouvrir un œil puis l'autre et dire « bonjour maman Dora », à maman Dora qui, une fois de plus, s'est levée la première et est descendue acheter des croissants à la boulangerie à côté de la poste où ils les font plus chers que dans les autres boulangeries et meilleurs parce que au beurre.

C'est un peu compliqué de sortir d'un rêve dans une contrée désertique et lointaine pour se retrouver dans son lit et dans la vie et de plus avoir des bottes en lézard vert aux pieds et de penser qu'après le chocolat et les croissants ça va être une journée à école, à embêtements et à bonnes choses aussi.

Ce qui est bien, c'est que maman Dora soit là avec son sourire du matin et un petit déjeuner digne de ce nom.

C'est drôlement soulageant qu'elle soit pas perdue. Parce que dans le désert à ciel démesuré, en plus du sable dans les yeux et Pilipili au loin en train de se faire emmerder et déchiqueter, il y avait maman Dora qui était perdue. Et pas dans le désert, elle. Quelque part qui était nulle part.

Donc c'était qu'un rêve. Mais un de ces rêves qui vous mettent en sueur, comme quand on a une indigestion ou une grosse fièvre. Un rêve cauchemar.

C'est d'un chiant, ces rêves-là. C'est fameux, après, quand on les raconte. Surtout qu'on les arrange toujours pour les rendre encore plus tordus. Mais... pendant qu'on les fait...

Manu les ouvre pas encore, ses yeux. Y a pas le feu.

C'était qu'un rêve mais le sable du désert lui pique encore les joues. Curieux, non ?

C'est pas du sable de désert soufflé par un vent d'ouest qui lui gratte les joues. C'est sa couette. Sa couette épatante achetée par maman Dora par correspondance aux Trois Suisses. Une couette de première qualité en promotion. Mais pourquoi elle est grattante, ce matin ?

Merde ! C'est pas dans sa couette qu'il est.

C'est dans des draps. C'est des draps qu'il voit en les ouvrant, ses yeux. Des draps blancs. Et sa chambre n'est pas sa chambre.

C'est une chambre avec d'autres murs. Et pas d'Abraham Lincoln dessus. Avec un tableau représentant des paysans de l'ancien temps cueillant des légumes et le clocher de leur village. Avec des rideaux qu'il connaît pas. Avec pas son bureau et pas son dessin de la bataille de Little Big Horn.

Mais il est où alors ? Dans une geôle obscure de prison ? Dans des conséquences ? Ça serait à cause du feutre rose volé à la Samar ? Ça se peut pas. Il a remis le stylo à sa place dans le rayon et la dame humaine a forcé les antipathiques à le relâcher. Ça serait à cause des deux flics du nord de la France qui l'auraient rattrapé après sa galopade dans Lille la nuit ?...

Les deux flics du nord de la France ! Fallait qu'ils rappliquent, ceux-là ! Qu'ils lui reviennent !

Tout lui revient d'un seul coup avec eux. Tout. A toute allure. Tout : maman Dora partie à Lille en oubliant son baisenville en vuitton et disparue, Grand, le voyage avec Grand et Toufou, la trotte d'hôtel en hôtel avec Grand qui attendait dehors pendant que lui se farcissait les importants concierges, la pluie, la discussion à propos d'une salade d'œufs durs, Grand disant des horreurs horribles, les rues, tout seul avec Pilipili dans son panier, le gros cruel à la casquette de cuir, les autres loubards mauvais, la Nanou aux frites, le dégingandé tenant Pilipili par l'oreille et voulant s'en faire un porte-clefs et le jetant et les autres jouant à la balle avec et Pilipili tombant dans le ruisseau, sa patoche cassée, son gant blanc arraché, ses yeux parfaitement imités imitant des yeux de chat qui pleure. Les flics. La courette.

C'est affreux. Manu se sent en nage. Manu va avoir une poussée de fièvre brutale. Il va hurler.

Non.

Il ne va pas hurler parce que Grand est debout près du lit qui n'est pas le lit de Manu dans la chambre de Manu. Grand est debout avec, sur un plateau, du chocolat fumant. Et des croissants. Trois. Et du pain grillé et des minuscules paquets de beurre et des minuscules pots de confiture d'hôtel. Et il est torse nu, Grand. Il n'a que son jean. Et une cigarette pas allumée au bec. Et l'air plus encore d'un acteur qui joue des rôles de bourlingueur. L'air d'un acteur qui joue les rôles de bourlingueur au moment du film où les choses se sont mises à aller si mal qu'on se dit que, ce film-là, ça va pas être possible qu'il finisse bien.

— Salut le Manu. Ça va ?

— Où on est ?

— A l'hôtel. Dans une chambre quarante-trois. On

est à l'hôtel parce que je me suis retrouvé avec dans les bras un petit Manu tellement claqué qu'il n'arrivait plus à tenir ses yeux ouverts. Alors je lui ai trouvé un bon lit. Et le petit Manu a dormi. Tu sais combien tu as dormi, bonhomme ? Dix heures. Pour un fier sommeil, c'est un fier sommeil, non ?

— C'est lequel hôtel ?

— Le Royal. Tant qu'à faire, j'ai pris le meilleur. Le plus huppé. Tu aurais aussi bien fait ta nuit comme Toufou. Dans la roulotte. Vous auriez été chouettes tous les deux.

— Et... maman Dora ?

— Ta maman, elle n'est plus perdue. On sait où elle est.

— C'est vrai ? Elle est où ?

— Pas ici. Mais... elle est dans un bon lit, elle aussi. Bonne nouvelle, non ?

— Elle est dans un hôtel de Lille qu'on a pas su trouver ?

— Là, cow-boy, tu schématises. C'est ça et c'est pas ça. Elle était perdue. Elle ne l'est plus. Alors tu ne te tracasses plus. Tu te jettes sur ce petit déjeuner royal et... Il m'a l'air fameux, leur chocolat. Et... ces croissants.. C'est pas des bébés croissants. C'est du croissant adulte, ça. Du croissant... Tu les veux beurrés ou pas beurrés ? Tu les veux avec ou sans confiotte ? C'est un mot du temps où j'avais ton âge, confiotte. J'avais une grand-mère qui ne faisait que des crasses à la terre entière. Malfaisante, elle était. Et mal embouchée. Avare. Gifleuse. Sinistre. Pas belle à regarder. Elle n'avait qu'une seule et unique chose pour elle : sa confiotte de rhubarbe. Je la haïssais, ma mémé Yvonne. Mais suffit que je repense à sa confiotte de rhubarbe pour lui pardonner d'avoir été la peau de vache qu'elle a été. Tu peux opter pour la cerise ou la groseille. Moi, je n'hésiterais pas. Ça serait la cerise. Mais... les goûts et les couleurs...

— Elle est où ? Dans lequel, d'hôtel, maman ?

— Manu. D'abord, tu manges, tu m'avales tout ce chocolat, et après je t'explique.

— J'ai pas faim.

— Manu. Un garçon qui a dormi dix heures et pas dîné la veille a faim. C'est mathématique. Alors tu prends ce plateau, tu trempes ces croissants dans ce chocolat... Tu les trempes ou tu ne les trempes pas... Ça aussi c'est une affaire de goût, de traditions ancestrales. Le trempage du croissant, c'est comme la circoncision, l'excision ou... Tu te grouilles de manger ou il faut que je me fâche ?

Qu'est-ce qu'il est sérieux ce matin, Grand. Ses yeux rigoleurs rigolent pas. Et puis c'est vrai qu'il a faim, Manu. Que c'est mathématique. Alors il boit une grande goulée de chocolat qui est très mousseux et il mange le milieu d'un croissant. Là où c'est replié comme quand on fait un chapeau de gendarme. Les pointes, ça se garde toujours pour après.

— Et Pilipili ?

— Là, Manu, tu vas être étonné. Très étonné.

Grand s'assied sur le lit. Il extirpe son zippo de la poche prévue pour de son jean et s'allume sa cigarette.

— Ton chat tout décati, je te l'ai remis à neuf. A neuf. Si bien rafistolé que... Tu ne vas pas en croire tes yeux.

Grand se lève, il va prendre Pilipili sur la commode de la chambre. Et Pilipili est tout propre. Aussi tout propre qu'avant ses malheurs de la nuit. Il a son oreille bien en place, bien comme elle était. Et il y a plus de déchirure à son ventre. Il est redevenu tout à fait le chat de Manu. C'est exactement le même Pilipili.

— Comment vous avez pu faire ?

— J'ai passé du temps dessus. C'est pas plus compliqué que ça. L'intérêt, le véritable intérêt du métier de broc, ce n'est pas d'être assis sur son cul dans sa boutique à attendre le client. Ce n'est pas non plus l'argent. L'intérêt du métier de broc c'est de toujours courir par monts et par vaux pour dénicher l'oiseau rare et, quand tu l'as trouvé, l'oiseau rare, de le remettre sur pattes, de le remplumer, de le requinquer, de lui redonner — comme qui dirait — la tête qu'il avait au départ et l'envie et le goût de voler. Mon truc, mon talent, ce qui me fait vraiment, mais alors vraiment bicher, c'est de dégoter une vieille pendule qui a cessé de donner l'heure depuis des éternités, et de lui ouvrir le ventre et de la trifouiller, de la bricoler jusqu'au moment où elle se remet à faire son tic-tac comme une pendule en bonne santé. C'est ça, mon trip, c'est ça qui m'amuse et fait bien plus que m'amuser. Ton chat, ton Pilipili, il était fichu, nase. Et qu'est-ce qu'il a fait, le broc ? Qu'est-ce qu'il a fait, Grand ? Il a été chercher tout ce qu'il fallait dans sa roulotte. Sa sacoche à aiguilles, à bobines de fil, à fil de fer, à fil tellement invisible que je le retrouve pas toujours, à petites brosses, à petites pinces, à pots de colle à coller tout. Un outillage de chirurgien, de sorcier. Un outillage à moi, quoi. Et ton Pilipili... Ça a été coton, duraille. Mais tu peux lui tirer sur l'oreille. C'est comme avant. Mieux même. C'est du recousu. Mais du recousu main. Et au petit point. Si petit que, pour le voir, faudrait une loupe. Quand Grand il se met en tête de... C'est pas de la belle ouvrage ?

Le fait est. Ça se voit pas, ça se voit plus que Pilipili il a été ballon de rugby, qu'il a été foutu, qu'il a mariné dans un ruisseau. Manu le serre contre lui. A l'étouffer, il le serre. Il lui caresse son oreille, son ventre qu'est redevenu un beau bide rebondi de chat gourmand.

— C'est formidable.

— C'est formidable. Et... nous deux, on est partis pour que tout soit toujours formidable entre nous. Tu le bois, ce chocolat ?

— J'en ai bu.

— Tout. Faut le boire tout. Et me liquider les croissants, la confiotte. Cerise ou groseille.

Cerise ou groseille ?

C'est peut-être une question importante. Mais il y en a une qui l'est salement plus et que Manu se pose en regardant Grand qui le regarde, la question de savoir si ce qu'a dit Grand dans le restaurant à la salade d'œufs durs est vrai et si Grand est un salaud ou un pas salaud. Dans la nuit et dans sa trouille, Manu en était sûr que Grand était la pire des pires ordures. Puis quand ils se sont retrouvés à la gare, il en a été si peu sûr qu'il s'est remis à être sûr du contraire. Et Grand est là, dans cette chambre d'hôtel numéro quarante-trois, là, sérieux et ayant remis Pilipili à neuf.

Et Manu se demande.

Il a eu l'air d'un voleur et il était pas un voleur. Il a eu l'air de la pire des ordures et...

Et quoi ?

Manu finira bien par savoir. L'urgent, c'est maman Dora.

— Elle est où maman ?

— Pas ici. Tu vois, Manu, on s'est plantés en la cherchant. Mais ce n'est pas grave. On va aller la retrouver. On va y aller aussi vite que possible. Tu vas me liquider tout ça, te prendre une bonne douche, et on y va. Ah ! ton jean : il est recousu là où il était déchiré, et lavé et séché. Oui, monsieur Manu, je sais aussi faire le teinturier. Et bien. Il est repassé, ton jean, mais — attention — sans pli. Parce que nous autres, les vrais connaisseurs, nous savons que les jeans avec plis, c'est des jeans de ploucs. Note que là, j'en ai encore pas mal bavé. Pas chapitre lavage. Une bonne baignoire ça vaut toutes les machines à laver de la terre. L'os, ça a été le séchage. Il a fallu que je persuade une femme de chambre de me prêter son séchoir à cheveux. Coût de l'opération : cinquante francs de pourboire. Ça les valait. Tu sais quoi, Manu ? J'ai l'impression que j'ai mérité un baiser.

C'est vrai que pire ordure ou pas pire ordure, là, il l'a mérité.

Il pique pas, Grand, il est bien rasé. Il sent pas comme Jean-Luc le parfum d'ingénieur EDF sportif. Il a un parfum à lui. Un parfum comme un parfum de gâteau.

— Je sens bon, hein ? C'est la vanille. J'achète ça aux Puces. Aux Indiens. Toi, tu sens le chocolat. Et meilleur qu'un baiser du matin au chocolat, je ne connais pas.

Les horreurs dites au restaurant pour pas être entendues, c'était les doubles whiskies. Grand est un peu fou. Mais bien. Manu le sent aussi nettement qu'il sent la bonne odeur de la vanille. Un homme qui a goût de riz au lait ne peut pas être un méchant. Mais il a l'air pas content de quelque chose. De quoi ?

— Vous en voulez pas un, de croissant ?

— Ce que je voudrais, c'est que tu me dises tu. Et pour le croissant, c'est non. J'ai bu du café. Beaucoup. Trop. On boit toujours trop de café.

— Vous avez pas dormi ?

— Pas eu le temps et, vu que tu as dormi pour deux...

Grand va ouvrir les doubles rideaux. Il fait beau dehors. Clair. C'est fini la pluie. C'est le soleil.

Grand regarde dehors.

Il est maigre. Il a des muscles. Mais maigres.

Ça fait drôle de se réveiller dans une chambre d'hôtel où on s'est endormi sans savoir qu'on s'endormait. C'est Grand qui l'a déshabillé ? Couché ? Bordé ? Il lui a peut-être fait un baiser sur le crâne ou le nez comme maman Dora lui en fait. C'était après qu'il l'avait retrouvé dans la gare où il voulait monter dans le train pour Paris et faire tout le voyage dans les cabinets du train. Grand aurait pu l'engueuler vachement à ce moment-là. Et il l'a pas engueulé. Ou peut-être qu'il l'a fait, qu'il l'a engueulé mais que Manu a pas entendu parce qu'il s'est endormi comme un bébé. C'était après tous les doubles whiskies et que Manu était parti dans le noir pour partir comme un fugueur et qu'il y avait eu les salauds et les flics du nord de la France et...

Qu'est-ce que c'est compliqué tout ça.

Grand regarde toujours dehors.

Comment il a fait pour finir par la retrouver, maman Dora, tout en remettant Pilipili à neuf et en désalissant le jean et en le repassant sans lui faire des plis de plouc ?

— Comment vous l'avez retrouvée, maman Dora ?

Grand s'arrête de regarder dehors. Il se retourne mais ne regarde pas Manu non plus. Il écrase son mégot. Se prend et s'allume une autre cigarette.

— C'était pas compliqué. T'avais ton bip dans ton blouson. Alors j'ai rappelé chez toi, à Paris.

— Y avait d'autres messages ?

— Oui.

— Je peux appeler et les écouter ?

Grand allume son zippo. L'éteint.

— Manu...

Grand a dit : Manu. Il a dit Manu. Et il s'est arrêté. Il fume sa cigarette. Une bouffée. Une autre. Une autre. Il regarde la fumée qu'il crache. Il a l'air de quelqu'un qui est embêté.

— Ça serait bien que tu la prennes maintenant, ta douche. Et que tu t'habilles. Je t'ai trouvé une brosse à dents. Et du dentifrice. A la menthe. Ça te va du dentifrice à la menthe ?

Il y a une chaise dans la chambre d'hôtel. Grand s'assied. Il allonge ses longues jambes. Il n'a pas ses chaussures.

Grand se regarde les pieds. Il doit chausser au moins du cinquante. Ou du soixante si ça existe. Manu qui fait tout le temps de la croissance finira peut-être comme lui. Ça serait bien. Ou comme Lincoln. Pas assassiné. Mais presque géant. Ce qui est certain c'est qu'il portera jamais des pantalons qui seront pas des jeans.

— Il n'y a qu'un message. Et il n'est pas de ta mère. C'est quelqu'un d'autre qui a appelé.

— Qui ça ?

— Quelqu'un.

— De sa part à elle ?

— Si on veut.

Il va pas arrêter de se regarder les pieds ? Il fait la gueule ou quoi ? Qu'est-ce que ça veut dire « si on veut » ? Ça veut dire que maman Dora a demandé à une collègue de son job de traductrice d'allemand de faire un message à sa place à elle parce qu'elle avait pas le temps, parce qu'elle était si débordée que sa tête allait se mettre à éclater si ça continuait comme ça ?

— C'est pour dire quoi, le message de sa part ?

— Pour qu'on sache pourquoi elle n'est pas à Lille.

— Elle est où ?

— Où ? A Bonneville. Elle est à Bonneville, Dora. A Bonneville.

— C'est où ça, Bonneville ? C'est loin ?

— Pourquoi tu voudrais que ça soit loin ? Avec la roulotte on y sera très vite. A condition que tu ne passes pas ta matinée à chipoter tes croissants. Tu n'aimes pas les croissants ? Tu veux autre chose ? Tu veux que je te fasse monter un œuf coque ?

— Non. Je les aime les croissants.

— Alors mange-les, merde !

Le voilà furieux, maintenant. C'est à cause de la gare cette nuit ? Grand avait une colère qui couvait et elle va éclater ?

Manu a pas envie de se faire engueuler.

— C'est parce que je voulais m'en aller à Paris en train, que vous êtes fâché ?

— Où tu vas chercher que je suis fâché ? Je suis... Je ne suis rien du tout. Rien du tout. Ça arrive que, le matin, quand tu n'as pas dormi, tu sois un peu... Un peu... Mettons que je me suis levé du mauvais pied.

Manu voit pas comment quelqu'un qui s'est pas couché a pu se lever d'un pied plutôt que d'un autre.

— Et je t'ai demandé de me dire tu. Pas vous. Et de manger vite. Et puis...

Grand se lève.

— Au point où nous en sommes, toi et moi, on devrait se dire tu. Absolument. Se dire tu et ne plus rien se dire. Plus rien. Plus rien parce que je t'ai déjà dit assez de conneries comme ça. Hier soir, dans ce restau navrant, je t'ai raconté des trucs qu'il n'aurait pas fallu que je te raconte. J'aurais dû me goinfrer de leur saleté de salade d'œufs, boire. Et c'est tout. Mais parler... Parler aux gens, on ne peut pas se passer de faire ça. Faut parler, jacter, jacter, dégoiser. Alors on parle. Neuf fois sur dix, et même dix fois sur dix, on ferait mieux de la boucler. Mais la boucler, on ne sait pas, on ne peut pas. Alors... Grand ! Je suis grand. J'ai une grande carcasse, de grandes mains, un grand nez. J'ai une grande gueule surtout. Un type qui a de la conversation, voilà ce que je suis. Alors je converse. Avec n'importe qui. Aussi bien avec des duchesses avec plus de dents et des châteaux à trésors qui tiennent encore debout uniquement parce que c'est la mode, qu'avec d'authentiques clodos chineurs de poubelles. Suffit qu'il y ait une oreille qui traîne. Une oreille. Ça peut être celle d'un ami friqué à mort et snob comme un pou avec qui je passe des nuits à radoter à propos de bouquins, de peinture, ça peut être celle d'un Arabe de Saint-Ouen qui se laisse offrir des litres de thé à la menthe dans un bistrot cradingue... Du moment que j'ai une oreille... A n'importe qui, je peux parler. Et que ce soit à une fille comme ta mère ou à un abruti patenté qui ne sait ni lire ni écrire, je trouve toujours les mots qu'il faut. Même à des Chinetoques qui ne pigeaient que le chinetoque, j'ai parlé, fait la conversation. Mais... avec toi... Avec toi... Des garçons, des enfants, je n'en ai pas et je n'en ai jamais eu ni dans ma vie, ni dans mes relations. Et je me mets à jouer les nounous. A te pouponner... Et le comique de l'affaire, c'est que j'aurais toutes les raisons du monde de t'exécrer. Oui, Manu. Toutes les raisons de pas pouvoir te piffer. Parce que tu te contentes pas d'être un petit garçon, un enfant — ce qui est déjà excessivement rebutant —, en plus, tu es un problème. Et ça date pas de ce matin, pas d'avant-hier soir quand, au lieu de tomber sur Dora, je suis tombé sur toi avec mon ange et mes illusions de vieux rêvasseur qui veut jouer les roméos. Tu es un problème depuis le premier instant. Parce que Dora... Le nombre de choses qu'elle ne peut pas faire à cause de son fils, de son Manu... Tu n'existerais pas, on n'en serait peut-être pas là. Mais tu es là. T'es là avec ton chat, tes jeans à rafistoler. Et nous voilà, toi et moi, dans les mêmes embrouilles, dans les mêmes...

Dans les mêmes quoi ?

Dans les mêmes quoi ?

Pourquoi il s'est arrêté de parler, Grand ? Pourquoi

il s'allume une cigarette de plus ? Pourquoi il va encore regarder dehors par la fenêtre ?

Manu devrait être heureux de savoir que maman Dora a fini d'être perdue, de savoir qu'on sait où elle est, qu'on sait qu'elle est à Bonneville qui n'est pas loin. Il devrait être heureux. Et il y arrive pas, à l'être.

Et les bons croissants, le bon chocolat se mettent à pas vouloir se laisser digérer. C'est pas explicable mais c'est comme ça. Manu se sent comme s'il venait de manger, en faisant exprès de pas la mâcher, une omelette purulente. Il a envie et pas envie de se lever. Il se demande — c'est con de se demander ça ! — s'il aurait pas mieux fait de rester dans son rêve sous ce ciel trop immense avec les bottes de Texan, le sable et les cris de Pilipili et des saloperies de coyotes. Manu regarde le dos musclé maigre de Grand qui est dans des embrouilles avec Manu, dans des... Dans des quoi ? Manu caresse le crâne de Pilipili qui était foutu et qui l'est plus. C'est bien que Grand l'ait remis en état. Il s'y connaît encore plus que le naturaliste de la rue du Bac, Grand.

Mais pourquoi il dit que Manu est un problème et que...

Il se sent tout drôle, Manu.

C'est pas drôle de se sentir tout drôle.

Il ferme les yeux.

Il essaie de revoir le ciel plus immense qu'un ciel immense et d'un bleu trop bleu. Il y arrive pas. Les bottes en lézard vert, le sable, tout ça... c'est fini, effacé. C'était des choses de la nuit de dimanche.

On est lundi.

Et on va filer à Bonneville.

Tout va bien alors.

Tout va bien mais Manu a une idée qui se met à lui trotter dans la tête, l'idée que tout ce qui arrive de pas bien depuis le départ de maman Dora, c'est des conséquences.

Mais des conséquences de quoi ?

Avant de prendre sa douche, il vomit du chocolat et du croissant dans la baignoire. Sur ses pieds.

Après, ça va un peu mieux.

Seulement un peu.

13

A la sortie d'Aubigny, on prend une route avec aucun arbre et pas trop mais quand même de « tueurs du lundi de Pâques » et après il va falloir éviter le cul-à-cul de la sortie d'Amiens et foncer sur Bernay et...

Grand est tellement dans sa conduite qu'il ne se rend pas compte que Manu lui fouille dans sa poche de canadienne et lui prend son paquet de cigarettes et son briquet et se met une cigarette dans la bouche et manœuvre — en essayant de pas se faire voir — le zippo et arrive (sans s'étouffer, tousser, c'est un exploit) à allumer la cigarette. Et il la tend à Grand.

— Pour une fois que j'avais eu la bonne idée d'oublier... Mais t'es quand même un chef.

Grand tire une bouffée. Ça lui fait du bien. C'est sûr.

Manu est encore pas mal barbouillé d'avoir vomi. Mais ça va aller tout à fait mieux quand il va retrouver maman Dora dont on sait qu'elle est à Bonneville qui n'est pas loin. Et Pilipili est recousu dans son panier. Et Toufou a dû se lever de la meilleure de ses pattes. Jamais il a léché autant et aussi râpeusement.

Les chiens, Manu en a pas dans ses relations. C'est comme Grand les enfants.

Il en connaît plusieurs, chiens. Même beaucoup. Mais seulement de vue. Il connaît les deux chiens de son immeuble. Le microscopique de la dame pied-noir du premier et celui du septième qui a mordu une fille de la poste qui apportait un mandat mais c'est pas sûr, c'est des racontars. Il connaît par son nom le César du marchand d'articles de pêche qui est chien somnambule et fait tout le pâté de maisons par les toits la nuit avec son maître qui le suit avec une lampe électrique et qui se tuera un jour à faire ça, et les quatre pas assortis du bureau de tabac où il va acheter les Bensons de maman Dora. Et il en connaît plein plein d'autres. Dont certains qui le connaissent aussi et lui font des amitiés ou peur, selon leurs tailles, quand ils se rencontrent. Mais, pour presque tous, c'est comme pour les voitures, il connaît pas leurs marques, il sait pas plus distinguer un caniche d'un loulou qu'une Peugeot d'une Renault.

Mais les voitures, il s'en fout. Il laisse ça à des Jean-Luc, à des Gisou, à des gens comme ça. Tandis que les chiens...

Ça doit être le bonheur d'avoir un chien à soi. Pas seulement pour qu'il vous lèche et qu'il vous apporte des pantoufles et des journaux dans sa gueule. Pour lui lancer un bout de bâton ou un caillou très loin et qu'il coure vous les rechercher. Pour faire des courses avec lui dans des forêts, sur des plages. Pour se baigner avec. Lui faire des blagues. Lui faire boire la tasse pour jouer. Et pour qu'il vous défende. Le cruel à casquette en cuir, le dégingandé, Manu aurait eu avec lui un chien vivant au lieu d'un chat en nylon lavable, ils auraient moins crâné.

C'est vrai que mort, un chien, ça doit être comme un chat mort.

Pour empailler un chien comme Toufou, il en faudrait de la paille. Il y a des gens qui en tuent. Au fusil. Surtout des chiens blancs de traîneaux qui se sont pris les pattes dans de la neige qui a gelé et qu'il faut se résoudre à les abattre en pleurant parce qu'ils seront mangés par des loups. Ce qui est douloureux pour les trappeurs même rudes.

Le nez des chiens est une truffe qui doit être maintenue à une température assez chaude sous peine de se retrouver avec un chien malade.

La truffe de Toufou a une très bonne température. Mais elle aurait besoin d'être mouchée. Mais ça a pas l'air de le déranger. Au contraire.

On roule. On a traversé une forêt. On ne s'est pas arrêté pour se choisir chacun son arbre à pisser. Grand a dû oublier comme il avait oublié de fumer. La cigarette allumée par Manu, il l'a fumée toute. Mais il a pas jeté le filtre. Il le mâchouille.

Il a l'air déballé. Il doit avoir son nez pas à la bonne température, Grand.

— C'est encore loin Bonneville ?

Grand le balance sur la route, son filtre. Loin.

— Bonneville, c'est dans le nord de la France ?

Grand se mordille une de ses lèvres. Grand ralentit. Grand stoppe sa roulotte de broc. Il la range très bien, calmement, dans les règles, sur le côté de la route. C'est pas une forêt d'arbres pour choisir chacun le sien. C'est que de l'herbe pas haute, déplumée, mocharde, avec des bouts de papiers et une bouteille de Coca vide et des petits tas de mégots de cendriers vidés. Et une télé en ruine, sans son écran, qu'on se demande vraiment comment elle est venue là. Grand se tourne vers Manu qu'il a pas regardé depuis qu'ils sont partis. Il sort son paquet de cigarettes, son briquet. Les tend à Manu.

— Tu m'en allumes une autre ?

Manu lui en allume une autre. C'est pas bon. C'est amer. Mais c'est très élégant, très chic de faire ça. Ça fait compagnon de route dans des voitures ou des petits avions coucous de films d'aventures.

La cigarette, Grand ne se la met pas dans la bouche. Il la tient et la regarde fumailler toute seule.

Non. Bonneville c'est pas dans le Nord. Mais alors vraiment pas. Et son histoire de séminaire à Lille, à Dora, c'était une histoire. Une histoire pas du tout plaisante. Elle n'est jamais partie pour Lille, la chère petite Dora. Jamais. Elle t'a raconté des craques, ta maman chérie.

— C'est quoi des craques ?

— C'est quoi des craques ? Tu me demandes ce que c'est que des craques ?

Grand regarde Manu. Grand regarde sa cigarette qu'il a voulu que Manu lui allume et qu'il ne fume pas.

— C'est quoi des craques ? C'est ce que quelqu'un te raconte quand il ne peut pas ou ne veut pas te dire la vérité.

— C'est comme faire un mensonge ?

— Oui, cow-boy. C'est mentir, c'est tricher.

Manu regarde la cigarette lui aussi. Il regarde la fumée qui se tortille sans se presser et les ongles pas très propres — pas sales mais pas tout à fait propres — de Grand.

— C'est sûr que c'en était, des craques ?

— On ne peut plus sûr. Elle allait si peu à Lille que c'est entre Amboise et Tours que ça s'est passé.

— Qu'est-ce qui s'est passé ?

Grand se rapproche de Manu. Si près qu'on dirait qu'il a plus qu'un œil au lieu de deux.

— Dora n'allait pas à Lille. Elle allait... Je ne sais pas où. Et j'ai l'impression, la sale impression, qu'on le saura toujours assez tôt où elle allait. Ce qui est sûr c'est qu'elle y allait par la route. Et que, sur une route, entre Amboise et Tours... Le message du répondeur, ce n'était pas un message d'elle. C'était une voix d'homme qui disait d'appeler d'urgence un numéro.

Tu dormais. J'ai appelé ce numéro. Et tout ce que j'ai obtenu c'est le nom et l'adresse de la clinique.

— De quelle clinique ?

— Manu. Je suis fatigué, crevé. J'ai la tête à l'envers, pleine de brouillard. Alors... Comprends. M'oblige pas à...

— Faut que je comprenne quoi ?

— Que Dora t'a menti, qu'elle t'a niqué toi comme elle m'a niqué moi. Bref. Elle était sur une route et...

— C'est un accident, qu'elle a eu ?

— Oui Manu. Le gendarme, le type au téléphone ne m'a pas donné de détails. Il ne m'a pas dit dans quelle voiture elle était. Ni avec qui. Il m'a donné l'heure de l'accident, le lieu. C'est tout. Il ne devait pas en savoir plus. A la clinique non plus, ils ne m'en ont pas donné, de détails. Ils m'ont juste dit qu'il n'y avait pas lieu de paniquer, que c'était rien de grave, que c'était trois fois rien.

— Maman Dora, elle va mourir ?

— Déconne pas ! Elle a eu un accident mais c'est pas grave. C'est trois fois rien. C'est pas parce qu'elle est dans une clinique... C'est normal, tu sais, qu'on l'ait transportée dans une clinique. C'est toujours comme ça que ça se passe. Quelqu'un qui a un accident de la route, même s'il s'est juste fêlé un ongle, on l'expédie automatiquement dans une clinique. C'est pour faire des examens. C'est la loi. C'est...

— C'est vrai qu'ils ont dit que c'était trois fois rien ?

— Absolument.

— Tu me le jures ?

— Oui, Manu.

— Peut-être qu'elle souffre beaucoup. Peut-être qu'elle saigne. Et comment ils ont fait pour savoir le numéro de téléphone de notre répondeur à Paris ?

— C'est leur boulot aux gendarmes, aux CRS. Il devait être dans l'agenda de Dora, le numéro. Ou si ça se trouve c'est elle qui leur a donné. C'est même sûrement ça. Elle a rien du tout. Mais elle est coincée dans cette clinique et elle voulait que tu le saches. Elle a tout de suite pensé à toi. A son Manu.

— Pourquoi c'est pas elle qui a téléphoné alors ?

— Pourquoi ? Parce qu'elle doit être dans une chambre sans téléphone. Avec tous les accidentés qui leur tombent dessus des jours comme aujourd'hui, dans les cliniques, on ne doit pas pouvoir faire le difficile question chambre.

— Elle est peut-être dans une chambre avec une télé.

— Ça se peut. On va bien voir, hein. Maintenant que t'es au courant, que tu sais, on se raccroche ses ceintures et avanti ! Trois cents kilomètres, faut les faire.

— C'est où, entre Tours et Framboise ?

— Amboise. Sur les bords de la Loire. Un beau coin. Mais pas dans le Nord. Pas dans le Nord.

Il a dit ça, Grand. Tristement. Et il a repris la route. Et il roule comme un dingue. Mais comme un dingue pas dingue. Comme un dingue qui fait très attention d'arriver le plus vite possible à Bonneville mais de pas avoir lui aussi un accident de la route.

Manu pense.

Il a entrouvert le couvercle du panier pour pouvoir tenir bien serrée une patte de Pilipili et il pense à des mamans dans des cliniques.

A celle de Véronique qui a eu un cancer du sein qu'on lui a enlevé et qui a eu, un jour, plus un seul cheveu sur la tête et qui allait faire son marché et des courses dans les grands magasins avec aucun chapeau, aucun béret. Exprès pour faire peur aux gens et les dégoûter. Et qui a été plus que courageuse — la terre entière l'a dit — et dont les cheveux ont tous repoussé mais pas son sein.

A celle de Maurice, un voisin à lunettes pas très ami de Manu, qui a eu, elle, un écroulement des ovaires avec complications et qui a été amputée dans le ventre dans plusieurs hôpitaux et s'en est sortie miraculeusement mais tellement dépressive qu'il fallait lui faire manger de force des quantités de bifteck cru pour remplacer sans arrêt le sang des veines qu'elle se coupait à longueur de journée.

A celle d'un copain du club des Araignées de mer qui s'était fait louper le nez par un ingénieur esthéticien frauduleux et qui s'était retrouvée bouchée des narines au point de plus pouvoir respirer que par un tube en plastique et avait été obligée de faire un procès très cher et interminable au frauduleux.

A celle de Ballon-de-foot qui est tout le temps dans des cliniques pour des maladies jamais les mêmes depuis que le papa de Ballon-de-foot s'est jeté sous un camion quand on l'a licencié de sa place de chef du personnel dans son usine d'avions.

La maman de Véronique, Manu était allé la voir avec maman Dora. C'était en banlieue par le RER. Dans une clinique moderne. Avec aucun escalier. Avec que des ascenseurs et des brancardiers tous Africains des Antilles qui poussaient à toute allure dans des couloirs des allongés dont la plupart étaient déjà morts. Avec une télé à pièces de un franc et de la cuisine soignée. Et tellement de fleurs partout que c'en était écœurant comme odeur. Et la maman de Véronique était très satisfaite de son cancer. Très satisfaite de son sein enlevé qui allait lui permettre de devenir championne de tir à l'arc. Ce qui la faisait rire à en avoir le hoquet. Et d'avoir le hoquet ça la faisait rire aussi. De plus avoir de cheveux ça la faisait ressembler à une extraterrestre. Elle mangeait beaucoup de chocolats qu'on lui apportait et ne manquait aucun épisode de « Dallas » et « Dynastie ». Et elle pouvait enfin lire tout Proust en entier. Et ça avait l'air plus chouette que tout de pouvoir enfin lire tout Proust en entier.

Elle avait dit — ça avait frappé Manu — que la vie de clinique c'était comme la vie de château sans les problèmes de toiture et sans avoir à marcher des heures dans des couloirs à courants d'air et infestés de souris pour faire ses petits besoins.

Si la clinique de Bonneville est comme celle de la maman de Véronique, maman Dora doit être pas mal du tout. Et puis, elle, on va pas lui couper de sein. Aucun accident de la route ne donne le cancer du sein. Et elle va perdre aucun cheveu. On va seulement lui faire les examens obligatoires pour les accidents de la route. La radiographier partout. Lui faire faire pipi dans des petites bouteilles. Lui faire des fonds d'œil, le pouls, la tension, le cholestérol. Des choses chiantes mais pas terribles. Quelles émissions elle va regarder dans sa chambre de clinique si elle a une télé à pièces de un franc ? Pas « Dallas » en tout cas. Elle peut pas piffer J.R. Elle le trouve puant. Et macho. Et sachant pas s'habiller. Surtout pour les cravates. Des films elle va regarder. Et les émissions avec des écrivains qui sont rudement contents de venir d'écrire des livres très bien.

Il pense à tout ça, Manu. Et puis...

Et puis — c'est peut-être curieux mais c'est comme ça — depuis que Grand lui a dit ce qui s'est passé entre Tours et Amboise et qu'il lui a annoncé que maman Dora est dans une clinique, Manu se sent devenu un garçon important. Pas important prétentieux toisant comme les concierges d'hôtel. Mais important.

Important comme Véronique au temps du cancer du sein de sa maman à elle. Important comme Ballon-de-foot. Important comme n'importe qui qui a sa maman dans une clinique.

Même pour trois fois rien, même que pour des examens obligatoires, avoir sa maman dans une clinique, ça fait de vous un autre garçon.

Un garçon bien bien plus autre encore si la maman dans la clinique n'y est pas pour un cancer de rien du tout, pour des problèmes d'intérieur de ventre auxquels ne coupe aucune maman ou pour une de ces maladies mortelles tellement quelconques qu'elles arrivent à n'importe qui. Les cancers, les maladies mortelles, sauf si ça tombe sur des papes, des présidents des Etats-Unis, des princesses très connues ou des chanteurs, tout le monde s'en fout complètement. Mais... les accidents de la route...

Même un dentiste, un releveur de compteurs d'électricité, un boulanger, quelqu'un sans aucun métier même, s'il a la chance d'avoir un accident de la route, il se retrouve avec son nom dans les journaux. Ça peut aller jusqu'à sa photo. Si l'accident de la route est bien réussi, ça peut aller jusqu'à sa photo *en première page !*

Le problème avec l'accident de la route bien réussi, c'est qu'il est très dangereux. Qu'il a des conséquences.

Ça... Les rues sont pleines de débris humains qu'on pousse sur des chaises à roulettes qui ont eu leur nom et leur photo dans les journaux. D'aveugles aussi. D'aveugles sans bras ou avec rien qu'un seul. La plupart des mendiants sans mains sont des mendiants sans mains à cause d'accidents de la route.

Manu ferme encore plus ses yeux et voit une maman Dora aveugle et sans mains et perdant des litres de sang et sa figure toute cassée et entre la vie et la mort avec une tapée de chirurgiens grands patrons se penchant sur son cas en fumant des tapées de cigarettes en se demandant comment ils vont pouvoir l'en sortir.

Manu rouvre vite ses yeux pour ne pas voir ça.

Il est prêt à tout sacrifier, tout : le nom dans les journaux, la photo, peut-être même le journal télévisé. Tout. Tout tout tout pour que le trois fois rien de maman Dora soit un vrai trois fois rien.

Et il se dit et le dit tout bas à Pilipili — dont le ventre est décidément d'une douceur pas racontable surtout depuis que Grand l'a rafistolé — que maman Dora est en train de manger de la cuisine soignée et qu'elle regarde la télé dans sa chambre de clinique moderne.

Que c'est rien ce qu'elle a.

Mais qu'il est devenu quand même un autre garçon.

Un garçon qui va être si câlin avec maman Dora qu'elle en sera tout émue, toute retournée.

D'abord, faut qu'il y arrive avec des fleurs à la clinique de Bonneville. Il a pas mal d'argent de poche dans une des poches de son blouson. Il va le dépenser tout en fleurs. Et Grand va acheter sûrement des fleurs lui aussi.

Elle va être contente de les voir arriver tous les deux avec deux superbes bouquets.

Elle va...

Même pas grave, qu'est-ce que c'est intéressant qu'il soit arrivé cet accident de la route entre Tours et Amboise.

Plus intéressant que tout ce qui s'est passé dans le monde de Manu depuis que Manu est né verseau un douze février à quatre heures du matin. Plus intéressant que la fois qu'il y a eu l'attentat à la bombe par des Moyen-Orientaux dans un magasin où maman Dora avait été une heure avant (et donc frôlé la mort de vachement près), plus intéressant que la gazinière qui a pris feu toute seule en cuisant un gâteau et risqué de réduire toute la maison à feu et à cendres sans un voisin à qui on ne parlait même pas qui s'en est aperçu à l'odeur.

Pourvu qu'on trouve un fleuriste ouvert à Bonneville.

Le mieux, ça serait d'en trouver un avant. Ça serait plus sûr.

Et les craques ? C'est qu'il y a les craques aussi.

Comparé à l'accident de la route, c'est peu. Mais quand même.

Pourquoi raconter qu'on va à Lille quand c'est pas à Lille qu'on va ?

Faire ça, c'est mentir.

Des mensonges, maman Dora, elle en fait. Il le sait, Manu. Tout le monde en fait, des mensonges.

Maman Dora, les siens c'est plutôt toujours des mensonges gentils. Des mensonges pour pas faire de peine à Manu, pour pas le vexer. Comme de lui raconter qu'elle a été forcée d'aller consoler une amie dans des problèmes et que l'amie dans des problèmes c'était un film au quartier Latin ou une soirée jusqu'à plus de minuit passé dans un restaurant marrant avec une amie pas dans des problèmes. Mais c'est pas méchant. C'est parce qu'elle a eu envie de voir un film qui était pas pour les garçons. Parce qu'il l'aurait embêtée à mourir, comme l'autre fois où il a fait une telle scène qu'elle a cédé et l'a emmené voir « Sous le soleil de Satan » et qu'il s'est tant ennuyé. C'est parce que les soirées très tard avec des copains, Manu, ça l'ennuyait.

Il y a aussi ceux du genre qu'elle a trouvé un pull tellement en solde qu'elle aurait été stupide de pas sauter sur l'occasion, que pas acheter deux cents francs un pull à six cents, ç'aurait été criminel. Et puis, sans le faire exprès, Manu tombe sur le ticket du magasin. Le ticket de six cents francs ou plus encore qui n'est pas du tout un ticket de pull en solde. C'est un mensonge, ça aussi d'accord. C'en est un. Et gros. Mais si une maman a pas le droit de se payer un pull qui lui a tapé dans l'œil, même au-dessus de ses moyens... Comme, en plus, plus elle s'achète des beaux pulls, des belles jupes, des belles fringues, maman Dora, plus elle est belle...

Ça lui plairait pas à Manu d'avoir une maman pas belle. Une maman avec un ventre ventru comme toutes les autres. Ou avec un nez de cochon comme la maman de Véronique qui est si distinguée de partout et pas du nez. Ou vieille avec des chaussures si laides que c'est des vraies godasses, comme celle de Ballon-de-foot.

Le pire — si c'était un accident de la route avec photo dans les journaux —, ça serait que maman Dora ait le nez devenu aplati ou de travers, ou un œil crevé, ou des cicatrices pour toute la vie.

Il s'en fout de toutes ses forces du nom et de la photo dans le journal. Ce qu'il veut c'est que maman Dora ait rien. Qu'elle reste comme elle est.

Elle a rien. Ils l'ont dit à Grand au téléphone.

A Grand qui n'a pas fumé, pas parlé pendant cent quatre-vingt-six kilomètres. Manu a pas arrêté de regarder le compteur et de faire des soustractions. Qu'est-ce qu'il roule bien, Grand. Mais qu'est-ce qu'il fait la gueule.

Il a quoi, puisque c'est un accident de la route pas grave qui est arrivé à maman Dora ?

C'est des craques, qu'il est furieux, lui ?

Manu le connaît pas beaucoup, Grand. Mais même les gens qu'on connaît beaucoup, on peut pas savoir ce qu'ils ont dans le crâne.

Même maman Dora, Manu sait jamais tout à fait ce qu'elle pense.

Ça se voit quand elle pense. Ça peut lui arriver n'importe quand. En mangeant, en lisant un livre. Même en parlant. Elle est en train de bavarder avec Manu, de lui dire où elle est allée le tantôt, ce qu'elle a fait, les gens qu'elle a rencontrés. Et elle a la tête ailleurs.

C'est une chose qui se dit : avoir la tête ailleurs.

Souvent ça a l'air d'être des endroits pas marrants, cet ailleurs-là.

Souvent — oui, souvent — elle fait semblant du contraire. Mais elle a l'air de se faire bien chier, maman Dora.

Et Manu aime pas ça. Il voudrait qu'elle soit toujours dans la bonne humeur.

Qu'est-ce que c'est bien qu'il soit sans gravité, qu'il soit trois fois rien, son accident de la route !

Grand achètera ce qu'il voudra comme bouquet. Manu, lui, ça sera des fleurs blanches. Maman Dora, elle les préfère toujours blanches, les fleurs. Ou gardénias. Mais c'est rare, comme couleur, les fleurs gardénias.

Plus jamais Manu ne se disputera avec elle, l'agacera, lui fera la tête.

Et, pour les mots sales, c'est décidé, il en dira plus. Plus à la maison, en tout cas.

Et plus à l'école. Et plus n'importe où non plus. Et il va arrêter de se gaver de bonbons, de jeter par terre dans sa chambre ses habits propres comme si c'étaient des habits sales, d'oublier d'éteindre la télé, arrêter d'aller traîner avec les crapulos de son quartier, de pas rincer sa baignoire, d'être nul en calcul, de tout le temps acheter des petits bouquins de bédés qu'il lit pas jusqu'au bout, de faire des conneries genre omelettes purulentes. Et autres.

Il se sent devenu un autre Manu.

Ça fait du bien.

Les craques, maman Dora a dû avoir une bonne raison d'en faire. Elle va lui expliquer quelle bonne raison dans sa chambre de clinique.

Elle va le prendre dans son lit de clinique et le serrer

tout fort contre elle et qu'est-ce qu'ils vont s'embrasser.

Encore sept kilomètres de plus de faits.

Ça va être bientôt, maintenant, Bonneville.

Toutes ces choses qu'ils ont à se raconter avec maman Dora.

Toutes ces choses.

14

C'est une mère supérieure.

C'est toutes des mères. Des mères qui n'ont pas d'enfants et pas de temps à perdre à donner des renseignements. Elles seraient même plutôt du genre à en demander, des renseignements. Sur les numéros de Sécurité sociale, d'affiliation à des mutuelles, sur des groupes sanguins.

La mère supérieure, elle, elle l'aurait, le temps d'en donner, des renseignements. Elle a même l'air d'être là que pour ça. Pour expliquer aux gens.

La mère supérieure mère Marie-Bernadette, elle est mère supérieure de la clinique Sainte-Marie et du couvent qui va avec.

Elle est habillée en nylon à la fois comme une Sainte Vierge et comme une infirmière. Elle a des lunettes mais ça doit être des lunettes pas épatantes, parce qu'elle penche toute la tête pour vous regarder par-dessus leurs verres.

Elle est assise dans un bureau sombre aux murs tout en bois. Avec des portraits de papes morts accrochés. Et des photos de barbus en blanc avec, assis à côté d'eux, des nègres à peintures de guerre du temps où les nègres étaient sauvages. Elle a des mains toutes roses qui bougent pas. Avec des doigts gros et une alliance comme si elle avait un mari.

Des renseignements, elle en donne qu'un petit peu. Elle aime mieux poser des questions, on dirait. Elle veut connaître le nom du petit jeune homme, d'abord.

Elle veut aussi savoir si Grand c'est le grand-père.

Le grand-père de qui ? C'est rigolo, elle croit que Grand c'est le papa de maman Dora.

Non ? C'est pas ça ? Il n'est pas le grand-père ? Il n'est le papa de personne ? Il est qui alors ?

— Le parrain. Je suis le parrain de Manu, ma mère. Un ami de son pauvre grand-père qui est mort. Un ami de toujours. La maman de Manu, je l'ai connue petite fille, vue grandir. C'est pour ça que je...

Ça lui plaît énormément, à la mère supérieure, que Grand soit le parrain. Elle apprécie les parrains. Elle apprécie qu'on ait appelé le petit jeune homme Emmanuel. Parce que les Emmanuel sont quelque chose comme les chouchous du Seigneur.

Il est gonflé, Grand.

Pour ce qui est des craques, lui, alors... !

Et ça marche.

La mère supérieure lui dit que s'il veut fumer une cigarette, il peut le faire, que, bien sûr, le tabac n'est pas « en odeur de sainteté » à Sainte-Marie, mais que, personnellement, elle ne voit aucun inconvénient à ce qu'il...

— Pour être franc, ma mère, moi, le tabac...

— Si l'on a la sagesse de s'en passer...

— Une cigarette de temps en temps, pourquoi pas ? Mais quand ça tourne à l'intoxication. C'est comme l'alcool.

— Alors là, l'alcool...

— Pour en revenir à notre accidentée, ma mère...

— Oui. La chambre vingt-trois.

La mère supérieure a des fiches sur son bureau. Elle en prend une. Elle la regarde. Par les trous de ses lunettes.

— La chambre vingt-trois... La chambre vingt-trois...

Elle va les donner les renseignements ? Non.

Elle repose la fiche.

— Il y a la chambre dix-sept aussi. Et... la chambre dix-sept... C'est bien pénible, monsieur. Bien pénible. Mais les voies du Seigneur...

Elle regarde en l'air, le plafond. Elle les enlève, les lunettes.

— Et si notre petit Emmanuel allait voir un peu notre jardin ? C'est que nous avons un grand jardin à Sainte-Marie. C'est que nous faisons tous nos légumes nous-mêmes. Oui oui oui. C'est ça qu'il va faire, Emmanuel, il va aller voir nos belles tomates et nos haricots. Et nos lapins. Et nos poules.

Manu n'en a rien à foutre des tomates, des haricots et de la volaille des bonnes sœurs. Rien à foutre. Mais la mère supérieure a agité une clochette et une autre mère rapplique. Pas supérieure, pas vieille, de l'âge de maman Dora. Mais laide. Avec des dents en avant dont une en fer.

C'est une mère Cyprienne-du-Cœur-de-Jésus que la mère supérieure appelle ma fille. Et elle va se faire un plaisir d'aller montrer les belles tomates et les beaux haricots au petit Emmanuel pendant que son parrain...

Et voilà Manu viré du bureau.

Et qu'est-ce qu'elle est con, la mère-fille Cyprienne-du-Cœur-de-Jésus. Elle parle à Manu comme s'il était un attardé de deux ans. Elle appelle Manu mon petit lapin et elle veut absolument qu'il trouve les haricots beaux et qu'il soit épaté parce que le Créateur — dans son immense bonté — les a inventés les haricots. Elle veut absolument qu'il soit épaté parce que le Créateur (toujours dans son immense bonté) a décrété que les tomates seraient rouge tomate. Elle veut aussi absolument que le petit lapin trouve les lapins merveilleux. Ils le sont pas, merveilleux. Pourquoi ils le seraient, d'abord? C'est que des lapins avec des oreilles de lapins, énervés comme des lapins et se roulant sans arrêt les uns sur les autres dans des cages à lapins pleines de crottes de lapin. Y a les poules aussi. Avec leurs yeux de côté. Encore plus énervées que les lapins. Et arrêtant pas de picorer des petits cailloux ou des petites poussières ou leurs cacas de poules qu'elles font en marchant, ou rien du tout, ces crétines. Elles font que ça, que ça. Comme si elles étaient mécaniques. C'est pas des œufs qu'elles doivent avoir dans le trou de leurs fesses de poules! On a dû leur y fourrer des piles électriques inusables. Il y en a une deux fois encombrante comme les autres qui est une dinde et qui regarde Manu comme si elle allait l'attaquer. Il y a des canards qui font qu'entrer et sortir dans un trou d'eau bouillasseuse. Il y a...

Elle croit quoi, la mère-fille Cyprienne-du-Cœur-de-Jésus? Que Manu est venu à Bonneville depuis le nord de la France pour visiter son zoo de chiotte et trouver beaux des haricots? Il est venu pour voir sa maman Dora, pour lui donner les fleurs blanches achetées soixante-dix francs chez une fleuriste de Beaugency et l'embrasser et qu'elle l'embrasse. Elle veut quoi, cette bonne sœur con? Attendre qu'elles soient fanées, ses fleurs, à Manu?

Elle veut que Manu voie le cochon. Voilà ce qu'elle veut.

— Il est derrière la chapelle. Dans sa cabane à lui tout seul. Qu'on lui a construite nous-mêmes en planches. Tu vas voir le patapouf que c'est. Avec toutes nos eaux grasses, tu penses... Un jour, il ne tiendra même plus dans sa cabane, ce goulu.

— Et ma maman où elle est?

— Dans sa chambre. Et bien soignée. Ici, mon petit lapin, pour ce qui est des soins...

— Pourquoi vous m'emmenez pas la voir ?

— C'est le docteur Majoret qui décide s'il peut y avoir visite ou pas. Pas nous. Et surtout pas moi. Moi, vois-tu, je ne suis même pas infirmière. J'aurais aimé. J'aurais beaucoup voulu. Mais à chacun sa tâche. Je travaille à la lingerie, je m'occupe des bestiaux, j'aide à la cuisine. Ça te dirait de faire un petit quatre heures ? De boire un café au lait ? De goûter à nos confitures ? C'est que nous avons nos cerisiers, nos pruniers, nos abricotiers. Et que nous mettons en pots nous-mêmes.

— Il décide comment, le docteur, s'il peut y avoir visite ?

— C'est en fonction de la gravité du cas. C'est un homme très compétent, le docteur Majoret. Et ne ménageant pas sa peine. Ah ! non, alors. C'est à se demander quand il dort. Viens. On va aller à la cuisine. Et tu vas voir sœur Rita. Les confitures, c'est elle qui les fait. De ces confitures... De ces confitures. C'est que sœur Rita, le Créateur, dans son immense bonté...

La cuisine est longue comme un préau d'école. Propre. Brillante de partout. Avec des murs tout en bois et un Jésus-Christ grandeur nature avec des gouttes de sang de couleur naturelle et des casseroles en cuivre et une cuisinière comme une vieille locomotive. Et sœur Rita est grosse comme dix fois Ballon-de-foot. Ça doit être à force de goûter ses confitures qui sont vachement vachement bonnes.

Pour sœur Rita aussi, Manu est un petit lapin. Un petit lapin qu'elle a l'air de vouloir faire devenir patapouf comme le cochon qui est si gourmand d'eaux grasses. Elle lui coupe une de ces tranches de gros pain...

— Un garçon de ton âge, c'est dans la croissance... Et, quand on est dans la croissance... Et c'est qui que tu viens voir à Sainte-Marie ?

— Ma maman. Mais il faut que j'attende que le docteur dise quand je pourrai.

— Tu l'aimes ta maman, hein ?

— Oui.

— Faut l'aimer, sa maman. Et son papa. Et ses frères et ses sœurs. Et tout le monde. Le Seigneur nous a mis sur terre que pour ça : pour aimer. Ça te dirait pas de manger un bon œuf coque ? Un coco du jour.

Elle est aussi très con, sœur Rita. Mais, au moins, elle veut pas que Manu trouve des haricots beaux. Elle veut seulement le gaver.

— Et il va goûter à nos sablés, le petit lapin. A nos sablés à nous. Des sablés qu'on vend, qu'on nous réclame de partout. C'est sœur Mélanie-de-la-Miséricorde qui les faisait. Avant de monter au ciel, elle m'en a donné la recette. Alors tu me goûtes ce sablé et tu me dis.

Elle lui laisse même pas le temps de finir sa tartine de confiture pour géant, faut qu'il avale le sablé rond qu'elle sort d'une boîte en fer.

— Alors ?

— C'est bon.

— C'est pas bon, mon petit lapin. C'est meilleur que bon. Et tout est meilleur que bon. Même le mauvais. Moi, j'ai des rhumatismes articulaires. Chacun a ses douleurs. Moi, c'est des rhumatismes articulaires. Quand ça se met à vouloir te faire souffrir, les rhumatismes articulaires, ça fait pas semblant. Ça peut te faire mal à ton petit doigt aussi fort que si ton petit doigt était un bras tout entier. Longtemps, je les ai maudits, mes rhumatismes. Je grognais, je grognais. Et... une nuit... Une nuit, j'ai compris que ce mauvais-là c'était du bon. Du très bon. Que le Seigneur, c'était un cadeau qu'il m'avait fait et que moi, pauvre sotte que j'étais... Maintenant, mes rhumatismes articulaires, je ne les échangerais pas même pour un voyage à Lourdes. Même pour un voyage à Lourdes ! C'est mes rhumatismes à moi. Mon cadeau du Très-Haut. Et j'y tiens. Alors, l'œuf coque, c'est oui ou c'est non ?

— J'ai plus faim.

— Tu vas quand même me finir ta tartine. Elle est là pour quoi, ta maman chérie ?

— Elle a eu un accident de la route. Mais pas grave.

— Sœur Félicité et sœur Suzanne, elles en ont eu un avec la deux-chevaux. Sœur Suzanne a eu le temps de recevoir les derniers sacrements. Mais pas sœur Félicité. Moi, j'ai jamais réussi à avoir mon permis. A cause du code. Quatre fois, je l'ai passé.

— Elles sont mortes ?

— Qui ça ?

— Les sœurs en deux-chevaux ?

— Bien sûr. Dieu en avait assez de les attendre. C'est comme mes rhumatismes articulaires, la mort. C'est un cadeau, une faveur qui te vient du Ciel. Du meilleur. Prends ta maman chérie, par exemple...

Quoi, sa maman chérie par exemple ?

Qu'est-ce qu'elle est en train de raconter ? Que le Créateur (dans son immense bonté) va... ?

Manu flanque flanque le reste de tartine de confitures dans l'assiette. Manu se lève.

— Où tu vas ?

— Je veux voir ma maman. Je veux la voir tout de suite.

— On t'a dit que...

— Je m'en fous. Je veux la voir. Je veux pas qu'elle meure. Je veux pas.

— Mais, mon petit lapin.

— Merde !

Il a dit merde à la mère sœur Rita et il a filé. Et il a traversé en courant le beau jardin aux beaux haricots et le voilà qui entre dans le bureau aux murs tout en bois de la mère supérieure Marie-Bernardette. Comme un bolide, il entre.

— Mais qu'est-ce qu'il se passe ? Sœur Cyprienne-de-Jésus ne t'a pas emmené voir nos lapins, nos poules ?

— Je les encule, les lapins ! Ma maman va mourir !

Elle en revient pas, la mère supérieure.

Grand, qui était tassé dans un fauteuil, une cigarette au bec, se lève. Grand prend la main de Manu. Il la lui prend fort, comme s'il voulait l'écraser.

— Manu !

Il serre la main de Manu encore plus fort.

— Je vous laisse, ma mère. Je vais aller faire une petite promenade avec Manu. On va parler tous les deux. On va...

Qu'est-ce qu'il a, Grand ?

Il a dit qu'il allait parler et il parle pas, maintenant qu'ils sont dehors et la font, la petite promenade.

Faut d'abord qu'il finisse la cigarette qu'il fumait et qu'il s'en allume une autre avec son zippo. Qu'est-ce qu'il a, son zippo ? Il démarre plus au quart de tour ? On dirait que Grand ne sait plus s'en servir, de son zippo. Ou qu'il a la tremblote. Il y arrive tellement pas, à l'allumer, sa cigarette, qu'il laisse tomber.

Alors ?

— Tu veux quoi, cow-boy ? Qu'on marche ou qu'on se pose là, sur ce banc ?

Manu veut savoir. En marchant, en marchant pas, assis, debout, il s'en torche. Il veut savoir. Pas regarder des haricots, pas bouffer de la confiture et des sablés. Pas qu'on le promène comme un mongolien.

— Où elle est maman Dora ? Où elle est ?

— Dans la chambre numéro vingt-trois, la mère

Trucmuche te l'a dit. Mais... ça serait dans la chambre vingt-quatre ou la trois mille dix-sept, ça serait pareil. Et ça serait aussi... aussi moche.

— C'est pas trois fois rien qu'elle a ?

— Non, Manu. Ça n'est pas trois fois rien.

— Au téléphone, ils ont...

— Au téléphone, c'était quelqu'un qui ne savait pas. Qui ne savait rien.

— Elle a un accident grave ?

— Il est possible que ce soit grave. Pas sûr. Mais possible. On ne sait pas encore précisément. C'est délicat. C'est toujours délicat, les accidents. Ils lui font des radios, des examens. Ils font ce qu'il faut. Ça m'a l'air sérieux comme clinique. Ils ont des toubibs très bien, tout ce qu'on peut rêver comme appareils, comme matériel. Quoi qu'elle ait, ils l'en tireront. Ça c'est sûr. Moi, je vais sur ce banc. C'est d'avoir pas dormi, d'avoir conduit, d'avoir trop gambergé. Je suis fourbu, lessivé. Je tiens plus sur mes cannes.

— Elle a une jambe cassée ?

— Pour le moment... Elle a peut-être une jambe cassée. Peut-être les deux. Elle a peut-être... Ça peut n'être rien. Ça peut être grave. Enfin... assez grave. Même eux, même les toubibs, ils ne savent pas. Pas encore. Ils sauront dans cinq minutes. Ou dans dix heures. Alors il faut qu'on soit patients, toi et moi. Patients. Nous n'avons qu'une chose à faire : attendre. Attendre sans paniquer, sans délirer. Et ne me dis pas qu'attendre, c'est dur. C'est insupportable. Carrément insupportable.

Grand se lève. Grand prend Manu par la main.

Ils finissent par se retrouver dans la Range Rover roulotte de broc garée devant la clinique. Avec Toufou qui en a plus que marre d'être enfermé et Pilipili dans son panier. Et sans le beau bouquet de fleurs blanches que Manu a oublié sur la longue longue table de la cuisine de sœur mère Rita. Ou ailleurs. Il sait pas.

Et Grand fouillasse dans le fouillis à l'arrière de la roulotte. Et le trésor qu'il trouve, c'est une bouteille de whisky pas bien pleine.

— Le dernier recours du broc en campagne et dans les emmerdes !

Il boit un coup de whisky à la bouteille.

Il sourit à Manu.

C'est pas un grand sourire. C'en est un petit. Mais presque aussi gentil que certains sourires de maman Dora des fois.

— Bon. Maintenant, on attend.

Il resourit.

Manu ne sourit pas, lui. Il pense aux deux bonnes sœurs de la deux-chevaux.

— A quoi tu penses ?

— A rien.

— C'est vrai que tu sais penser à rien, toi. Tandis que moi... Mais ça serait con de... Ils vont trouver exactement ce qu'elle a, Dora. Et, même si c'est grave, ils la remettront sur pied à la vitesse grand V.

— Elle va avoir des souffrances horribles ?

— Non. Ils ont tous les médicaments qu'il faut. Même s'ils doivent l'opérer...

— L'opérer ? L'opérer pour quoi ?

— On ne peut pas savoir encore. La mère, la supérieure, tout ce qu'elle a été fichue de me dire c'est que la moto en a pris un sale coup, qu'elle a été projetée contre un pylône, que...

— Quelle moto ?

— La moto. Elle était à l'arrière d'une moto, Dora. Ça, on le sait. Elle n'allait pas à Lille et elle n'y allait pas en moto.

— C'était ça les craques ?

— C'était ça. Et ça me fout presque plus en l'air que l'idée qu'elle est inconsciente, avec des éminents praticiens qui lui font tous les examens possibles et imaginables pour établir un diagnostic en bronze et la remettre sur pied. Tu sais ce que j'ai, Manu ? Tu ne le sais pas. Tu ne peux pas le savoir. Et vaudrait mieux que tu le saches pas. Mais je vais te le dire quand même. Je vais faire ça parce que si je le fais pas... T'as pas envie de voir un vieux broc s'effondrer et éclater en sanglots ? T'as pas envie de voir ça ?

— Non. J'en ai pas envie.

— Alors tu m'écoutes. Et tu fais comme si tu comprenais, comme si tu comprenais tout. Ça ne tient pas debout, ça dépasse l'entendement, ce que je te demande là. Mais... Mais il n'y a que toi à qui je peux parler, Manu. Que toi. Parce que tu aimes Dora. Parce que ça, j'en suis sûr, l'aimer comme elle mérite de l'être, Dora, y a que toi et moi qui... Tu l'aimes comment, toi ?

— Le plus que je peux.

— Moi, c'est comme un dingue. Et c'est dingue. Un jour je l'ai vue. Un jour, ni plus ni moins emballant que tous les jours qui se suivent pour faire des semaines, des années.

— Le jour de l'ange ?

— Le jour de l'ange.

Il a des larmes, Grand. Des larmes.

Des larmes qui sortent de ses yeux et qu'il essuie pas. Pas beaucoup. On pourrait les compter. Mais c'est des larmes. Des larmes qui coulent sur ses joues plus très bien rasées parce qu'il s'est rasé très tôt à Lille à l'hôtel Royal.

— Je suis amoureux de Dora comme je ne l'ai jamais été d'aucune femme.

— Comme quelqu'un qui voudrait se marier avec elle ?

— Oui. Et plus encore. Et pire que ça. Amoureux à n'en pas dormir toute une nuit si elle oublie de venir boire le verre qu'elle devait venir boire avec moi. Amoureux à débarquer chez elle comme un con, sans prévenir, avec un ange sous le bras et à avoir envie de me flinguer parce qu'elle est partie soi-disant pour Lille. De me flinguer... M'en demande pas plus, Manu. Me laisse pas déconner. Dis-moi de me taire. Dis-le-moi.

— Vous voudriez vous marier avec maman Dora ?

— Je voudrais tout, Manu. Tout ! L'amour, tu sais...

— Sœur Rita elle dit que le Créateur il a mis tout le monde qu'il a mis sur terre pour s'aimer.

— Sœur Rita ?

— Celle qui fait des confitures pour vendre et des sablés ronds. Elle a des rhumatismes articulaires qui la font très souffrir mais elle a compris qu'ils la faisaient très souffrir parce qu'ils étaient meilleurs.

— Meilleurs que quoi ?

— Que d'autres rhumatismes.

— Manu.

Grand regarde Manu.

Il a encore ses larmes et il lui vient un sourire. Un sourire pas gai.

Il caresse la joue de Manu avec le dos d'une de ses mains.

— Ça te fâche que je sois amoureux de ta maman ?

— Oui. Ça me fâche.

— Un peu ou beaucoup ?

Manu réfléchit.

Pas longtemps.

Beaucoup de choses se mettent à le fâcher beaucoup : que maman Dora ça soit grave, que le Créateur soit peut-être en train de mijoter de lui faire le cadeau (le cadeau ?) de la faire mourir, qu'elle ait fait des craques, que Grand soit à la fois fumier et gentil... Non, pas gentil aussi. Seulement fumier.

Ça le fâche beaucoup.

— Vous l'avez embrassée sur la bouche, maman ?

— Ça nous est arrivé. Tu me détestes, hein ?

Manu fait oui avec sa tête.

Grand retire sa main de sur la joue de Manu.

— C'est foutu, nous deux ? On ne va plus pouvoir être amis ?

Manu s'écarte, des fois que Grand voudrait lui remettre sa main sur la joue.

— Y a qu'à toi que je pouvais en parler. Je suis malheureux, tu sais. Malheureux, je l'ai déjà été. En affaires et en amour. J'ai été désespéré, cocu, roulé, déçu, humilié. Mais malheureux comme depuis deux jours... Qu'est-ce que tu fais ? Où tu vas ? Où tu vas, Manu ?

Manu ouvre la portière, descend de la roulotte de broc. Avec le panier de Pilipili.

Il répond rien à Grand. On répond rien à quelqu'un à qui on parle plus.

Et s'il veut se flinguer, le broc, qu'il se gêne pas. Si le Créateur a envie d'avoir un fumier dans son Ciel, c'est son problème, au Créateur.

Manu, lui, il sait même plus qui c'est Grand.

Il fait même plus partie des gens qu'il connaît.

Pour Manu, il est mort, Grand.

Et c'est bien fait.

Sœur Rita n'est pas rancunière. Quand elle voit le petit lapin revenir dans sa cuisine, elle a oublié, tout à fait oublié, le « merde » de tout à l'heure.

— Il est venu finir sa tartine, le petit lapin ?

Il est venu s'asseoir sur un des grands bancs en chêne archicirés, le petit lapin.

S'asseoir pour attendre.

15

Et voici une mère Agnès. Mère Agnès-de-l'Immaculée-Conception, pour être précis. Mais elle n'en demande pas tant.

— Tu peux m'appeler Agnès tout court si ça te chante. Ou tatie Agnès. Tu ne serais pas le premier à m'appeler tatie. Tous les noms, je les ai eus ! Dont pas mal dont je me serais bien passée. C'est qu'avant d'être ici, j'étais dans une maison pleine d'enfants. D'enfants « difficiles ». Tu sais ce que c'est des enfants difficiles ?

— C'est qu'ils veulent pas manger ce qu'on leur donne.

— Pas du tout. Ils dévoraient tout ce qu'on leur donnait, mes gredins. Quand ils ne se le flanquaient pas à la figure. Je suis sûre que tu n'as jamais assisté à une bataille de purée de pois cassés. A une vraie bataille de purée de pois cassés. C'est quelque chose. Un réfectoire avec deux cents gamelles de purée de pois cassés qui volent en tous sens, si tu n'as pas vu ça, tu n'as rien vu. Moi, j'ai assisté à plusieurs batailles de purée de pois cassés. Et à des batailles de petits-suisses, de yaourts, de lentilles. Et j'ai eu droit à des souris dans mon lit. Vivantes. Même à un rat. Je ne suis pas plus peureuse qu'une autre, mais un rat dans son lit... Ça leur est arrivé d'allumer des incendies aussi, à mes « difficiles », d'inventer des systèmes pour boucher les canalisations, de détourner une rivière. Pas le Rhône. Mais une rivière avec des poissons. Ces petites farces-là mises à part, ils étaient attachants comme tout. Difficile, on ne l'est pas en naissant. On le devient. On le devient parce qu'on a des parents qui ne s'entendent pas, qui boivent, qui... Quand ils s'y mettent, certains parents, ils ne se contentent pas de se bombarder avec des petits-suisses.

— Moi, ma mère, elle s'embrasse sur la bouche avec des brocs.

— Elle fait quoi ? Avec des quoi ?

— Les brocs c'est les marchands de trésors chinés des Puces de Saint-Ouen à Paris. Elle en embrasse sur la bouche. Mais c'est pas vraiment sûr. Ça peut être des craques de Grand. Il raconte n'importe quoi quand il a bu du double whisky.

— Grand, c'est ton parrain ?

— C'est pas vrai que c'est mon parrain. C'est l'amoureux dingue de ma maman. D'abord, je le connais pas. Je savais pas qui c'était quand il est arrivé comme un voleur avec l'ange.

— L'ange ? Quel ange ?

— Un avec des grosses joues. Moche comme tout.

— Alors ce n'était pas un ange. Les anges sont très beaux.

— Vous en avez vu ?

— Non, Emmanuel. Pour voir un ange...

— Faut aller où pour en voir un ? Au paradis dans le Ciel ?

— Au paradis, oui. Il y a des gens qui en ont vu, qui en voient, parfois, ici-bas. Mais... les apparitions, les visions... Un archange, ou la Sainte Vierge qui viennent, comme ça, vous dire un petit bonjour en passant... Moi, je me méfie.

— Vous vous méfiez de la Sainte Vierge ?
— Pas d'elle, non. Mais de ceux qui se vantent de l'avoir croisée en allant faire paître leurs vaches ou cueillir des champignons. S'il fallait croire toutes les grenouilles de bénitier qui prétendent être à tu et à toi avec les saints.
— Les saints du calendrier ?
— Ceux-là et les autres.
— Y en a d'autres ?
— Et comment. Mais ce n'est pas écrit sur le bout de leur nez. Etre saint, ce n'est pas obligatoirement faire des miracles, des choses extraordinaires. On peut être un saint, un vrai, en se contentant d'élever convenablement sa marmaille, de faire convenablement son travail de tous les jours. D'accepter, quoi. Et de sourire. Tu peux très bien devenir un saint, toi.
— En faisant comment ?
— En ne cherchant surtout pas à le devenir. C'est Dieu qui choisit qui s'assoira à sa droite.
— On n'est pas bien assis, à sa gauche ?
— On n'est peut-être pas assis du tout, au Ciel. On est bienheureux. Et... être bienheureux...
— Y en a vraiment des grenouilles dans les bénitiers ?
— Il te dit quoi, le père de ton catéchisme, quand tu lui poses des questions comme celles-là ?
— J'en ai pas de père de catéchisme. Au catéchisme, j'y vais pas. Et j'ai pas de parrain. C'est une craque. Je suis pas baptisé. Ma maman, elle dit que c'est du temps perdu, les églises. Elle dit que les baptêmes, les messes, c'est des...
— Des quoi ?
— Des conneries. Vous le connaissez, ce mot-là ?
— Les vilains mots, je les connais tous, Emmanuel. Même qu'il m'est arrivé d'en dire. Oui. Ça m'est arrivé. Pas ici. Mais quand j'étais la tatie de mes

difficiles. Il fallait arriver à se comprendre. Tiens. J'avais une petite moitié bretonne moitié algérienne, elle m'avait baptisée « sœur Pouffiasse ». Ce n'était pas gracieux gracieux. Mais il fallait s'y faire. Quand elle nous est arrivée, tu voyais ses os à travers sa peau. C'était une enfant battue. Elle était myope à ne pas pouvoir lire les titres du journal et jamais elle n'avait eu de lunettes. J'avais des petits voleurs, des petits tueurs de chats. De tout, j'avais. Et ils m'en ont fait voir. Et ça m'a fait gros au cœur de les abandonner, mes difficiles. Je vais t'amuser, Emmanuel. Ici, ça me manque de plus jamais trouver de souris dans mon lit.

Ça ne l'amuse pas, Manu. Au point où il en est, plus rien ne pourrait l'amuser. Mais il se sent plutôt pas mal avec mère Agnès. Au moins, elle est pas tout à fait conne, cette mère-là. Elle le prend pas pour un petit lapin, elle le fait pas chier en lui montrant des haricots, elle le bourre pas de tartines. Elle se contente de lui faire son lit dans la chambre où il va dormir.

Parce que, c'est décidé, il va dormir à Sainte-Marie.

Pas dans une chambre de la clinique. Dans un lit de chambre d'hôte. A « l'hostellerie », dans une vieille toute petite maison au bout du jardin, plus loin que la chapelle et la cabane construite en planches du cochon Patapouf. C'est là que dorment les gens qui attendent que leurs « hospitalisés » soient sortis de leurs examens. Ou opérés. Rafistolés. Ou montés au ciel pour s'asseoir ou peut-être pas s'asseoir du côté que le bon Dieu aura décidé.

C'est des chambres avec juste un lit dur comme un lit de soldat. Avec un grand machin rond en porcelaine et un broc d'eau pour se laver. Froide, l'eau. Et plein de Seigneurs Jésus, de Saintes Vierges, de vieilles photos de curés. Et une seule chaise avec des pieds sciés. Et pas de télé, pas de téléphone, pas de radio, pas de réveil. Faut entendre la cloche. Et pas se gourer parce qu'elle sonne pas seulement pour réveiller les hôtes, elle sonne aussi toute la nuit pour que les bonnes sœurs fassent des prières, des chapelets. Il y a quand même un bouquin. Un seul. Avec une couverture rouge en carton.

— C'est un livre sur les missionnaires. Tu n'es pas obligé de le lire. Mais c'est comme un livre d'aventures, tu verras. C'était au temps où les pays du tiers monde étaient des colonies.

— Au temps de l'Algérie française ?

— Oui. Et de l'Indochine. Ces voyages qu'ils faisaient, les missionnaires. A dos de chameau, en pirogue, en palanquin.

— Ils étaient en mission spéciale ?

— Si tu veux.

— Comme des agents secrets de la céhiha ?

— Pas exactement. Ils faisaient de longs voyages pour aller porter la bonne parole aux Noirs, aux Jaunes. C'était un fichu métier. Périlleux. Il leur arrivait de recevoir des flèches, des coups de sagaie, de se faire manger par des fauves ou des anthropophages. Aujourd'hui, tu as des évêques noirs, des évêques jaunes.

— Ils se font pas manger, ceux-là ?

— Dieu soit loué, non. Personne ne mange plus personne. Mais recevoir un coup de fusil au lieu d'un coup de sagaie, ce n'est pas mieux. Et les tortures, toutes ces choses horribles... C'est comme les saints, les démons. Ça pullule. Mais, le match, on sait qui le gagnera. Si tu veux un autre oreiller, tu me le dis.

— A la maison, on dort sans. Ma maman elle dit que les oreillers c'est pas bon pour le dos.

— Elle a raison. Ça t'ennuie qu'elle soit amoureuse d'un brocanteur ?

— Elle est pas amoureuse, ma mère ! C'est lui qui raconte qu'ils s'embrassent sur la bouche. C'est un fou. Il boit du whisky dans sa roulotte. Il a fait plein de mensonges à la mère mère supérieure. C'est un salaud.

— Il faut de tout pour faire un monde. De tout. Et puis si ta maman l'aime bien, ce monsieur, c'est qu'il doit avoir des qualités que tu ne connais pas.

— Elle l'aime pas bien. C'est pas vrai.

— Et ton papa ? Tu ne m'as rien dit de ton papa.

— C'est un ingénieur EDF, mon papa. Mais il est marié dans une autre maison avec un autre fils.

— Je vois.

Elle voit quoi, la sœur mère Agnès ? C'est pas parce qu'elle a fait des batailles de purée de pois et eu des souris et des rats dans son lit et qu'elle s'est occupée de filles bretonnes algériennes battues sans lunettes qu'elle sait tout. Elle est moins chiante que les autres, elle prend pas Manu pour un lapin, mais pour qui elle se prend, elle ? Si elle sait tout, qu'elle lui dise ce qu'elle a maman Dora.

— Elle a quoi ma maman ?

— Elle a qu'elle a subi un gros gros choc. Le tout c'est de savoir s'il y a eu des organes vitaux touchés.

— Des organes vitaux en dedans du ventre et des poumons ?

— Des organes vitaux. C'est mystérieux, un corps. Mille fois plus mystérieux qu'une voiture. Et une voiture, tu peux la démonter et voir quelles pièces sont défectueuses et les changer pour des neuves.

— Elle a des pièces défectueuses, ma maman ?

— Il faut espérer que non. Et il faut prier pour que... Prier, tu ne sais pas ?

— Non.

— C'est facile comme tout. Il suffit de demander sincèrement au bon Dieu.

— C'est qui, le bon Dieu ?

— L'important n'est pas de savoir qui Il est. Si tu veux, c'est quelqu'un qui n'est pas quelqu'un et qui te donne tout ce que tu lui demandes si tu lui demandes sincèrement.

— Même si c'est de l'argent ?

— Si c'est un peu d'argent parce que tu n'as rien pour te nourrir ou nourrir ta famille, oui. Mais si c'est beaucoup d'argent...

— Il est radin ?

Ça la fait rigoler, mère Agnès, qu'on puisse croire que son bon Dieu soit radin.

— C'est la générosité même. Je te garantis que si tu lui demandes de tout ton cœur que ta maman n'ait rien d'inguérissable... Il n'y a aucun remède plus efficace que la prière. Aucun.

— A quoi ils servent, les docteurs, alors ?

— A aider le Créateur. On est tous là pour ça. Pour l'aider.

— Il arrive pas à se débrouiller tout seul ?

— C'est à la fois plus simple et plus compliqué que ça.

Et voilà ! Fallait qu'on y arrive. Le coup du simple qui est compliqué, on le lui a déjà bien bien fait, à Manu. Même les professeurs, les directeurs les plus agrégés des écoles, quand ils savent pas, au lieu d'avouer qu'ils sont aussi cons que tout le monde...

— Toi, tu es en train de penser que la tatie Agnès, elle n'a pas grand-chose dans sa pauvre cervelle.

— Je pense pas ça.

— Gros menteur ! Tu crois que je ne vois pas ton nez qui remue ?

— Il remue pas.

— Oh ! que si. Tu le verrais, ton bout de nez, on dirait qu'il danse la polka. Mais que ça ne te tracasse pas. C'est excellent pour les nez, de remuer. Ça les muscle. Tu as entendu la cloche ? Celle-là, c'est celle qui annonce que la soupe est servie. Alors tu vas descendre à l'auberge et...

L'auberge, c'est comme une salle de restaurant de prison. Avec encore trente-six mille Saintes Vierges et un grand tableau de Jésus-Christ distribuant des sardines et des petits pains à des gens qui font la queue sur une plage. Avec des bancs qui font mal aux fesses. Et de la soupe aux légumes vraiment dégueulasse. Et des nouilles sans goût et sans parmesan. Et des saucisses naines mais pas mauvaises. Et de la compote trop sucrée.

Et une mère aussi naine que les saucisses qui apporte tout ça comme si c'était du manger délicieux.

Et les hôtes qui avalent ce frichti merdique en faisant la gueule.

Pas à cause du frichti. A cause des raisons pour lesquelles ils sont là, à Sainte-Marie. Des raisons dont ils bavardent la bouche pleine.

Il y a une dame qui est là pour sa fille qui s'est fait couper les jambes tout entières par un camion cinq tonnes dont le chauffeur a pas respecté la priorité à droite et a fait un alcootest « accablant ». Ça rendra pas ses jambes à sa pauvre Monette, mais le conducteur du cinq tonnes, la dame, elle va l'attaquer en justice et il faudra qu'il en bave. Elle dépensera ce qu'il faudra, mais faudra qu'il en bave.

Il y a un monsieur et une dame. De Boissy-Saint-Léger. Ils le répètent sans arrêt qu'ils sont de Boissy-Saint-Léger, de Boissy-Saint-Léger rue de la République. Eux, c'est des cousins à eux, qui remontaient de Toulouse, qui se sont fait rentrer dans leur caravane par un Suisse immatriculé à Lausanne que son frein de Mercedes a lâché. Leur cousin germain qui était au volant s'en tire avec des contusions externes mais multiples. Mais la femme du cousin germain s'est farci le pare-brise et devra être toute couturée et les deux gamines qui jouaient au scrabble dans la caravane sont en bouillie. Littéralement en bouillie. Surtout celle des deux qui s'appelle Lulu et qui est majorette à Villeneuve-Saint-Georges.

Il y a une dame très belle, avec des cheveux blonds teints (ça se voit) qui est là pour son mari. Elle a un collier doré avec du noir qui plairait à maman Dora. Ses anneaux d'oreilles aussi lui plairaient. Elle, elle dit qu'elle est là pour son mari et elle dit rien d'autre et elle fume des Gitanes pendant la soupe, les nouilles, les saucisses naines, la compote.

Et ça se voit que les autres aiment pas ça qu'elle fume.

Il y a un monsieur avec une moustache riquiqui et qui s'est noué sa serviette autour de son cou qui dit pas pourquoi il est là. Il postillonne des petits bouts de ce qu'il mange et boit plein de vin à l'eau de la carafe. Tout ce qu'il dit c'est que la dame qui est là pour sa fille qui s'est fait couper les jambes par le cinq tonnes, si elle veut que le conducteur du cinq tonnes il en bave autant qu'elle veut qu'il en bave, faut qu'elle prenne un avocat « vicieux comme pas un » dont il veut bien lui donner l'adresse à Paris près de la porte Montsouris.

A Manu, ils lui disent pas grand-chose, les hôtes. Sauf qu'il faut qu'il mange bien et qu'il s'en fasse pas.

Mais il s'en fait.

Il s'en fait de plus en plus.

Et pour tellement de raisons qu'il pourrait bien avoir un éclatement de la tête.

Il s'en fait pour maman Dora. Parce que c'est pas des examens obligatoires qu'on lui fait. C'est des examens graves. Et... pour qu'ils durent aussi longtemps...

Il s'en fait pour Pilipili qu'il a laissé dans son panier dans la chambre moche que la mère Agnès lui a arrangée comme elle a pu.

Pilipili doit pas aimer être laissé.

Il s'en fait pour le baisenville en vuitton qu'il a oublié de prendre en s'en allant de la roulotte de Grand.

Il s'en fait pour son bouquet de fleurs blanches perdu il sait pas où.

Il s'en fait pour cette histoire d'embrassage de Grand et de maman Dora sur la bouche.

C'est même pour ça qu'il s'en fait le plus.

Avec Grand, c'est sûrement pas vrai. Pourquoi elle irait s'embrasser sur la bouche avec un vieux comme lui ? Même le saumon avec la vodka pour le faire passer, il doit l'avoir inventé, Grand. Que maman Dora elle soit allée le voir souvent aux Puces, il doit l'avoir inventé aussi. Il est assez sale con fou pour ça. Son pistolet de pirate, Manu le gardera pas. Il pourra se le foutre au cul, Grand.

Mais il y a pas que lui.

Y a eu Pat. Le Pat du livre de Tarzan jeté en morceaux dans le vide-ordures. Avec Pat, les embrassages sur la bouche, il les a vus, Manu. Et Pat prenant maman Dora dans ses bras. La serrant contre lui. Et les yeux qu'elle lui faisait maman Dora. Et ce qu'elle lui disait au téléphone.

Manu finit pas sa compote.

Manu s'en va de l'auberge sans plier sa serviette. Comme un mal élevé.

Dehors, il fait plus soleil. Il fait nuit.

A la clinique, il y a des fenêtres allumées et des fenêtres pas allumées. C'est laquelle la fenêtre de maman Dora dans sa chambre vingt-trois ? Qu'est-ce qu'ils lui font, en ce moment ? Combien on en fait d'examens d'organes vitaux ? Est-ce que c'est des examens qui font mal ? Qui font saigner ? Est-ce que c'est des examens avec des tuyaux qu'on vous enfonce ? Est-ce que c'est des examens qu'on fait tout nu ?

Y a eu Pat.

Et pas que Pat.

Avec Jean-Luc, pour que lui, Manu, il naisse verseau un 12 février, il a fallu que maman Dora se mette entièrement toute nue dans un lit et que Jean-Luc lui caresse la poitrine et que... C'est pas possible que maman Dora ait fait ce que disent les crapulos de l'école quand ils se mettent à dire que même des femmes qui sont des mères peuvent se déculotter entièrement et se faire lécher partout et mettre (mettre quoi ? mettre où ?) et se laisser tromboner en roucoulant et attraper le pied (quel pied, d'abord ?) et en redemander. Maman Dora peut jamais avoir fait ça.

Quand le docteur décidera qu'il peut la voir, Manu lui demandera, à maman Dora. Il lui demandera pas tout. Mais un peu.

En tous les cas, le baisenville en vuitton, il va le récupérer.

La roulotte de broc a pas bougé. Elle stationne toujours.

Grand non plus n'a pas bougé. Il dort sur son volant, ce salaud. Il a bu son whisky de sa bouteille jusqu'à dormir dans sa Range Rover. Et il ronfle. Il fait de si forts bruits de crapaud avec sa bouche pas fermée que Manu a pas besoin de faire attention de faire pas de bruit pour pas le réveiller.

Quand il trouve le sac en vuitton, en tâtonnant, avec sa main derrière le siège où il était assis, une langue la lèche, sa main.

Ça râpe. C'est Toufou.

Toufou qui est enfermé coincé depuis qu'ils sont arrivés à Bonneville. Toufou qui a dû rien manger.

C'est pas rien qu'un salaud fou, Grand. C'est un salaud fou fumier qui donne pas de manger à son chien fidèle.

Il est tellement dans son sommeil de saoulard qu'il entend même pas Toufou sortir.

Qu'est-ce que ça lui fait plaisir à Toufou de se dégourdir les pattes. De pisser contre le mur de la clinique aussi. Il avait très besoin.

C'est un bon chien. Un bon Toufou.

— C'est vrai, hein, que t'es un bon chien ?

Toufou répond que oui. Avec sa queue. En la secouant vite dans tous les sens.

— T'as faim ?

S'il a faim ? C'est pas avec sa queue qu'il répond oui, Toufou. C'est en disant « ouaf-ouaf ». Et Manu qui a même pas pensé à lui apporter un peu du frichti merdique ? Un morceau de saucisse naine, ça lui aurait plu à Toufou. Même minuscule, ça lui aurait plu.

— Tu sais ce qu'on va faire ? On va aller voir la sœur Rita. Elle est très donneuse de manger. T'auras peut-être pas droit à un succulent sablé à vendre. Mais ça serait étonnant qu'elle ait pas du bon pour toi.

Du bon pour Toufou, elle en a sœur Rita. Evidemment, qu'elle en a.

— Des nouilles, ça te va ? Non ! Pas à même la marmite, le chien. Pas à même la marmite. Ça, c'est sale. Faut pas être sale. C'est pas propre. Bouge pas. On va te trouver une écuelle. Vois-moi un peu cette cuvette. Elle est pas jolie ? C'est mieux qu'une écuelle, une cuvette. Ça contient plus. Et si t'as rien contre la soupe... C'est de la soupe de nos légumes à nous. T'es pas obligé de te laver les pattes avec. Quel vorace ! Non ! Ce vorace ! La cuvette, tu la manges pas, idiot. La cuvette, je la garde. Mais on va lui resservir une portion de nouilles et de soupe au chienchien. Et en avant pour le deuxième service ! Ce goinfre ! Mais... ce goinfre ! Il est beau comme chien. Ça fait longtemps que tu l'as ?

— C'est pas mon chien à moi.

— Ça l'empêche pas d'être beau quand même. Il est à qui ?

— A... mon parrain.

Pourquoi il dit à mère Rita que Grand est son parrain, puisqu'il a dit à mère Agnès qu'il l'était pas ? Il sait pas, Manu. C'est peut-être parce que mère Agnès est moins... Moins conne que les autres bonnes sœurs ? C'est pas gentil de penser qu'elles sont connes. Et elles, elles le sont, gentilles. Elles sont un peu bébêtes, un peu nunuches. Maman Dora, elle dirait comme ça. Elle dirait qu'elles sont un peu nunuches. Mais Manu voit bien qu'elles font tout ce qu'elles peuvent pour qu'il soit pas trop malheureux.

C'est peut-être d'être bonne sœur qui rend nunuche. Mais c'est pas grave. C'est moins grave que d'être salaud comme certains.

C'est fait. Il a dîné, Toufou. Sûrement très bien dîné pour se lécher la gueule aussi fort. Il fait pas que se lécher la gueule. Il lèche les mains de sœur Rita. C'est sa façon de dire merci. Preuve que c'est un chien poli, qu'il a été élevé comme il faut.

Grand, il est ce qu'il est. Vieux. Fou dingue. Fumier. Mais il sait élever les chiens. Il sait aussi rafistoler les chats déchirés tombés dans des ruisseaux. Il sait plein de choses. C'est un vieux fou dingue fumier savant. Faut que Manu arrête de penser à Grand. A tout, faut qu'il arrête de penser.

Il remercie mère Rita pour le dîner de Toufou et le voilà dans le jardin et il va tâcher de retrouver mère Agnès. Peut-être qu'elle aura des nouvelles des examens des organes vitaux de maman Dora.

Toufou en a plein son ventre de chien. Ça lui fait un ventre énorme et ça le fait marcher dans tous les sens, se rouler sur l'herbe, écraser un peu des fleurs, en arracher une, se sauver en courant puis revenir et donner des coups de crâne dans les jambes de Manu.

Il est nunuche, lui aussi, Toufou. Con-con. Il est gentil. C'est bien, les gentils.

Il va dormir où ? Manu va le ramener dans la roulotte de broc, maintenant qu'il a plus faim, plus envie de pipi, plus de fourmis dans les pattes ? Il a envie de le garder avec lui, Manu, pour être pas seul avec Pilipili dans son panier. Mais il va dormir où alors, ce chien très grand de taille ? Dans la chambre que mère Agnès a donnée à Manu ? Par terre, sur le carrelage ? Dans le lit contre Manu ? Manu a jamais dormi avec un chien. Le chien Snoopy, dans les bédés, quand il sort avec son maître Charlie Brown, il fait des cauchemars de chien et réveille Charlie Brown. Si Toufou est aussi chiant que ça...

Manu sait bien qu'il dormira pas avant de savoir comment vont les organes vitaux de maman Dora. Il se mettra même pas dans le lit. Il restera assis sur la chaise aux pieds sciés. Toufou pourra avoir le lit pour lui tout seul. Et Pilipili ? Ça va lui faire quoi qu'il y ait un chien ?

Ça peut rien lui faire puisque c'est un chat jouet. Mais si c'était un chat vrai ? Vrai et mort et assis à la droite ou à la gauche du bon Dieu des chats ?

Pourquoi c'est des conneries pour maman Dora, les églises, le paradis, tout ça, et pas pour mère Agnès ?

Il va la retrouver comment, mère Agnès ?

C'est que c'est grand Sainte-Marie. Et compliqué pour s'y retrouver. Manu sait aller du bureau de la mère mère supérieure à l'auberge, de l'auberge à l'hostellerie où il va dormir, de l'hostellerie à la cuisine, de la cuisine à...

Il est où, là ?

Il regarde dedans le bâtiment en pierre rose avec des feuilles qui grimpent dessus par une petite fenêtre.

C'est comme une église. Petite. Et il y a des mères à genoux. Elles doivent faire des prières. Des prières qu'elles connaissent pas par cœur puisqu'elles les lisent dans des bouquins noirs. Elles sont beaucoup à avoir des lunettes. Aucune d'elles n'est mère Agnès.

Plus loin, c'est la clinique. Avec des morceaux en vieille pierre et d'autres en pierre toute neuve. Avec des portes en verre. Et des écriteaux. BLOC OPÉRATOIRE. RÉANIMATION. OPHTALMOLOGIE. Derrière une des portes en verre, il y a une mère qui téléphone à un standard téléphonique et une infirmière négresse qui tricote assise sur un tabouret. Elle s'embête. Ça se voit.

Dans le ciel, il y a des étoiles. Manu les compte. Il y a onze étoiles.

On entend des oiseaux. Normal, à la campagne.

Toufou s'intéresse à un caillou. Il le retourne. C'est pas commode. Le caillou est tout petit. Et ses pattes sont grosses.

— Tu veux que je t'aide ?

Manu prend le caillou et le retourne.

— C'est ce côté-là que tu voulais voir ?

Non. Toufou ne s'intéresse plus au caillou. Il regarde Manu. Un Manu c'est plus intéressant qu'un caillou. Il a des yeux pas beaux mais mignons. Des yeux d'animal en peluche, un peu. Des yeux à la Pilipili, à d'autres animaux jouets moins aimés qui croupissent à la cave.

A la cave à Paris.

Manu pense aux œufs de Pâques cachés qu'il a pas trouvés tous.

Maman Dora cachait des œufs de Pâques. Et en même temps elle inventait des craques.

Elle va être si fatiguée par ses examens d'organes vitaux qu'elle pourra pas lui expliquer tout ce que Manu voudrait qu'elle lui explique.

Les accidents, on s'y attend pas.

C'est des surprises, pas bonnes, auxquelles on s'attend pas.

Coluche il allait bien, il était en pleine forme, il était en train d'écrire des tas de trucs rigolos et puis...

Mais... la moto ? La moto de l'accident de la route entre Tours et Amboise... C'était qui qui la conduisait ?

Qu'elle ait fait exprès d'oublier le baisenville en vuitton, Manu comprend maintenant : en moto on a pas de place pour beaucoup de bagages.

La moto, fallait bien que quelqu'un la conduise. C'était qui ?

Toufou veut lui défaire le lacet d'une de ses baskets avec ses dents.

— Laisse mes lacets. Tu m'emmerdes.

Toufou s'en va.

— T'en va pas. Tu m'emmerdes pas, Toufou. Au contraire.

Toufou fait celui qui entend pas. Il se frotte sa truffe contre de l'herbe. Manu va le retrouver. Manu lui tape sur les fesses. Doucement.

— T'en as un gros cul de chien.

C'est vrai qu'il est costaud, son cul de chien, à Toufou. Il entrerait pas dans le jean de Manu. Il le ferait craquer.

— Si t'étais mon chien à moi, je te ferais faire des jeans sur mesure. Ça te plairait ?

Oui. Ça lui plairait à Toufou. C'est contre la main de Manu qu'il frotte sa truffe, maintenant.

— Tu sais ce qu'on va faire, Toufou ? Je lui rends son pistolet authentique de pirate, à Grand, et je te garde en échange. Tu veux ? Toi qui as fait beaucoup de la route avec lui, c'est un fou fumier ou c'est seulement un fou ? C'est vrai qu'il a embrassé maman Dora sur la bouche ? Tu les as vus faire ça ? Tu les as vus ?

Un chien vivant, pour ce qui est de vous répondre, c'est kif-kif un chat qui l'a jamais été.

Mais c'est chaud. Pas de la truffe — qui ne doit pas l'être. Mais de partout ailleurs. Chaud des oreilles. Chaud du cul.

— Arrête de me lécher comme ça. Arrête, crétin.

Il arrête pas, Toufou.

— T'es gros comme trois chiens. Mais t'es chiant comme dix. Tu vas être sage, cette nuit, dans ma chambre d'hostellerie ? Tu vas pas aboyer ? Tu me jures que tu vas pas aboyer ? Tu me jures ?

— Ouaf-ouaf.

— D'accord. Viens. Faut qu'on retrouve mère Agnès.

Elle est longue à retrouver. C'est dans l'auberge que Manu la retrouve. Elle est en train de mettre le couvert pour le petit déjeuner du lendemain matin. Elle aligne des bols, des petites cuillères.

— T'es pas encore couché, toi ? Et qu'est-ce que c'est que ce toutou ?

— C'est Toufou. C'est un chien pas difficile.

Il est malin, Manu. Il se rend compte que mère Agnès s'en rend compte. Elle fait semblant d'être fâchée. Mais elle l'est pas.

— Et tu te figures que je vais te laisser faire dormir ce monstre dans une de nos chambres ?

— Vous voulez pas ?

— Ça te suffit pas d'avoir une espèce de chat dans un panier ? Il te faut quoi encore ? Une girafe ? Un éléphant ? Un crocodile ?

— Vous voulez pas ?

— Tu sais ce que je vais faire, Emmanuel ? Je vais fermer les yeux. Une fois que je les aurai fermés, je ne pourrai pas voir si tu fais entrer un chien dans ta chambre ou pas.

— Ma maman, ils ont fini ses examens d'organes vitaux ?

— Quasiment. Je suis allée aux nouvelles. Elles ne sont pas mauvaises du tout, les nouvelles. Rien du côté du cerveau. Aucun organe moteur touché. Aucun. Le cœur intact. A mon avis, demain, après ton café au lait, tu pourras la voir, ta maman. Elle ne sera pas à même de te faire la conversation. Elle dormira d'un grand sommeil. Mais... tu peux dormir, toi, sur tes deux oreilles. Et ton monstre de chien aussi, il peut dormir sur ses deux oreilles. Mais s'il me déchire mes draps, s'il me fait la moindre malpropreté sur mon carrelage, alors là !...

— La moto, c'était qui qui la conduisait ?

— La moto ? On reparlera de tout ça demain. Tu es sage. Tu files te coucher. Et dors sur tes deux oreilles, hein.

Manu ne dormira même pas sur une.

Avant d'aller dans l'hostellerie, il a l'idée d'aller regarder si l'autre — Grand — dort toujours de son sommeil de saoulaud sur son volant.

Par pure curiosité c'est que, des fois...

La roulotte de broc n'est plus garée devant la clinique !

Il est parti, Grand.

Pourquoi il est parti, ce salaud ? Pourquoi ?

Toufou voit que la Range Rover n'est plus là. Il est assis sur son cul de chien et il voit que la Range Rover n'est plus là. Et il tend une patte pour que Manu la prenne. Et Manu la prend.

Et il y a encore plus d'étoiles que tout à l'heure.

Quatorze, il y en a.

Et une cloche sonne. Une cloche pour les mères. Une cloche triste.

Si Manu n'avait pas une patte dans sa main...

Mais il a une patte dans sa main.

16

Il y a aussi une mère Sainte-Opportune. Ni causante ni pas causante. Ni grande ni petite. Ni grosse ni maigre. Ni rien du tout. Comme si elle avait pas le temps d'être quoi que ce soit d'autre qu'une dame en blanc qui trottine comme un lièvre dans des couloirs, des chambres, des salles de soins, d'opération et qui trimballe des seringues à piqûres, des paquets de coton, du pansement, des médicaments, des ustensiles pour faire faire leurs besoins à des hospitalisés qui ont besoin d'elle absolument. Son temps, il est tout entier pour la clinique, que pour la clinique. Que pour ceux qui y arrivent accidentés, à peu près foutus, et qu'on emporte à toute allure dans les « services ». Elle doit jamais s'asseoir, mère Sainte-Opportune, jamais manger, dormir. Jamais avoir le temps de s'enfermer dans la chapelle pour faire des prières, compter les boules de son chapelet.

Mais le Seigneur doit pas lui en vouloir. Parce que dans le genre aideuse du Seigneur, c'est sûrement elle la championne des championnes.

C'est elle qui a fini par renseigner Manu. Par le renseigner en style télégraphique. Entre deux portes. Parce que mère Agnès (qui est décidément la mieux de toutes les mères de Sainte-Marie) voulait que Manu soit rassuré.

Il l'a été. Si on veut.

En gros, ce qu'elle a craché en courant, mère Sainte-Opportune, c'est que la maman d'Emmanuel allait aussi bien que possible pour quelqu'un qui n'allait pas bien. Qu'elle était toujours en observation mais qu'il n'y avait pas lieu de se faire des cheveux. Que ça n'irait peut-être pas aussi vite qu'une lettre à la poste mais que ça irait.

Manu a compris que maman Dora était encore dans le potage. Mais que la preuve qu'il fallait pas se faire des cheveux, c'est qu'elle en avait pris, du potage.

Pas une assiette de potage à table avec une cuillère. Du potage par tuyau. Qui alimente même si on n'a pas faim. Du potage médicament de clinique. Peut-être pas avec des légumes, des petites pâtes. Peut-être pas bon comme goût, peut-être sans aucun goût. Mais aussi indispensable que de l'oxygène à respirer. Bref : du potage épatant pour une accidentée comme maman Dora. Et que, miracle ! ce potage, elle l'avait pas rejeté.

A part ça, Manu pouvait toujours pas la voir. Fallait qu'il la laisse récupérer. Et surtout qu'il revienne plus rôder dans « le service ». Qu'il avait qu'à se contenter d'être sage et de prier pour sa maman. De prier profondément.

Etre sage, Manu ne demandait que ça.

Il était devenu un autre garçon. Forcément, être devenu un autre garçon, ça voulait dire être sage. Et il l'était, sage. A s'en épater lui-même. Même qu'il avait fait son lit de chambre d'hostellerie et que c'était la première fois de sa vie qu'il en faisait un.

Pour ce qui était de prier...

Mère Agnès l'a emmené dans la chapelle. Elle lui a fait voir tous les saints en statues et lui a demandé lequel lui plaisait le plus.

Il les a regardés tous. Aucun ne lui plaisait spécialement. Ni pas spécialement, d'ailleurs. Ils avaient tous des robes de moines — marron ou bleues — et des coupes de cheveux du moyen âge. Et tous des sourires si souriants que ça les faisait ressembler à des faux jetons ou à des vendeurs de magasins qui veulent vous faire acheter autre chose que ce que vous voulez acheter.

Il a quand même fini par en trouver un. Un qui était dans des circonstances où, sourire, il pouvait vraiment pas. Un qui avait l'air sévère. Méchant presque. Un qui était en armure. Avec une lance de chevalier qu'il enfonçait salement dans le ventre d'une bête abominable. La bête, c'était un dragon avec des arêtes sur le dos comme un crocodile et des yeux verts et crachant du feu. Le saint souriant pas, c'était saint Georges.

— Va pour saint Georges si c'est lui qui te dit. C'est un très grand saint. C'est que c'était quelque chose de terrasser le dragon. Et il l'a fait. Et si tu lui demandes de remettre au plus tôt ta maman sur pied... Alors tu te mets à genoux. Et tu lui demandes.

— Je lui demande comment ?

— C'est comme on veut, Emmanuel. Comme tu veux. Il t'écoute. Alors tu lui parles.

— Faut lui parler tout bas ?

— Comme tu veux. Moi, la bonne Vierge, Sainte Agnès, tous mes saints, je leur parle sans arrêt. Je dois avoir une de ces réputations de bavarde, là-haut. Il m'arrive de leur parler comme je suis en train de te parler. Il m'arrive aussi de leur parler dans ma tête. Sans ouvrir la bouche. Je vais te laisser. Je suis certaine que, tout seul avec saint Georges, tu vas trouver quoi lui demander et comment.

C'était le jour des premières fois. Après son premier lit, Manu allait faire sa première prière.

Bon. Il était à genoux. Il était seul dans la chapelle. Il fallait qu'il regarde bien saint Georges qui, lui, continuait à asticoter avec sa lance l'abominable dragon et il fallait qu'il...

C'était chiant. Manu savait pas du tout comment s'y prendre.

C'était un peu comme quand on doit faire une rédac. L'avantage, le seul, c'est que — comme c'était pas à écrire comme une rédac — il pouvait se foutre de l'orthographe. Quand on parle, le nombre de P ou de N ou de L et les S ou pas de S à la fin des verbes, ça compte pas. Mais fallait quand même que...

Et puis c'était débile, non, de dire des choses à une statue de chevalier en train de tuer un dragon abominable ? Et le dragon, au fait, il allait aussi les entendre, les choses que Manu allait dire ? Pas sûr. Vu la lance qu'il avait dans le ventre en train de le terrasser, il devait pas être en état d'écouter ce qui se disait.

Prier — d'un seul coup, il a pensé ça, Manu — c'était comme de parler à un chat en nylon lavable. C'était aussi bête. Parler à Pilipili. Manu faisait ça sans arrêt. Et ça lui faisait plaisir. Et à Pilipili aussi. Il en était sûr. Suffisait donc qu'il se dise que le chevalier saint Georges c'était une sorte de Pilipili. Une sorte. Seulement une sorte.

C'était superchiant. Elle était bien gentille mère Agnès, mais...

Et si c'était un bon truc, les prières ? Si ça marchait vraiment ?

Maman Dora, elle y croyait pas aux prières.

Prier pour quelqu'un qui était contre les prières, c'était pas très...

Pas très quoi ?

C'était comme faire des craques. Et... les craques... Elle en faisait, maman Dora, des craques. Maman Dora qui était dans le potage et en avait pris par tuyau et...

Il décida d'essayer en fermant les yeux. En voyant

pas le saint Georges terrassant, ça serait peut-être plus facile de prier. De prier pour que maman Dora aille mieux. Pour qu'ils s'embrassent vite Manu et elle et se parlent de plein de choses, se disputent pas et...

Il voulait le plus vite possible qu'elle le serre contre elle et lui embrasse le nez et qu'ils gazouillent comme deux oiseaux comme ça leur arrivait souvent et que ça les fasse rire de leur rire qu'à eux deux.

Manu a fermé les yeux.

Et il a prié. Un petit coup.

Il a demandé à saint Georges que sa maman Dora aille tout à fait complètement mieux. (Tant qu'à faire, autant y mettre le paquet!) Qu'elle aille tout à fait complètement mieux dans trois jours.

Pourquoi dans trois et pas dans deux ou dans un? Ça lui est venu comme ça. Trois jours c'était bien. Ça lui laissait un peu de temps, à saint Georges.

Pour finir sa prière, Manu l'a remercié bien poliment d'avance, saint Georges. Et il a rouvert les yeux.

Et il était tout fier de lui.

Tout fier d'être non seulement devenu un autre garçon. Mais un autre garçon qui disait des prières.

Il était si fier qu'il en a même dit une autre. A un autre saint. A celui qui était le plus près de saint Georges. Saint Joseph. En fermant les yeux, on voyait pas son sourire à saint Joseph et, deux prières au lieu d'une, ça doublait les chances.

Quand Manu est sorti de la chapelle, tout fier, il a pensé que c'était mardi et qu'il était à la campagne en Touraine au bord de la Loire et que l'école c'était pour après-demain et qu'il avait été con de dire trois jours. Ça laissait du temps à saint Georges et à saint Joseph mais ça allait lui faire louper sa rentrée à l'école.

Est-ce que c'était possible de retourner dans la chapelle et de faire remarquer à saint Georges (et à saint Joseph) que c'était dans un jour et pas dans trois qu'il fallait que maman Dora soit remise sur pied ?

Encore une question de merde. Ce que tout se mettait à être compliqué depuis le départ de maman Dora pour son séminaire à Lille qui était pas un séminaire à Lille.

Qui était quoi ?

Elle allait où faire quoi sur une moto sur la route entre Tours et Amboise ?

Et c'était qui qui la conduisait, la moto ? C'était qui ? Maman Dora parlait, ça lui arrivait souvent souvent, de gens qui l'avaient emmenée quelque part en voiture. Mais des gens qui l'avaient emmenée quelque part en moto, jamais.

Alors ?

Toufou était en train de manger une fleur dans un massif de fleurs en agitant et sa queue et ses oreilles et Manu se triturait la cervelle à propos de cette histoire de moto et de motard quand sœur Rita le harponna comme un enragé de la pêche au gros harponne un requin. Ça tombait bien qu'elle tombe sur Manu, étant donné la quantité de pommes de terre qu'elle avait à éplucher. A merveille, ça tombait.

— A merveille ! Tu sais les éplucher, les pommes de terre, lapin ?

— Non.

— Excellente occasion pour apprendre. Tu vas voir, c'est distrayant comme tout.

C'est pas vrai. C'est pas distrayant. Même avec un couteau « économique ». C'est ennuyeux. Ça salit les mains. Ça se sauve de vos mains. Ça fait que tomber à côté de la bassine d'eau, d'eau pas propre pour les laver.

— Toi, lapin, t'es habile de tes mains comme un cochon de sa queue. C'est pourtant pas sorcier. Tu prends la patate comme ça, le couteau comme ça. Et tu fais tourner la patate. Juste tourner. Et ça te donne un beau serpentin. Et en un seul morceau. Vois donc.

Il a épluché pendant bien deux heures, Manu. Et il est pas arrivé à en faire un seul, de serpentin. Il a réussi à faire que des petits bouts d'épluchures très tartes.

Mais sœur Rita lui a quand même décerné un diplôme d'éplucheur de Première Classe et donné trois sablés et une tartine de gelée de groseille. Et Toufou a eu droit à une pleine cuvette de nouilles au riz qu'il a adorées.

Après ça, il était l'heure que la cloche sonne l'heure du déjeuner de midi qui, à Sainte-Marie, se mange à onze heures.

Et les mêmes gens que la veille ont mangé des œufs durs pour commencer, du bœuf aux carottes dans de la sauce épaisse, du riz collant et de la compote avec plein de noyaux oubliés dedans par la sœur Rita. Et ils ont parlé de leurs hospitalisés. Qui allaient, les uns mieux, les autres pas mieux. Surtout l'une des petites filles en bouillie de la caravane qui s'était rentrée dedans avec la voiture du monsieur suisse immatriculé à Lausanne.

Et un type trop gros pour porter un blouson de cuir mais en portant un quand même est venu prendre le café avec eux.

C'était un abbé. Le père Sansonnet. L'aumônier de Sainte-Marie.

Il avait bien besoin de prendre un café parce qu'il avait eu une matinée chargée. Pensez : il avait donné deux extrêmes-onctions, eu un mal de chien à faire démarrer sa Quatre-L, et été se « bouffer le nez » avec un adjoint au maire « coco », qui voulait construire une piscine et pas lui donner un rotin pour le toit de son église qui était troué comme un gruyère.

Après le café qu'il avait besoin de prendre, il en a

pris un autre, le père Sansonnet. Pour le plaisir. En parlant avec le monsieur qui connaissait un avocat. Ils ont parlé de l'Afrique du Nord qu'ils avaient connue tous les deux mais pas en même temps. Le monsieur qui connaissait un avocat l'avait connue « avant les événements » et le père Sansonnet pendant.

C'était tellement pas intéressant, leur conversation, que tout le monde les a laissés tous les deux.

Manu a été bien content de retrouver Toufou qui l'attendait dehors en jouant à courir après rien.

Toufou était content lui aussi. Il a bien bien léché les deux mains de Manu et a remué sa queue et aboyé.

Et puis Manu s'est assis sur le banc. Et Toufou à côté. Sur son derrière.

Manu lui a touché la truffe qui était à une température parfaite.

— Toi, t'as pas besoin qu'on prie des saints pour toi. Moi non plus.

Il a dit ça, Manu, parce qu'il s'est touché son nez à lui et qu'il l'a trouvé aussi à une température parfaite.

Après avoir fait ça, il s'est mis à s'emmerder.

A pas savoir quoi faire.

A...

Ça a duré un moment. Un moment long.

Puis il est allé regarder arriver un car de gendarmerie de la route et des gendarmes sortir une civière avec un homme habillé en salopette de paysan qui venait d'avoir un accident de tracteur et qui avait un doigt dans des glaçons dans un sac en plastique pour qu'on lui recouse.

Puis il est allé dans sa chambre et il s'est mis sur son lit avec Toufou à côté de lui et Pilipili sorti de son panier.

Et Toufou a fait quelque chose de très sympa. Il a senti Pilipili avec sa truffe et il lui a léché la tête. Amicalement. Il lui a léché la tête amicalement si longtemps, si fort, qu'après, Pilipili avait les poils du crâne comme si on les avait coiffés avec de la laque.

— T'aurais pu être chien coiffeur. Ça t'aurait pas plu comme métier ? Qu'est-ce qui t'aurait plu comme métier ?

Toufou n'aurait pas répondu de toute façon. Mais il a pas répondu parce qu'il venait de s'endormir, sa grosse tête sur Pilipili.

Ça aurait fait une photo formidable.

Manu s'est rappelé que Jean-Luc lui avait promis de lui acheter un appareil photo automatique tout petit et qu'il lui avait pas acheté.

Jean-Luc, la mère supérieure lui avait téléphoné que maman Dora était dans une chambre à examens pour avoir eu un accident entre Tours et Amboise. Et il avait été très très, vraiment très très ennuyé de pas pouvoir venir en accourant à cause d'occupations très importantes dans son travail d'ingénieur EDF. Mais il avait dit à la mère supérieure que, dès qu'il pourrait, il ferait un saut. Et il s'était bien inquiété pour son fils Emmanuel. Et...

C'était très bien que son travail le coince à Paris. Manu avait pas envie de le voir arriver. Pas envie de le voir. Il avait jamais envie de le voir, Jean-Luc. C'était son papa pourtant.

C'était peut-être son papa. Mais...

Quand il en a eu fini de penser tout ça, il était encore que une heure.

Il a attaqué le livre en carton rouge sur les missionnaires. Il a pas lu, juste regardé des images. Des images de Cochinchine, de l'Annam, du père de Foucault, d'Arabes faisant une fantasia, d'un barbu à casque blanc (comme dans les films de Tarzan) en train de faire cadeau d'une Sainte Vierge à une reine Ranavalo de Madagascar.

Quand il s'est réveillé, Manu avait la tête sur une des patoches de Toufou qui avait la truffe sur la tête de

Pilipili. Et le lit que Manu s'était donné tant de mal à faire le matin était tout défait.

Et il était que trois heures dix.

Manu a caressé et Pilipili et Toufou.

Ses deux seuls amis en ce bas monde. Mieux que des amis : des compagnons d'infortune.

Les compagnons, c'est fameux. Mais... l'infortune...

Manu s'est étiré. Il s'est sucé un peu le pouce comme quand il était encore un têtard et il s'est mis à avoir envie de pleurer.

Il allait se mettre à le faire quand on a frappé à la porte de la chambre et que la porte s'est ouverte.

C'était mère Agnès.

— En voilà une ménagerie ! C'est quoi, ici, l'arche de Noé ? Et on dort en plein jour, par-dessus le marché ! Le chat, je vois pas ce qu'il pourrait faire d'autre, le toutou, à la rigueur... Mais... l'Emmanuel... Et qu'est-ce que c'est que cette tête que tu nous fais là ? Qu'est-ce que tu as ?

— Rien.

— Alors si tu n'as rien, tu me fais un sourire, tu descends de sur ce lit et... Ça ne va pas ? T'as le cafard ?

— Oui. Un peu.

— Si j'avais su, j'aurais apporté mon fly-tox. Les sales bestioles, punaises, poux, cafards, il y a des produits pour ça. Tu te lèves ou tu veux que je me fâche ?

— Je veux pas que vous vous fâchiez.

— A la bonne heure. Je suis venue te chercher parce que j'ai du travail pour toi. Tant que tu y es, tu me fais descendre aussi ce chien de sur la couverture ?

Toufou se trouvait bien. Ça lui a pas plu de se lever. Il a grogné. Pas à Manu. A mère Agnès.

— C'est quoi comme travail ?

— Je vais t'expliquer ça en chemin.

Le travail, c'est dans une chambre de la clinique que Manu doit le faire. Dans une chambre tout au bout de la clinique. Là où se trouvent les convalescents. Ceux qui sont sortis du potage, qui sont pas encore sur pied et attendent de l'être plus ou moins bientôt. Le travail, c'est de lire un livre. De le lire à haute voix.

Le livre, c'est un livre un peu con-con. Ça se passe dans le temps et c'est les aventures de deux frères avec un papa pauvre à qui on a volé son cheval et sa carriole dans un village et qui...

Mais c'est pas le livre qui est important. C'est pourquoi Manu doit le lire à haute voix. Et à qui ?

C'est à une Nadine qu'il doit le lire.

A une Nadine qui est toute seule assise dans un fauteuil dans une chambre peinte en bleu. Qui est assise toute seule avec une jambe dans un plâtre et un pansement qu'elle a sur tout le tour de la tête et sur ses yeux.

Pour le moment, cette Nadine, elle voit plus clair. Plus du tout. Et c'est pas sûr sûr que ça reviendra qu'elle voit clair.

Son accident de la route, elle l'a eu il y a plus de trois mois. Et son papa et sa maman, ils en sont morts. Mère Agnès a expliqué tout ça à Manu en route.

Et il fait tout son possible pour très bien lire. Comme à l'école. Comme un acteur qui jouerait un rôle. Il y met bien le ton.

« *Mais, père Martin, cette carriole, il faut bien qu'elle soit quelque part. Elle n'a pas pu s'envoler. Et encore moins votre cheval Titan. Les chevaux ne volent point. — Je le sais, notre maître. Mais voilà bien dix lieues que nous allons, mes fils et moi. Et aucune trace de Titan et de cette maudite carriole. — Et du côté de la ravine ? Avez-vous pensé à aller voir du côté de la ravine, père Martin ?* »

— Ce que tu lis mal !

Manu s'arrête net. Vachement vexé. Il faisait tout son possible. Il voulait la distraire, la Nadine qui ne voit rien. C'est loupé. Et elle continue. Ça doit être sa santé pas bonne qui la rend mauvaise.

— Déjà que ce roman pour ratichonnes, il endormirait un mort... Mais... lu comme ça...

Ratichonnes ? Ça veut dire quoi ?

Et ravine ?

Des ratichonnes c'est peut-être des femmes de rats. Mais des ravines ?

— Vous voulez plus que je vous lise ?

— Non ! Non ! Pitié. Les séances de lecture, j'ai eu ma dose. Quand c'est une des mères-la-douleur, faut que je fasse celle qui écoute. Mais, pour une fois que c'en est pas une. Tu es qui, toi ?

— Je suis Manu. Je suis le fils de...

— Tu es le gniard de la dame qui s'est éclatée en moto entre Tours et Amboise.

Le gniard !!!

Elle a quel âge, cette Nadine qui verra peut-être plus jamais clair ? Quinze ans ? Plus ?

— Sans casque, elle s'en est bien tirée, ta mother. En moto, sans casque, neuf fois sur dix on y reste. Parce qu'elle en avait pas. Le type, oui. Elle, non. Total, c'est le type qui... Pourquoi tu parles pas ? Tu n'es pas capable de faire autre chose que de me regarder comme un débile ?

— Je vous regarde pas.

— Si, tu me regardes. On ne fait que ça : me regarder. Je dois être devenue drôlement sexy. Ou monstrueuse. On vient me voir comme une bête curieuse. Si tu crois que je les entends pas juste entrouvrir la porte pour me mater. J'entends tout. Même une chère mère qui va faire son pissou en pleine nuit, je l'entends. Même si elle est en pantoufles. Et je peux dire laquelle c'est. Ça fait quatre-vingt-dix-huit jours que je les entends. Alors, à force. Tu sais ce que tu vas faire ? Tu vas ouvrir le placard. Tu vas chercher dans les poches de mon manteau. Le manteau rouge à carreaux.

— Chercher quoi ?

— Dans une des poches, il devrait y avoir un badge. Si les ratichonnes ne l'ont pas fauché. Tu le trouves ?

— Y a un cure-à-ongles. Des lunettes de soleil. Un carnet.

— Les lunettes de soleil, si tu les veux, tu les prends. Maintenant, mes bains de soleil, je les prendrai sans lunettes. Tu le trouves, ce badge, ou quoi ?

— Non. Je le trouve pas.

— Elles me l'ont piqué, les vaches. Tout, elles piquent.

— C'était quoi comme badge ?

— David Bowie. C'est pas grave. Laisse tomber. Le bâton de rouge, il s'est fait la malle aussi ?

— Y en a pas de bâton de rouge. Vous voulez que je cherche dans les poches du jean ?

— Laisse tomber. C'est fauché, c'est fauché.

Manu vient se rasseoir. Il reprend le livre. Ça l'arrange que la Nadine veuille plus qu'il lise. C'était difficile et endormant. Mais il peut pas faire autrement que la regarder. Elle est jolie même avec son pansement qui lui fait tout le tour de la tête et de la moitié de sa figure. Elle a des petites dents pointues. Avec les deux du milieu en haut écartées. Les dents du bonheur, ça s'appelle.

— Tu regardes mes dents ?

— Non.

— Arrête ! Tout le monde me regarde. Je le sais. Et ça les fait flipper que j'aie les dents du bonheur. Parce que je les ai. Et à moins de me les arracher... Et le bonheur aussi, je l'ai. Le bonheur de me retrouver faite comme un rat dans cette chouette chambre verte avec tout le confort et du monde qui n'en finit pas de défiler pour venir me voir ne pas voir.

— Elle est pas verte, la chambre.

— Pour moi, si. Elle est verte. D'un vert que personne ne connaît. Et mes draps sont roses. Avec des dessins. Jaunes et noirs, les dessins. Et toi, t'es noiraud. Et très laid. Je crois que j'ai jamais vu un gamin aussi laid.

— Vous me voyez ?

— Je vois ce que je veux. Quand je veux. Et si je veux. Ça t'emmerde ?

Elle a dit ça en criant. Et elle dit plus rien. Elle pince la bouche.

Manu se demande qu'est-ce qu'il pourrait lui faire d'autre que de lui lire le livre qui lui plaît pas. Il est là pour faire un travail. Ça serait bien s'il pouvait... S'il pouvait quoi ? Faut qu'il trouve quoi ? Il a trouvé. Il se lève.

— Pourquoi tu te lèves ? Où tu vas ?

— Je viens regarder dans le placard si le badge de David Bowie il est pas tombé.

— Arrête ! Elles me l'ont piqué. Assieds-toi. Tu m'agaces à te tortiller comme une puce. Déjà que t'es affreux.

De plus voir, ça doit rendre méchante.

Manu se rassied.

— Vous voulez que j'allume votre radio ?

— Ma radio, elle dérange. Elle empêche les autres des autres chambres de souffrir tranquillement. Et puis c'est interdit de la brancher sur le secteur. A cause de la dépense d'électricité. Et les piles sont mortes.

— Si vous voulez, je peux aller vous en acheter, des piles ?

— Avec quel argent ? J'ai une tante qui est censée

m'en envoyer toutes les semaines. Mais ça fait deux semaines qu'elle a oublié de penser à mon mandat, ma chère tante. Elle a oublié aussi de venir me voir. Elle doit avoir des trous de mémoire.

— J'en ai de l'argent.

— Et tu es prêt à le dépenser pour la pauvre aveugle ! T'es un bon petit cœur, toi ! Tu veux gagner ton paradis ? Aller roucouler avec les anges du Seigneur ? Tu veux avoir des petites ailes dans le dos ?

Pourquoi elle se moque de lui ?

— C'est pas parce que je suis un bon petit cœur.

— T'es quoi alors ?

Manu ne trouve rien à répondre.

Ça recommence le silence.

Manu voudrait être ailleurs.

— Vous voulez que j'aille en demander un autre à mère Agnès, de livre ?

— Leurs romans de ratichonnes, ça me fait gerber. T'écoutes pas ce qu'on te dit.

— Si j'écoute.

— De l'argent, tu en aurais assez pour m'acheter un peigne et un miroir de poche ?

— Vous pouvez vous peigner ?

— Non. Je ne sais même plus si j'ai des cheveux. Mais j'aime pas pas avoir de glace et de peigne. Alors... si tu veux vraiment mériter ton paradis, tes petites ailes...

— Je veux pas les mériter.

— Tu as tort. Paraît que c'est un coin fantastique, le ciel. Pour que toutes ces amoindries de la cervelle se fassent autant tartir pour y arriver un jour, faut que ça soit un endroit fantastique, non ?

— Vous les voudriez comment, le peigne et la glace ?

— Comme tu les trouveras. Des trucs de prisu.

N'importe quoi. On s'en fout. Pour moi, ils seront très raffinés. Et rouges. Alors...

— Vous voulez que j'y aille tout de suite ?

— Oui. Tout de suite. Et tu vas me rapporter aussi un paquet de Winston filtres. Et des allumettes. Mais... gaffe ! Si tu te fais piquer, on te confisque. Faut planquer tout ici. C'est le régime prison. Où tu vas ?

— Chercher les cigarettes Winston filtres, le peigne...

— Tout à l'heure. T'es emmerdant. Mais, toute seule, je m'emmerde encore plus. Alors tu restes. Tu n'as pas quelque chose à me raconter ?

— Je sais pas. Ma maman, vous avez des bonnes nouvelles d'elle, vous ?

— J'ai des bonnes nouvelles de tout le monde. A les entendre, tout fait toujours que baigner ici. Mes parents, ils étaient déjà à la morgue, au frigo, que les bonnes sœurs m'affirmaient que c'était un vrai miracle de les voir se rétablir aussi vite. Que les toubibs en revenaient pas. Ces salades que j'ai pu entendre ! Ils étaient déjà enterrés et ça continuait... Ils allaient de mieux en mieux, mes parents. Ma mère, on ne s'entendait pas. Mais... mon père... Il avait des yeux encore plus bleus que les miens. Pourquoi tu me parles de mon père ?

— C'est pas moi. C'est vous.

— Et alors ? J'ai pas le droit de parler de mon père ? C'est défendu ? C'est comme ma radio ? Ça bouffe de l'électricité de parler de son père qui est mort à quarante-trois ans ? Ça dérange dans les autres chambres ? Il était beau. Il parlait cinq langues. Il ne s'habillait qu'en Angleterre. Qu'en cashmere, qu'en tweed. Ma montre... c'est le dernier cadeau qu'il m'a fait. Elle est belle, non ? Il est quelle heure ?

— Cinq heures vingt. Elle est très belle.

— Tu crois que j'ai besoin d'un petit noiraud débile

pour le savoir ? Il construisait des barrages. C'était un grand architecte. La nuit, il me parle. Pourquoi je ne suis pas morte moi aussi ? « C'est Dieu qui n'a pas voulu. » Réponse de mère Agnès ! Quelle connasse ! On allait dans les Pyrénées, quand on a perdu une roue avant. Dans une maison qu'il avait construite.

— Vous avez du chagrin ?

— Qu'est-ce que ça peut te faire ? Ça te plairait à toi de savoir que ton père est en train de se faire boulotter par des asticots et que tu ne verras plus jamais une vitrine de magasin, plus jamais ta tête dans une glace ?

— Sœur Agnès elle dit...

— Fais pas suer. C'est une connasse. Une brave connasse. Peut-être. N'empêche que... Mon pansement, ça fait un mois qu'ils devraient me l'avoir enlevé. Ils osent pas. Ils ont la trouille. T'imagines... C'est qu'elle va avoir un de ces chocs, la Nadine, quand elle va savoir que ses yeux ils sont hors course !

— C'est pas sûr sûr.

— Ben tiens ! La chance sur un milliard ! Avec mes dents du bonheur, en prime... Tu voulais savoir si j'avais de la peine. Oui. J'en ai. Mais un si gros paquet que c'est plus de la peine. C'est... C'est... Tu es comment ! Brun ! Blond ? Me réponds pas. Je veux pas le savoir. Tu es comme je te vois.

— Noiraud très laid ?

— Tu es un nègre hideux. Un pygmée laid à faire peur.

— Pourquoi vous... ?

— Pourquoi je débloque ? J'ai plus que ça à faire : débloquer. Et me laisser gaver de nourriture fortifiante. J'ai pris cinq kilos depuis que je suis au Sainte-Marie Palace. Ils sont avares comme pas permis. Avares pour tout. Sauf pour les vitamines, les calories. Paraît que se laisser gaver comme une oie c'est bon pour le moral. Quand ils m'auront rendue obèse, je verrai plus rien, mais je le verrai en rose. Tu as de quoi m'en prendre deux paquets, de Winston ?

— Ça dépend combien ça coûte.

— Et deux boîtes d'allumettes. Faudra que je me démerde pour faire disparaître les filtres. Je trouverai. Les allumettes, suffit de les faire brûler tout entières. Mais les mégots, les filtres... T'inquiète pas. Je trouverai. Tu y vas ?

— Oui. J'y vais.

— Ça te dégoûterait de m'embrasser ?

— Non.

Il se lève, Manu. Il l'embrasse fort fort fort sur une joue, Nadine. Et sur l'autre. Aussi fort.

Et elle lui prend la main.

— T'es peut-être pas un pygmée hideux. Peut-être pas. Les autres, faut que je me fasse à l'idée qu'ils n'auront jamais plus de figure. Moi non plus, j'en aurai plus. La petite glace, le miroir... Ça fera rien s'il est miteux. Prends le moins cher. C'est juste pour l'avoir. Tu reviendras ? Tu vas me les ramener, les Winston et les allumettes ? Tu vas me les ramener vite ?

— Juré.

— Oh ! Tu as un stylo ?

— J'ai un feutre. Pourquoi ?

— Tu vas m'écrire quelque chose sur mon plâtre. Quand on a un accident de ski, on vous écrit des choses sur votre plâtre.

— Faut que j'écrive quoi ?

— Ce que tu veux. Ton nom.

— Je mets Manu ?

— C'est ça.

Manu écrit Manu sur le plâtre. En grand, qu'avec des majuscules. Très bien écrites.

— Vous voulez pas que je dessine un petit chat aussi ?

— Si tu le fais bien.

— Je vais faire le mien. Pilipili.

— Il est comment ?

— C'est un chat farceur.

— Tu oublies pas ses moustaches.

— Non. Je les oublie pas.

— Je suis mauvaise, hein ?

— Non. Pas trop.

— Ma mère me trouvait insolente, prétentieuse. Elle me trouvait tous les défauts. Il paraît qu'elle ne s'est rendu compte de rien. Mais que mon père, lui... Pas voir, c'est dur. Mais se voir mourir. Magne-toi pour les cigarettes.

— Ça vous embêterait que je vous fasse un cadeau ? C'est un cadeau pas cher. Je l'ai dans ma poche.

— C'est quoi ?

— Un lapin en bois. Un lapin fétiche. Vous le voulez ?

— Tu sais que t'es bête, toi.

Nadine a bien voulu du lapin. Mais elle n'a pas dit merci à Manu. Elle n'a plus rien dit. Elle a gardé le lapin dans une de ses mains. Elle l'a beaucoup touché pour savoir comment il était.

Et Manu est parti.

Et, dans le couloir, comme il y avait un saint (un saint sans son nom écrit en dessous mais avec un rond doré derrière la tête), Manu lui a fait une prière pour que Nadine voie que sa chambre est bleue quand on lui ôtera son pansement.

Après, il a couru dans le village de Bonneville pour trouver les cigarettes au tabac, et le peigne, le miroir dans une boutique où ils vendaient de tout. Il en a eu pour quarante-trois francs. C'était pas trop cher. Ça allait.

En revenant en se grouillant, il est tombé sur mère Agnès. Ça, c'était la poisse.

— Ben... Tu n'es pas en train de faire ton travail de lecture, toi ?

— Nadine, ça la fatiguait d'entendre de la lecture. Alors j'ai été faire une promenade.

— Un tour de village pour voir le paysage ?

— Oui. Un tour.

— Et il t'a plu le village ?

— Oui. Y a des maisons. Y a la poste.

— Et il y a le bureau de tabac ! Et dans le bureau de tabac, il y a des cigarettes et des allumettes. Me dis pas non, ton nez se mettrait à remuer.

— Vous allez me les confisquer ?

— Confisquer quoi ? Ce sont des choses à confisquer qui font des bosses dans les poches de ton blouson ? Tu ne me réponds pas ? Tu as avalé ta langue ? C'est bien dommage. Si tu la retrouves, profites-en pour dire à Gisèle qu'à force de fourrer des mégots dans son coussin, on finit par se brûler les fesses. Tu lui diras ça, si tu retrouves ta langue ?

— Oui, ma mère.

Il a dit « ma mère ». Et mère Agnès a continué son chemin sans avoir rien confisqué. Et Nadine va pouvoir fumer ses Winston.

Et Manu pense qu'il est devenu un garçon tellement autre qu'il se reconnaît presque plus.

Et il pense que c'est pas juste pour Nadine et son papa. Et même pour sa maman qui lui trouvait trop de défauts.

Et il se magne.

Et il espère que saint Georges et saint Joseph vont se magner aussi pour maman Dora.

17

Et Manu a loupé sa rentrée.

A Paris, les crapulos de son école doivent être en train de faire une dictée torchée ou, vu l'heure, de la gym dans le préau. Ce qui est le pire de tout. Et Manu a fait, lui, son lit, sa toilette, été boire le café au lait avec les bavards de l'hostellerie qui ont plus rien à se dire. Et il a prié autant de saints qu'il a pu pour maman Dora (et pour Nadine).

Et il se cache.

Il se cache pour que mère Rita le harponne pas pour lui faire éplucher des légumes ou — encore plus chiatique — trier des lentilles. Il se cache dans la sacristie de la chapelle de Sainte-Marie. Une sorte de cagibi avec une fenêtre pointue du haut et des carreaux pas transparents. Avec un placard en bois tout mangé par des insectes qui aiment le vieux bois. Avec, dedans, les habits que met le père Sansonnet pour dire ses messes de cinq heures du matin, sa vaisselle « sacrée », son vin blanc, ses hosties dans une boîte comme celle des sablés exquis de sœur Rita et des objets précieux amochés que Grand marchanderait sauvagement s'il les voyait.

C'est toujours un fumier à tuer, Grand.

Mais, en même temps, c'est plus un fumier à tuer parce que Manu a eu plein plein de petits bouts de conversation avec mère Agnès qui lui ont chamboulé des idées qu'il avait.

Mère Agnès est une dame humaine comme aucune dame. Sauf peut-être madame Ternet l'assistante sociale de l'école de Manu qui, elle aussi, vous parle jamais comme à des petits crétins et fait tout le temps semblant d'être en colère et l'est jamais. Comme la dame humaine de la Samar. Mais plus. Bien plus.

On reconnaît les dames humaines parce qu'elles sont pas jolies et trop vieilles pour être des mamans. Ou alors des mamans de garçons qui sont trop vieux pour être des garçons. Les dames humaines sont des dames (jamais habillées à la mode) qui prennent le temps de faire la conversation avec vous. Elles ont autre chose à faire. Elles sont pressées. Mais elles s'arrêtent d'être pressées et vous écoutent leur dire ce qui va pas et se donnent le mal de chercher avec vous pourquoi ça va pas et qu'est-ce qu'il faudrait faire pour que ça se mette à arrêter de pas aller.

Mère Agnès aime beaucoup parler de choses qui sont toujours la même chose.

Tout en arrêtant pas de faire un boulot monstre, elle explique et réexplique encore à Manu (c'est que c'est souvent plus que mystérieux) les trente-trois ans de vie éternelle en Palestine de Jésus-Christ et son supplice féroce sur la croix.

En gros, l'histoire, il la connaissait.

Mais, en gros et de travers. Et c'était dommage parce que quand on comprend, Jésus-Christ c'était comme un Abraham Lincoln qui voulait devenir chef célèbre pour arranger une tapée de choses désastreuses. Pour, par exemple, abolir l'esclavage. Mais pas des esclaves américains qui n'étaient pas encore inventés. C'est que c'était tellement avant Lincoln qu'il a fallu inventer même les années et les dates pour que l'Histoire (avec un grand H) puisse commencer.

C'était dans le pays d'un peuple où tout le monde était juif sauf des Romains persécuteurs qui faisaient faire des persécutions policières par des centurions d'une saloperie carrément nazie. Et comme les républiques étaient pas inventées, Jésus-Christ voulait devenir roi des Juifs. Des Romains aussi. Mais après. Pour devenir roi des Juifs, il avait commencé par faire des études de charpentier dans la petite entreprise de son père qui était un saint qui s'était marié avec la Sainte Vierge avec qui il avait habité dans une crèche pleine de vaches, de bœufs, de bergers et de rois. Des rois qui étaient mages parce que les cartes routières n'étaient pas inventées non plus et qu'ils voyageaient en chameau en suivant des étoiles.

C'était à une époque où très peu de choses étaient inventées. Sauf les hostelleries. Mais elles étaient pleines de gens en week-end de Noël. Et saint Joseph et la Sainte Vierge Marie faisaient lit à part dans la paille de la crèche. Mais ils étaient pas brouillés. Au contraire.

Puis Jésus-Christ avait laissé tomber la charpenterie pour aller discuter avec des docteurs dans des temples et les coincer parce qu'il en savait autant qu'eux sans avoir aucun diplôme. Il était très malin. Il savait marcher sur l'eau, multiplier des sortes de hamburgers au poisson et il pouvait dire à des morts « lève-toi et marche » et ça marchait et ça foutait les Romains persécuteurs dans des rages folles. A la fin, ils l'ont chopé et fait passer une nuit sur un mont des Oliviers et, là, presque tous ses compagnons d'infortune l'ont lâché. Surtout celui qui s'appelait Judas. Celui qui s'appelait saint Pierre aussi. Mais un peu moins, lui. Même qu'il a pas été payé par les Romains. Judas, si. En deniers palestiniens. Mais pas très. Seulement trente deniers.

Et le lendemain du mont des Oliviers, Jésus-Christ a

bu du vinaigre, pas dans un verre, du vinaigre d'éponge et ils l'ont cloué avec des épines. Et il a réussi à se faire passer pour mort pour qu'on arrête de le torturer et il est revenu pendant une résurrection très étonnante et a inventé les églises et le Vatican de Rome. Et depuis...

Comme ça, ça a l'air simple. Ça l'est pas. Ça l'est pas parce que (il l'avait jamais dit même à sa mère et à son père) Jésus-Christ était pas un vrai homme. Mais le bon Dieu se faisant passer secrètement pour un Palestinien de l'époque. C'était pour venir pardonner aux gens qu'il avait fait ça. Leur pardonner les péchés d'Adam et Eve et de tout le monde. Même d'Hitler qui n'avait pas encore fait les siens mais les ferait parce que c'était prévu par le Christ qui savait l'avenir, même moche. Ce qui ne veut pas dire que les péchés c'est pas dégueulasse d'en faire.

Mais même des gens qui méritent d'être tués (comme Grand), il faut pas les tuer parce que, depuis presque deux mille ans, ça fait encore saigner le cœur de Jésus sur sa croix où il n'est plus.

Mais où il est toujours en même temps.

Et si on n'y comprend rien c'est comme ça et c'est bien.

De toute façon, faut toujours toujours trier le bon grain et tendre sa joue gauche, parce que Jésus-Christ l'a demandé aux Juifs quand il allait à la montagne faire des sermons si bien faits que même les sourds les entendaient et se levaient et marchaient.

Maman Dora dit que toutes ces histoires-là tiennent pas debout.

Pour mère Agnès ça tient debout. Et pas que pour elle. Puisque (depuis qu'il s'est créé à son image) Dieu existe même pour ceux pour qui il n'existe pas.

Pour Manu.

Pour Manu... Il sait pas. Il sait plus. Mais comme

personne peut savoir (parce que ce qui est le plus beau de tout c'est que tout ça soit des mystères), faut pas qu'il s'en fasse.

Alors il s'en fait pas. Pas pour ça. Il a assez de quoi s'en faire avec maman Dora qui est toujours dans le potage et qui mange du potage par tuyau sans le rejeter mais qu'il peut encore pas voir. Il a assez de quoi s'en faire avec Nadine qui est si malheureuse qu'elle l'a encore traité de pygmée hideux et envoyé péter quand il est retourné pas lui faire la lecture mais lui dire bonjour. Avec Toufou qui bouffe sans arrêt des fleurs et a déchiré la couverture de la chambre où il dort avec Manu et Pilipili. Avec sa rentrée d'école qu'il a loupée.

Donc Manu s'en fait pas de pas comprendre le plan de Jésus-Christ. Et ce qui lui plaît énormément, c'est que ça lui donne des idées de devenir tout à fait entièrement sage. Et même plus que ça.

De devenir un garçon modèle qui, pour commencer, va décider de pas tuer Grand. Ce qui est d'autant plus facile qu'il avait pas décidé quand et comment le faire. Et puis, en supposant qu'il aurait réussi à le supprimer ce fumier, qu'est-ce qui se serait passé après ? Après il y aurait eu quoi ?

Il y aurait eu des conséquences.

Et... les conséquences... Surtout après les assassinats !

Mère Rita a quelques tuyaux sur la damnation en enfer qui ont vite fait de vous foutre une trouille carabinée.

Alors il fait quoi ? Il pardonne à Grand les embrassades sur la bouche (vraies ou pas vraies) avec maman Dora ?

Jésus-Christ, si sa maman Sainte Vierge s'était embrassée sur la bouche avec quelqu'un, il lui aurait pardonné. Il pouvait pas s'empêcher de pardonner absolument tout.

Mais c'était Dieu déguisé.

Un garçon — même modèle — et un dieu déguisé, c'est quand même pas pareil.

Mais mère Agnès dit que tout le monde est peut-être un saint sans le savoir neuf fois sur dix.

Manu voudrait bien le devenir. Surtout si il pouvait, comme saint Georges, être un saint qui passe pas son éternité à sourire comme un demeuré.

S'il était un saint, il serait en train de se cacher pour pas aider mère Rita à trier ses lentilles ? Non.

Il est qu'un pauvre pécheur, Manu.

Car on est forcément l'un ou l'autre. De tout ce qu'elle lui a raconté mère Agnès, ça, c'est le moins compliqué à comprendre. D'un côté t'as les pas pécheurs. De l'autre...

Bon. Manu est un pécheur. Grand est un pécheur (un grand !). Maman Dora ? C'est qu'une petite pécheuse. La preuve : Dieu lui a fait avoir son accident de la route pour la punir. Mais il l'a sauvée. Il l'a pas fait y rester même sans casque. Parce qu'il veut qu'elle vienne un jour s'asseoir à sa droite. Un jour. Dans longtemps. Il est pas pressé. Il peut ne pas l'être : le temps qu'il a devant lui est tellement long que c'est une éternité.

L'éternité, mère Agnès a pas su bien l'expliquer. Elle s'est donné du mal mais elle s'est drôlement emmêlé les pattes. Dieu aussi, c'est embrouillé comme tout quand elle explique comment il est.

Grand, il lui en avait parlé un peu, de Dieu, à Manu. Mais à sa manière à lui qui est de toujours mélanger les choses sérieuses avec des rigolades. Il a l'air de connaître tout. Mais il mélange tout le temps, exprès, l'important et le pas important. C'est son genre. C'est un genre jamais ennuyeux. Même quand il dit des choses terribles, il vous fait toujours un peu rire, Grand. C'est dommage qu'il soit fumier. Et si pécheur.

C'est pas dommage (parce que Manu ça l'arrange) qu'il soit parti avec sa roulotte de broc en oubliant son fidèle Toufou. Mais c'est dégueulasse.

Toutes les dégueulasseries de Grand sont dégueulasses. Mais dans l'humeur pardonneuse qu'il a, ce matin, Manu...

Pourquoi il est pas là, Grand ?

Ce qu'il a dit de maman Dora c'était moche, très moche, mais des fois aussi c'était formidable. Personne avait parlé de maman Dora à Manu comme ça. Manu a pas aimé, pas supporté que Grand dise qu'il aimait maman Dora. Mais maman Dora, si on y réfléchit, c'est forcé qu'on l'aime si on la connaît. Que tous les hommes qui la voient même qu'une fois tombent pas aussi amoureux fous d'elle que Grand, c'est pas normal, si on se donne la peine d'y penser.

Alors ?

Dans la tête de Manu, dans la sacristie-cachette, ce matin, ça bouillonne comme dans une cocotte-minute. Il doit avoir la cervelle comme l'ont les grands savants quand ils sont en train d'inventer la roue, le feu, le scotch transparent ou la modulation de fréquence.

Et s'il mangeait une hostie ?

Paraît que d'en manger ça vous emplit d'amour.

Pas d'amour avec baisers sur la bouche, se prendre par la taille, se tripoter et le reste qui est un des péchés les plus mortels. D'amour comme celui d'Abraham Lincoln pour les esclaves. D'amour qui fait qu'on trouve tout le monde (même des Hitler, même des élèves de Robert-Desnos qui vous rançonnent) sympa. Et qu'on s'en fout qu'il pleuve, que le chauffe-eau chauffe plus, que la télé soit en panne.

Mère Agnès connaît un saint François d'Assise qui se laissait manger par des loups italiens en leur parlant si doucement qu'ils arrêtaient de manger pour lui répondre en italien. Ce qui le rendait si heureux qu'il en restait béat.

Manu voudrait être heureux comme ça.

Alors il décide qu'il en veut plus à Grand.

Et il décide — c'est chiant chiant chiant mais tant pis — d'aller aux lentilles dans la cuisine de mère Rita.

Une fois sorti de la chapelle, il peut pas s'empêcher d'avoir un fou rire parce qu'il pense qu'il va peut-être lui pousser un rond doré derrière la tête. Un rond doré qui — ça aussi mère Agnès lui a appris — est une auréole.

Dans la cuisine de sœur Rita il retrouve Toufou qui a hérité d'un os et s'en occupe si bien qu'il va finir par se casser ses crocs.

Les lentilles sont déjà triées de leurs cailloux. Mais reste une montagne de pommes à compote à éplucher et couper en huit morceaux égaux. Et sans laisser de pépins.

— Chaque pépin oublié, c'est un jour de paradis en moins.

Tout en s'appliquant à tâcher de faire des épluchures si fines qu'on pourrait voir à travers, Manu demande à mère Rita des explications sur l'éternité. Au cas où elle en aurait de meilleures que mère Agnès.

Elle en a pas.

— Tout ce que je sais c'est qu'elle dure assez de temps, l'éternité, pour que t'arrives à te rendre compte de ce que c'est. Et que même si tu y arrives pas, c'est autant de gagné parce que le royaume des Cieux appartient aux pauvres d'esprit.

Tiens ! Dieu voudrait qu'on soit bête ?

Eh bien oui.

— Oui, mon lapin. Moi, c'est parce que j'étais la plus niaise de ma famille qu'il m'a choisie. Ma sœur aînée, qui était si brillante qu'elle a été reçue à tous ses examens, tu sais ce qu'elle est devenue ? Elle est devenue directrice d'une importante société d'import-export avec compte en banque et tout. Mais elle a perdu la foi. Et, sans la foi... T'as beau avoir des appartements de six pièces et une voiture dernier modèle... Elle en fera quoi de sa voiture, en enfer ?

Manu va l'avoir, la foi.

Et si ça fâche maman Dora, une fois qu'elle sera remise ?

Tant pis. Manu ira jusqu'au martyre. Il subira sans moufter les persécutions qu'elle lui fera. Il ira peut-être pas jusqu'à se laisser cuire sur un gril comme saint Laurent ni lapider à coups de pavés. Mais il tiendra le coup.

Parce que ça vaudra le coup.

Et les cinquante-neuf francs soixante qui lui restent dans une poche, il va aller tout de suite au village de Bonneville les dépenser en cadeaux pour Nadine.

C'est un très bon commencement de se retrouver sans un sou sur soi.

A Sainte-Marie, aucune des mères n'a un sou sur soi. Saint François d'Assise, qui arrivait à discuter des heures très bien avec les loups et les sangliers, n'avait pas un sou italien sur lui.

Manu se demande si, une fois tout son argent dépensé, il va pas pouvoir obtenir autre chose que des « ouaf ouaf » de Toufou.

— Tu vois ça, gros chien bête ? Tu vois ça ? J'achète autant de cigarettes Winston et d'allumettes que je peux pour Nadine, et après, je te cause et tu me causes. On se met à avoir des conversations. Tu me racontes toutes tes histoires de gros chien jaune. Tu me racontes toutes tes histoires d'os, de puces de chien. Ça serait chouette, non ?

Toufou s'occupe d'une mouche. Il écoute pas Manu.

— Je vais au village. Tu viens avec moi ?

Que Manu y aille tout seul. Tant que cette mouche sera là à se moquer de lui, Toufou s'en ira pas du jardin.

Manu n'ira pas non plus à Bonneville. Mais pour d'autres raisons.

La première c'est que mère Sainte-Opportune — celle qui s'arrête jamais d'aider le Seigneur en trottant très vite — lui fait un signe par une des fenêtres de la clinique. Elle lui fait signe de venir.

Il vient pas. Il accourt.

Il accourt et se retrouve dans le couloir du « service » où elle lui avait dit, mère Sainte-Opportune, de pas remettre les pieds. Elle lui veut quoi ?

— Viens avec moi. Viens avec moi et n'ouvre surtout pas ton bec. Je ne devrais pas. Mais...

Dans une main, elle a un plat en émail avec des thermomètres. De l'autre, elle prend la main de Manu. Elle le tire. C'est une femme à poigne.

— On ouvre pas son bec. Promis ?

C'est devant la porte de la chambre vingt-trois qu'elle entraîne Manu, mère Sainte-Opportune. Et elle l'ouvre, la porte. Et Manu voit quoi ?

Manu voit maman Dora !

Maman Dora dans un lit. Avec des tuyaux. Celui à potage de clinique sûrement. Et d'autres. Beaucoup. Elle a aucun pansement. Elle a sa tête de maman Dora qui dort. Elle est comme le matin dans son lit à elle dans sa chambre à la maison. Sans maquillage. Sans être coiffée. En hérisson.

— Tu vois. Tu vois comme elle dort d'un bon sommeil.

— Elle se porte bien ?

Manu a demandé ça avec une si petite voix qu'il s'est pas entendu lui-même.

— Pour dormir d'un sommeil si régulier, si paisible...

— Elle va se réveiller quand ?

— Rien ne presse. C'est un sommeil réparateur. Plus il dure, mieux il répare.

— Je peux lui dire bonjour ?

— Tu lui dis tout ce que tu as envie de lui dire. Mais d'ici. Et tout bas. Et tu te dépêches.

Manu dit tout bas bonjour à maman Dora et qu'il l'aime.

Il lui dit rien d'autre. Ça suffit.

Et mère Sainte-Opportune le tire par la main et referme la porte de la chambre vingt-trois.

— Et maintenant tu files, jeune gredin.

Elle lui a même pas laissé le temps de la remercier. Elle l'a viré comme un malpropre.

Mais il se sent pas malpropre. Il se sent content.

Il se sent...

Qu'est-ce qu'il est content, merde ! Qu'est-ce qu'il est content !

Qu'est-ce qu'il a bien fait de décider d'avoir la foi. Et de pas arrêter de dire des prières depuis trois jours.

Ça marche comme sur des roulettes, le système des mères !

Il va foncer dépenser ses cinquante-neuf francs soixante pour Nadine et lui rapporter des cigarettes, des allumettes et lui raconter ce qui vient de se passer et lui expliquer qu'il faut plus qu'elle appelle les mères des ratichonnes et qu'elle se magne d'avoir la foi elle aussi.

Elle a l'air même pas fatiguée dans son sommeil réparateur, maman Dora.

Qu'est-ce qu'il est bon Jésus-Christ. Qu'est-ce qu'il est bon. Et les saints aussi.

A maman Dora, il lui expliquera que c'est pas des histoires, l'église, les curés, les prières.

A tout le monde qu'il connaît, il l'expliquera. Et même à des gens qu'il connaît pas. Comme les missionnaires aux indigènes sauvages.

Il se sent pas encore pousser des ailes dans le dos, mais c'est tout juste.

Il a vu maman Dora ! Il a vu maman Dora !

Et voilà qu'il voit Joëlle.

Joëlle, la blonde avec une mèche toujours dans ses yeux, qui travaille dans un journal de femmes. Joëlle, une des meilleures meilleures amies de maman Dora.

Qu'est-ce qu'elle fait là, sur le banc du jardin où Manu s'était assis avec Grand ?

Comment elle a su que sa copine Dora est ici, Joëlle ?

Et pourquoi elle a ce manteau pas beau, elle qui est fringuée mieux que Ladi-daye pour même aller seulement dans son bureau de journal « répondre huit heures par jour cinq jours sur sept à des lettres de pathétiques piquées ». Oui. Le métier de Joëlle c'est de « pondre des réponses dégoulinantes de compassion » à des « pathétiques piquées » qui lui écrivent leurs ennuis à son journal.

Joëlle a fait des études de psychologie pour devenir « un docteur Freud sans barbe » et elle a fini par se retrouver dans un hebdo pour « mémères bécébégé qui veulent être sapées dernier cri, tout savoir sur les calories et oublier leur ménopause en ayant le max de problèmes de cœur »

Des problèmes dont Joëlle connaît toujours la réponse.

Si elle la connaît pas, elle l'invente. Elle est payée pour ça.

« Recolleuse des cœurs brisés », elle dit qu'elle est.

Et elle dit plein d'autres choses aussi peu nettes pour Manu. Pour Manu qui l'aime plus que bien. D'abord parce qu'elle est très jolie sans l'être autant que maman Dora. Et parce que c'est (elle le répète souvent et maman Dora aussi) « mieux que l'amie de maman Dora : sa jumelle ».

Des jumelles qui sont l'une blonde raide et l'autre brune frisée, l'une grande comme une sauterelle avec des jambes en spaghetti, l'autre — maman Dora — pas grande avec pas de ventre mais avec des fesses dodues de petite fille, c'est impossible. Ça se peut pas.

Mais, dans leurs têtes à toutes les deux, ça se peut.

Et elles sont ensemble autant qu'elles le peuvent et quand elles sont pas ensemble, elles passent des heures au téléphone à se raconter tout. Et elles font le plus possible de « quatre cents coups ensemble » et elles « en voient des vertes et des pas mûres ». Et, même si les « vertes et les pas mûres » qu'elles voient les embêtent, suffit qu'elles en parlent toutes les deux pour que ça les embête moins. Ou même pas du tout.

Et Joëlle est sur le banc dans le jardin de Sainte-Marie, pas bien habillée pour une fois et la tête tellement ailleurs qu'elle voit pas arriver Manu.

— Bonjour Joëlle.

Elle répond pas à son bonjour ? Qu'est-ce qu'elle a ? Elle le connaît depuis avant qu'il sache se tenir sur seulement deux pattes, et elle le regarde comme si elle l'avait jamais vu.

Il est devenu un autre garçon, d'abord. Il a décidé, il vient de le faire, d'avoir la foi. Ça peut quand même pas l'avoir changé autant. Ou alors on tombe dans le miraculeux.

Non. On y tombe pas. Elle l'avait pas vu bien, Joelle, parce qu'elle était dans ses pensées. Mais elle enlève sa mèche de ses yeux et elle le voit.

— Manu ! Mais qu'est-ce que tu fais là, toi ?

— Je fais que je vais au village à Bonneville acheter des cigarettes Winston et des allumettes. Pour Nadine. Avec tout mon argent.

— Nadine ? Quelle Nadine ? C'est qui ?

— C'est une fille. Tu la connais pas. Elle est méchante avec une jambe dans le plâtre. C'est pas de sa faute. Elle croit qu'elle verra jamais que sa chambre bleue est pas verte. Mais c'est pas sûrement sûr. Ça peut s'arranger. Si elle se met à avoir de la foi sincère, elle peut les voir de leur vraie couleur ses murs. Et se regarder dans la petite glace que je lui ai rapportée et se peigner les cheveux. Ils sont pas tombés. Ils sont sous le pansement. On va lui enlever dès que le docteur aura plus la trouille pour ses yeux, son pansement.

— Toi tu l'as toujours aussi bien pendue. Mais ça ne m'explique pas...

— Des explications, mère Agnès elle m'en fait tant que j'en veux. Quand elle est pas occupée à ses soins et à donner des chambres d'hostellerie aux gens qui restent ici pour leurs hospitalisés. C'est la plus gentille, mère Agnès. C'est toutes des mères. Pas toutes marrantes. Mais très travailleuses. Très aux petits soins. Mes préférées, c'est mère Agnès et mère Rita de la cuisine. Mère Rita elle donne de ces bassines de nouilles à Toufou. Il s'en ferait éclater, de nouilles. Tu l'as pas vu ?

— Pas vu qui ?

— Toufou. Il perd son temps avec des mouches. Et il déchire. Mais pas exprès. Maintenant, c'est devenu comme mon chien à moi. Il est jaune énorme mais pas méchant du tout. Il t'agace à te lécher très râpeusement. Mais c'est de l'amitié de chien. Il me faisait peur pour Pilipili. Mais ils s'aiment bien les uns les autres avec Pilipili. Faut tous s'aimer bien les uns les autres si on veut pas que Jésus-Christ pleure sur tous les crucifix où il est encore vivant mort éternellement. Et maintenant, ça y est. J'ai la foi. C'est pour ça que je vais acheter le plus possible de cigarettes Winston et d'allumettes à Nadine. Mais faut que ça fasse un compte juste. Qu'avec tout mon argent ça fasse autant d'allumettes que de cigarettes. Sans ça Nadine elle aura des cigarettes qu'elle pourra pas allumer et qui lui serviront à rien. Si tu veux venir avec moi au village de Bonneville, c'est pas loin. Je connais un raccourci en passant par-derrière la poste. C'est défendu. Pas le raccourci. Les cigarettes et les allumettes. Mais mère Agnès confisque pas.

Joëlle enlève encore sa mèche de ses yeux.

Elle a pas ses yeux comme d'habitude. Ils sont gonflés. Et elle a pas mis de bleu autour. Alors ils sont moins bleus. C'est forcé.

— Maman, tu vas pas pouvoir la voir vite. Moi ça y est, je l'ai vue. C'est mère Sainte-Opportune qui est pas gentille parce qu'elle a pas le temps avec tout ce qu'elle a à faire pour aider le Seigneur, qui a été quand même gentille et qui me l'a montrée en train de faire son sommeil réparateur avec tous ses tuyaux. Il y en a un c'est le tuyau pour qu'elle mange sans manger. Du potage médicament. Ça la reconstitue, c'est du manger très retapant. Mais faut faire aucun bruit pour qu'elle continue bien tranquille son sommeil réparateur autant qu'elle pourra.

— Une minute, Manu, une minute. Qu'est-ce que tu es en train de me raconter exactement ?

— Que le sommeil réparateur si on vous en réveille il est moins réparateur et alors...

Tu me dis que ta mère est dans cette clinique ? C'est ça ? C'est bien ça ?

— Ben oui. Dans le lit vingt-trois avec tous les tuyaux. Mais mère Sainte-Opportune va pas te laisser la voir tout de suite. Faut attendre que...

— Manu, mon petit Manu... Tu ne peux pas être en train de me dire que ça serait ta mère qui...

Qui quoi ?

Elle comprend rien, aujourd'hui, Joëlle. C'est pas son genre de comprendre rien. Pas son genre non plus d'ouvrir les yeux aussi grands et de se mettre un doigt dans la bouche et de se ronger un ongle. Et pourtant c'est ce qu'elle fait. Elle se ronge un ongle.

— Ça serait Dora... Ça serait Dora... Ça... Alors ça !

Ça serait Dora quoi ? Elle a quoi Joëlle ? Elle se met à avoir l'air d'une folle. Comme Grand s'est mis à avoir l'air d'un fou plusieurs fois. Son ongle, elle va le manger tout entier et le doigt avec ?

— Ça serait Dora... Alors ça... Alors ça...

On dirait un boxeur qui vient de prendre un coup de poing qui tue en pleine poire. On dirait qu'elle va tomber du banc. On dirait...

— Dora ! Ma chère Dora.

Elle en tombe pas, du banc. Elle se redresse. C'est le bas de sa bouche qui se met à tomber. Ça fait comme une grimace. Une grimace vilaine qui la rend affreuse. Ça lui va encore moins bien que d'avoir l'air d'une folle. Qu'est-ce qu'elle a ? Elle est devenue muette en plus ?

Non.

Elle reparle. Mais pas avec sa voix à elle. Avec une voix comme si elle venait d'attraper tout d'un coup un mauvais rhume. Et elle renifle. Fort. Et elle fait son possible pour que sa grimace devienne un sourire. Mais elle y arrive pas bien. C'est toujours une laide grimace.

— Là, mon vieux Manu, c'est la meilleure du siècle. La meilleure ! Me reste plus qu'une chose à faire : m'écrire une lettre et y répondre. Ça va être duraille. Mais... On ne s'effondre pas. On s'assied à son bureau, au canard, avec les autres excitées en train de se demander en piaillant si elles vont mettre Adjani ou mère Térésa en couverture, on décapuchonne son stylo et on attaque. On commence par « Chère Joëlle...

Chère Joëlle, ce qui vous arrive est, hélas, bien banal... » Parce que le gag c'est que c'est d'une banalité désolante, ce qui m'arrive. D'une banalité à en pleurer. Mais je ne pleure pas. Et ça, c'est le gag numéro deux. Pleurer, je sais le faire. Je peux pleurer pour un collant qui file au moment où il faudrait pas. Je peux pleurer au cinéma ou en lisant un roman niaiseux. Mais... là... l'œil sec ! Pas l'ombre d'une larme. Pas l'ombre. Je devrais éclater en sanglots. Et rien. Je ne pleure pas. Tu es témoin. A croire que je suis très forte. Très digne. Un modèle de dignité, la Joëlle. Ou alors c'est qu'à force de faire le coup de la compassion à mes chères lectrices, je l'ai usée toute, qu'il ne m'en reste plus la moindre parcelle pour la pauvre pauvre Joëlle dans la peine. Dans la peine. Car on ne dit pas dans la merde, mais dans la peine. C'est plus classe. Tu penses merde mais tu écris peine. Quand tu sais ça, tu es une journaliste. Une vraie. Donc voilà la pauvre chère Joëlle dans la peine. C'est que j'en ai. C'est éprouvant, très très, d'apprendre, comme ça, brutalement, sans préavis, que sa meilleure amie est dans un lit dans une clinique. Ça l'est d'autant plus que ce n'était pas la meilleure amie en question que tu venais voir dans la clinique en question. C'était pas elle du tout. C'était un homme. L'homme qui se trouvait être — momentanément, d'accord, mais quand même — l'homme de ta vie. Oui, Manu. Je l'avais enfin trouvé. La chère Joëlle avait enfin jeté l'ancre. Il était même question de mariage. De mariage ! Sans ce consternant incident de parcours, tu étais bon pour jouer les garçons d'honneur. Tu te vois, avec un chic petit costume, en train de tenir ma traîne ? Ça aussi, c'est dans le lac.

Elle a enlevé au moins vingt fois sa mèche de sur ses yeux. Et elle se mange son ongle. Pourquoi elle fait ça ? Elle le sait que ça se fait pas. Que c'est mal élevé et que ça peut donner des appendicites et des péritonites avec fièvre. Elle le fait quand même. C'est l'ongle de son petit doigt de sa main droite qu'elle mange. Elle verrait Manu faire ça, qu'est-ce qu'elle l'engueulerait !

Mais c'est pas lui qu'elle engueule. C'est elle. Elle se met à s'engueuler elle. Et pas parce qu'elle se mange son ongle. Elle s'engueule parce qu'elle est une triste conne. Une triste conne qui... Ça se met à devenir comme un feuilleton télé avec des épisodes qui se suivraient pas bien. C'est comme si elle racontait à Manu un feuilleton dont ça serait elle la vedette. Un feuilleton qui aurait commencé pendant les vacances de Noël dans une maison de gens « si friqués, si vulgaires que c'en était un vrai régal ». Une maison à Calvi en Corse. Avec du soleil. Et des larbins pour servir à tout le monde à toute heure du jour et de la nuit du champagne orange frappé. Et, au milieu de bien du monde, deux hommes « baisables ». Deux. Pas trois. Un Roméo et un Vincent. Le Roméo étant déjà en affaire avec une petite Ritale un peu intello et très nantie côté bustier, restait le Vincent. Et... le Vincent... C'était pas Paul Newman pour le regard ni Einstein pour l'intellect, mais... au lit... Au lit, le Vincent, il était parfait.

Deuxième épisode du feuilleton de Joëlle : ça n'aurait pu durer que le temps des vacances de Noël, même moins, et ça a duré après. Neuf fois sur dix (elle sait de quoi elle parle, Joëlle ! — elle le dit au moins trois fois qu'elle sait de quoi elle parle), neuf fois sur dix ça ne dure qu'une nuit ou un après-midi et, huit fois sur neuf, pendant que c'est en train de se dérouler, tu te demandes ce que tu fais là dans un lit avec un homme. Mais avec le Vincent de Calvi en Corse... Elle serait bien en peine, la Joëlle du feuilleton, d'expliquer exactement pourquoi, mais le Vincent, il s'est retrouvé à Paris dans son coquet studio à Joëlle. Dans ses vingt-sept mètres carrés avec vue imprenable sur le jardin des Plantes. Dans son lit de fille seule enfin plus seule. Et ça s'est mis à ressembler tellement au bonheur qu'elle a plus vu personne que lui, que le Vincent. Plus personne, même plus sa copine Dora. Et, il y a huit jours de ça, elle en pouvait tellement plus d'être heureuse sans que ça se sache qu'elle a décidé de faire une petite soirée sympa. Quelque chose comme une soirée de fiançailles. Et elle a mis les petits plats dans les grands et invité des filles de son journal et évidemment bien sûr, Dora. Sa chère amie Dora. Et Dora est arrivée avec un gâteau au chocolat de chez Lenôtre très cher et des fleurs et elle était tellement heureuse de voir sa copine Joëlle enfin heureuse que... Une soirée fantastique ça a été. Et Dora a pris Joëlle à part dans la kitchenette et elle lui a dit : « Hésite pas, ma Joëlle, hésite pas un quart de millième de seconde. Epouse-le ! »

La fin du feuilleton télé avec Joëlle en vedette, elle est banale, triste et conne. Mais surtout banale. Classique. Elle se passe pas en Corse chez les vulgaires, pas dans le coquet studio avec vue imprenable sur le jardin des Plantes. Elle se passe à la clinique Sainte-Marie de Bonneville. Joëlle a reçu un coup de téléphone dans la nuit parce que en fouillant dans la sacoche de la moto en miettes de Vincent, des bonnes sœurs ont fini par trouver son nom et son téléphone, à Joëlle, dans un agenda à moitié carbonisé, à la rubrique « *Personne à prévenir en cas d'accident* ». Alors elle a sauté dans son Austin. Elle est arrivée. On lui a appris que, petit a) son Vincent qui avait disparu la laissant dans l'inquiétude avait plus de jambes, qu'il était infirme à vie, fichu, épave, que petit b) il n'était pas seul en moto mais avec une femme et que petit c) la femme avec lui c'était...

Joëlle crache un morceau d'ongle qu'elle a cassé

avec ses dents. Un grand morceau. Et elle tend un de ses doigts et appuie sur le bout du nez de Manu. Comme s'il était un chien et qu'elle voudrait prendre la température de sa truffe. Et elle retire son doigt du nez de Manu. Et elle fait une petite grimace. Pas tout à fait laide, celle-là.

Une grimace un peu rieuse.

— Voilà l'histoire, Manu. Voilà l'histoire. Alors, je lui réponds quoi à la chère Joëlle éplorée ? Elle lui répond quoi la psy du courrier du cœur ? Elle lui répond que c'est la vie ? Que son Vincent, son type épousable, elle avait qu'à se le mettre dans un coffre à la banque ? Qu'on ne doit jamais présenter un type épousable même et surtout à sa meilleure amie ? Non, Manu. Je ne vais pas lui répondre ça. Sa lettre, à cette sombre conne de Joëlle, on va faire comme si on ne l'avait pas reçue. On va... Tiens, on va aller boire un chocolat. Voilà ce qu'on va faire. Il y a bien un café où ils servent du chocolat dans ce bled, non ?

Son chocolat à Joëlle, c'est un thé. Un thé qu'elle boit même pas. Manu, lui, c'est un chocolat. Pas terrible. Mais il le boit.

Et Joëlle continue à parler. A parler d'elle et de Dora. De leurs « quatre cents coups », de son métier dans son journal, de son courrier du cœur.

— Mes lettres de bonnes femmes, jeunes ou vieilles, futées ou pas, elles parlent de quoi ? Que des hommes. Des hommes qu'elles ont eus ou pas eus, qu'elles regrettent d'avoir eus ou de ne pas avoir eus. De leurs maris qui les abandonnent — et ça leur brise le cœur ! — ou qui se décident pas à les abandonner — et ça les emmerde à en périr ! De leurs amants. De Delon ou de Jacques Chancel à qui elles rêvent la nuit. Ça nous a toujours fait hurler de rire, ta mère et moi, ces montagnes de lettres de femelles ne pensant qu'à ça, qu'aux mecs. Mais nous, on parlait de quoi, entre deux crises de rire ? De mecs. Quand je l'ai connue, Dora, elle n'en finissait pas de me cramponner avec son Jean-Luc. Ah ! son Jean-Luc ! Un ingénieur beau comme un dieu qui lui avait fait un petit Manu et avec qui elle n'arrivait pas à vivre deux jours d'affilée. Elle l'aimait et elle le haïssait. C'était poignant comme les amours de Scarlett O'Hara et de Rhett Butler. Manquait que l'incendie d'Atlanta. Un jour — of course — l'ingénieur beau comme un dieu, il s'est marié ailleurs. Et la chère Joëlle a empêché de justesse la chère Dora d'avaler deux tubes entiers de Valium. Puis il y a eu Pat. Encore l'extase. Encore les larmes. Le Pat, il avait tout pour lui. Mais... un certain petit Manu n'en voulait pas du Pat. On vous adore, les chers petits, mais qu'est-ce que vous pouvez tout gâcher. Vous avez les oreillons, la rougeole, vous êtes anorexiques, menteurs, exigeants. Des calamités, vous êtes. Mais, à part quelques « pas normales » comme moi, elles en veulent toutes, des enfants. Il leur en faut absolument. Et elles en ont. Et bonjour les situations inextricables. Dora, tu es ce qu'elle aime le plus au monde. Mais quand il y a eu Pat... Te laisse pas traumatiser pour autant. Bois ton chocolat, Manu, t'en fais pas. Conseillée, très bien conseillée par une spécialiste des litiges poignants et douloureux nommée Joëlle, la chère Dora ne s'est pas suicidée et elle a sacrifié l'admirable Pat au mignon Manu. Sale temps, pour Dora ! Elle a déprimé sec durant tout un automne et ça s'est arrangé avec un Roger qui faisait l'amour comme un dieu mais (nouvelle déprime quand elle l'a découvert) pas qu'avec elle. Puis il y a eu un Anglais. Tu n'as pas dû le connaître. Puis... Elle s'est mise à sortir nettement trop. Mais... vu que moi aussi à la même époque... L'époque coucherie, aucune fille n'y coupe. C'est comme le service militaire pour les hommes. Faut y passer. On y passe. On se mettait au courant de nos conquêtes, ta maman et moi. Mais... *no comment*. C'est pas après la baise qu'on court dans ces périodes-là. C'est après autre chose. C'est que c'est dur, ça peut même être insoutenable, certaines nuits, de s'endormir sans quelqu'un pour vous dire bonne nuit. Le besoin de tendresse, la hantise de la solitude, la nécessité de prouver qu'on peut séduire, la recherche de l'homme idéal ou pour le moins vivable... J'en ai torché des belles phrases sur ce thème-là. Dora, encore, elle, elle t'a toi. Et elle avait son antiquaire aussi, depuis quelque temps. Elle m'en a parlé dans ma kitchenette. C'était peut-être pour noyer le poisson. Mais elle m'a raconté qu'elle était en pleine idylle avec un antiquaire de près de soixante ans, pas du tout son genre mais irrésistible, un monsieur exquis, drôle, qui la gavait de saumon et de vodka et qui la traitait à la fois comme une femme et comme une petite fille et que c'était rassurant, troublant, délicieusement pervers. Que c'était... Qu'est-ce qu'elle cherche Dora ? Qu'est-ce qu'on cherche toutes ? On ne cherche pas à savoir ce qu'on cherche. Ça nous prend déjà assez de temps de chercher. Vincent, lui, je lui en veux. Je lui en veux au point d'avoir dit non à la mère Supérieure quand elle m'a proposé d'aller le voir dans sa chambre. Qu'il savoure en paix le bonheur de ne plus avoir de chaussures à cirer, ce salaud. Mais ta mère, mais Dora... Je me mets à sa place et je me demande si je ne lui aurais pas fauché comme elle me l'a fauché, Vincent. Je l'aurais peut-être fait. Peut-être. Alors je ne peux pas lui en vouloir. Pas à elle. Pas à Dora. N'empêche que c'est une salope. La dernière des salopes. Voilà où nous en sommes, Manuchon : la recolleuse de cœurs brisés a le sien en trente-six mille morceaux et l'œil sec et c'est pas encore ce coup-ci qu'elle ira s'acheter une robe de mariée. Et ta mère, ma seule véritable amie, est une salope. La dernière des salopes. Amusant, non ?

Non, mon Manu, c'est pas amusant. C'est...

18

— C'est un chêne. Ou un peuplier. Ou un marronnier. Ou un framboisier. Et si je te dis que c'est un baobab géant, tu me croiras ? Si, c'est vrai, y en a, des baobabs géants. C'est dans les pays tropicaux. Et puis comment ils s'appellent, les arbres, on s'en fout. On s'en fout complètement. Je connais toutes les stations de métro, moi. Toutes les correspondances. Alors, cet arbre, c'est l'arbre que je veux. C'est un palmier. Compris ? Et m'emmerde pas ou je t'abandonne dans la forêt.

Toufou fait le chien prétentieux avec des yeux qui se moquent. Des yeux qui clignent. Des yeux de chien jaune qui sait parfaitement que Manu ne connaît le nom d'aucune plante. Et qui sait aussi que Manu l'abandonnera pas dans cette forêt où ils sont.

— Con de chien.

Toufou continue à avoir des yeux qui se moquent. Et il tortille du derrière. Ce qui est insolent. Manu ramasse un bout de bâton tordu de branche d'arbre.

— Tu veux une dégelée de coups de bâton ? C'est ça que tu veux ?

Toufou n'a pas peur. Il se moque encore un peu de Manu avec son bout de bâton en l'air. Puis il arrête de se moquer et va sentir un champignon et il trouve qu'il sent si bon qu'il le lèche.

— Empoisonne-toi. Vas-y. Tu crois que j'ai pas assez de soucis comme ça ?

Des soucis ? Le cap des soucis il l'a largement franchi. C'est même plus dans des problèmes, dans des emmerdements, qu'il est. C'est dans... Ce qu'il ressent, peu d'hommes — même très héroïquement malchanceux — ont dû le ressentir. Peut-être Christophe Colomb quand il a découvert qu'il s'était gouré de continent, peut-être Abraham Lincoln quand il a reçu des balles de pistolet dans le bidon au milieu de sa pièce de théâtre, peut-être Judas quand il a compris que les Romains ils l'avaient eu avec leurs trente deniers.

Manu, en plus, lui, il l'a voulu.

Fallait le faire, il l'a fait.

Ça pouvait pas se passer autrement : il a regardé Joëlle s'en aller ivre de rage dans son Austin rouge, il est allé se cacher dans la sacristie de la chapelle jusqu'à la nuit noire, il est sorti sans bruit de la sacristie, il est allé voler comme un voleur un pain, un saucisson, des sardines et tout ce qu'il a pu de sablés dans la cuisine de sœur Rita et il est parti. Droit devant lui. Par des routes sinueuses pour brouiller les pistes.

Parti !

Pour ne plus jamais revoir maman Dora qui est la dernière des salopes qui fait des craques et vole des Vincent à ses amies et couche et fait des quatre cents coups forcément dégoûtants avec Grand qui n'est plus un dingo fumier menteur mais seulement un dingo fumier, ce qui est déjà suffisant pour pas mourir en étant tué par Manu qui ne tuera jamais, mais pour aller en enfer.

Les oreilles de Manu en ont trop entendu.

Ses yeux en ont trop vu.

Il va devenir une sorte de Robinson Crusoë tout seul

avec Toufou et Pilipili dans son panier. Il va le devenir pendant un peu de temps. Et après, il mourra.

Ça le fait chier. Comme rien l'a jamais autant fait chier. Mais ça peut se terminer que comme ça.

— Allez, Toufou, on repart.

On repart. On marche dans de la mousse. On monte sur des talus. On en redescend. Ça vous crisse sous les pieds. Ou c'est mou, boueux. On se cogne dans des pierres qu'on voit pas, on se prend les pattes dans des racines. On glisse. On a les baskets tout mouillés parce que c'est l'heure du matin très tôt où les herbes ont leur rosée. Ça, Manu le sait. Ce qu'il ne sait pas, c'est combien de temps elles vont durer, la rosée et cette forêt dans laquelle il s'est dépêché d'entrer en pensant que, dans une forêt, on avait plus de chances de pas être vu que dans un champ ou sur une route et de pas être rattrapé par la police forcément à vos trousses puisque vous êtes un voleur qui se sauve.

Dans une forêt qui doit être pleine de lapins. Mais ils se montrent pas. Pleine de sangliers aussi. Et de loups? Ça serait épouvantable de tomber sur un troupeau de loups. Sur un troupeau de renards aussi.

— Pourquoi tu t'arrêtes encore? T'es vraiment con.

Pour regarder un trou dans la terre. Toufou s'arrête pour regarder un trou dans la terre. Un trou. Ça doit être dans l'instinct des chiens de regarder des trous. Ils ont un instinct très con, les chiens.

— C'est quoi? Un terrier? Ça sent quoi? Le lapin? La taupe? La vipère?

Ça doit sentir fort : il éternue Toufou.

— Tu dois être encore plus con que les autres chiens. Mais je t'aime bien quand même.

Heureusement qu'il aime bien Toufou. Et Pilipili. Heureusement. Vu qu'il a plus qu'eux à aimer.

Maman Dora, c'est complètement fini. Elle est plus sa mère. Elle pourrait avoir été tuée sur la route entre

Tours et Amboise qu'il s'en foutrait, qu'il aurait l'œil aussi sec que Joëlle sur le banc à Sainte-Marie.

Tout ce qu'elle lui a raconté, Joëlle, quand il y pense.

Mais faut pas qu'il y pense. Faut absolument pas. Faut qu'il pense qu'à la route à faire, faut qu'il pense qu'à faire face à tous les dangers qui guettent qui marche dans une forêt, faut qu'il pense qu'à la nourriture. Très important, la nourriture (qui devient des vivres dans les cas comme celui où il est). Il a fait et refait des calculs dans sa tête. En se contentant d'une tranche de pain le matin, d'une tranche de pain le midi et d'une tranche de pain le soir, Toufou et lui peuvent tenir six jours si c'est des tranches épaisses et huit si c'est des tranches pas épaisses. Pour le saucisson, pareil. Les sablés faudra les casser en deux. Les sardines, il en a pris trois boîtes. Mais ou il trouve une clé pour les ouvrir, ou... Pourquoi il a pas pris des bananes plutôt que des sardines ? Y en avait des bananes.

Le coup de chance, ça serait de rencontrer un braconnier qui en aurait tellement assez de manger que du lapin qu'il voudrait bien échanger du lapin contre de la sardine. Un lapin par boîte ? Deux ? Faudrait discuter ferme. Ne pas céder. Après se poserait la question de la cuisson des lapins. Encore une chouette question ! Cette forêt doit être pleine de silex qu'il suffit de frotter l'un contre l'autre. Mais comment reconnaître un caillou silex d'un caillou pas silex ? Et comment les frotter ? Dans quel sens ? Fort ? Pas fort ? Faudra demander au braconnier aux lapins. A condition de le rencontrer.

Qui n'est pas parti droit devant soi peut pas se douter combien c'est sans arrêt des problèmes terribles.

Le problème des cabinets par exemple. Les arbres

ont été créés pour que les hommes et les chiens fassent pipi contre. D'accord. Mais si c'est pas de faire pipi qu'on a envie ? Ça fait longtemps que Manu se retient de faire autre chose que pipi. Et il est parti pour se retenir bien plus longtemps encore. Parce que... Dans aucun film, dans aucun livre, on explique comment des gens comme Buffalo Bill, les chefs indiens célèbres, les grands explorateurs allaient aux cabinets dans d'immenses contrées désertiques entièrement sans cabinets. Manu essaye d'imaginer Buffalo Bill faisant caca sur du sable dans un désert, avec son cheval en train de le regarder. Il essaye mais il y arrive pas. Alors ? Il va avoir tout le temps mal au ventre ? Ben oui. Voilà ce qui va se passer. Il va se retenir pendant des jours et des jours de marche et avoir tout le temps et de plus en plus mal au ventre. C'est con. Et ça peut vous flanquer une violente maladie des intestins.

— On s'arrête. On fait halte.

On s'arrête. On fait halte. Assis sur de l'herbe, il a moins mal au ventre. Mais il a froid aux fesses à cause du mouillé de la rosée. Toufou va bien, lui. Il s'approprie la queue à coups de langue. Il fait ouah-ouah-ouah à une mouche (ou guêpe ou frelon ou mouche tsé-tsé ou tarentule ?). Il se pose sur son cul. Bâille. Se lève. Va voir une fleur violette. Lui donne un coup de tête. Revient. Se repose sur son cul. Louche du côté du panier à Pilipili.

Pas à cause de Pilipili. A cause du pain, des provisions qui sont dedans. Il est avec les vivres, Pilipili.

— T'as faim ? Tu veux ta tranche pas épaisse de pain du matin ?

— Ouaf, ouaf.

Manu ouvre le panier, sort le pain et le saucisson, et se rend compte qu'il a pas plus de couteau que de clef à sardines. Il a volé trop vite. C'était les bananes qu'il fallait prendre. Ça se mange rien qu'à la main et c'est très nourrissant.

— Non. Tu te jettes pas sur le pain, Toufou. Tu attends.

— Ouaf ouaf ouaf ouaf.

Une beigne sur la truffe. Voilà à ce qu'il a droit comme hors-d'œuvre, le Toufou. Ça a pas pu lui faire mal mais ça lui a pas plu. Il s'en va. Il se cavale loin.

— C'est ça, fous le camp. J'aurai tous les vivres pour moi.

Manu se casse le croûton de pain et mord dans le quignon du saucisson. C'est du sec. Le préféré de maman Dora. L'à l'ail, elle le détestait.

La fois qu'elle a été empêchée d'avaler deux tubes entiers de Valium par Joëlle, c'est qu'elle voulait mourir ? Mourir à cause de lui, Manu, qui faisait la gueule quand Pat venait à la maison embrasser maman Dora sur la bouche et lui mettre les mains autour de sa taille et de ses épaules et lui disait des petits mots d'amoureux ? Alors c'était de sa faute à lui, Manu ? Pourquoi c'est de votre faute de pas aimer quelqu'un ? Il a qu'à s'arranger pour se faire aimer, le quelqu'un. C'est de leur faute aux gens qui détestent le saucisson à l'ail (ou les épinards ou la purée de pois cassés) de détester le saucisson à l'ail (ou les épinards ou la purée de pois cassés) ? Joëlle, elle veut pas avoir d'enfants qui sont des calamités. Maman Dora elle en a voulu un. Un mignon Manu. Et le mignon Manu a été la cause qu'elle a voulu avaler des Valium.

Faut pas qu'il pense à ça. Faut qu'il pense qu'à son saucisson de vagabond qui est parti, qu'à son pain de vagabond. C'est pas du pain baguette de Paris. C'est du pain mollasson de bonnes sœurs qui vous devient une grosse boule étouffante dans la bouche.

C'est ça, fais le difficile ! C'est le moment !

Non, c'est pas le moment.

C'est le moment d'en baver.

Et où il est ce con de Toufou ? Il a foutu son camp pour de vrai ?

— Toufou ! Toufou ! Reviens manger, con de chien. Reviens manger.

Il revient le gros chien jaune. Et ça l'a tellement creusé de trotter dans une forêt que c'est pas un quignon de saucisson qu'il croque d'un coup, c'est une énorme moitié de tout le saucisson.

— C'est malin ! T'as pris ta part de trois jours. Et la mienne avec, salaud. Et tu rigoles en plus ?

Il rit de son rire de chien. Et si Manu avait pas tant mal à son ventre, il rirait aussi. Parce que son rire de chien jaune, au labrador yellow... Mais il a de plus en plus mal au ventre. De plus en plus.

Cette nuit, quand Toufou dormira...

Dormira où ? Dans cette forêt ? Dans cette forêt où il y a peut-être des troupeaux de loups, de remards ? Pour que les troupeaux de bêtes sauvages vous attaquent pas, faut faire un feu. Comme les trappeurs. Un feu entouré par des pierres pour pas mettre le feu à toute la forêt.

A propos de feu, ses cigarettes Winston et ses allumettes, Nadine elle les aura pas. C'est vache pour elle.

Manu mâchouille son morceau de pain mollasson, toujours le même, en pensant à ce qui est vache pour Nadine. A tout ce qui est vache.

Qu'est-ce qu'il devait se faire chier Robinson Crusoë quand il avait pas encore son domestique nègre à faire chier.

19

Au moins Manu est sûr d'une chose, à ce moment désastreux où le voilà rendu : c'est que même encore que garçon, l'homme est déjà que poussière. Un misérable petit tas de poussière que le souffle du doigt de Dieu pousse où il veut. Où il veut. Aussi bien dans une cuisine à voler des vivres que dans une forêt de campagne semée d'embûches qui peuvent aller de votre basket de votre pied gauche dont le lacet se défait et vous fait tomber dans de la boue en se prenant dans une racine crochue, qu'à des bêtes immondes qui vous attaquent. Petites. Mais c'est pas leur taille qui vous fait cavaler, c'est leur immondité. Et leur nombre. Elles pouvaient être combien ? Des tas. Avec des yeux rougeauds et des nez pointus qui se plissent pour vous menacer. Des nez pointus voraces. Alors on se trisse aussi vite qu'on peut et le doigt de Dieu (qui s'est mis à vous avoir vraiment pas à la bonne) vous la fait paumer, cette basket de merde de votre pied gauche. Et, se trisser devenu infirme d'un pied...

Après, il y a le touffu à traverser. Le touffu avec des branches qui vous griffent la figure et vous mettent vos habits en loques comme dans les forêts à malaria et autres maladies qui vous mettent sur le flanc et n'arrivent jamais dans les villes.

Tout ça à cause d'Adam et Eve qui profitèrent de ce qu'ils étaient les premiers hommes créés pour inventer le premier péché.

Ces deux-là !

On leur doit la sueur, les métiers fatigants mal payés.

Sans compter les cailloux dans les lentilles, les déluges et tous les malheurs que le doigt de Dieu n'en finit pas de semer sur votre route. Même dans les forêts où les routes sont des chemins pour se perdre.

Ça a des entrées, les forêts. Et pas de sorties. C'est pour ça que des peuplades entières d'Indiens d'Amazonie arriveront jamais à se faire découvrir que par des équipes de cinéastes aventureux qui ne pourront jamais revenir faire développer leurs films.

Dans les forêts de Touraine, il n'y a aucune peuplade humaine.

Mais alors, cette cabane ?

Cette cabane, hein ?

Une cabane en planches. Une cabane avec une fenêtre, une porte qui ferme en lui donnant de grands coups de pied. Avec pas de papier sur les murs, que de la terre par terre, mais avec une table en vieilles caisses avec une bouteille de bière vide dessus et une boîte en fer rouillée vide et sans couvercle. Avec un banc aussi en vieilles caisses et de la paille en tas dans un coin. Avec, sur un des murs, une planche de travers avec, dessus, des pommes toutes ratatinées plus mangeables et une casquette d'ouvrier pauvre pleine de trous.

Qui c'est qui a pu la construire, cette cabane de forêt qui, depuis deux jours, est devenue la cabane à Manu ? Et à Pilipili.

Pas à Toufou.

Toufou, ça aura été sa cabane qu'un jour et une nuit. Toufou il fait plus partie de la troupe. Il a a été foutu dehors de la cabane quand Manu a découvert qu'il avait mangé tous les vivres, tout le saucisson, tout le pain, tous les sablés en arrivant à ouvrir en cachette le panier à Pilipili.

Il a fait ça, Toufou. Ça.

Et ça l'a entraîné dans de ces conséquences, ce judas de chien jaune.

Dans de ces conséquences.

Il a passé au moins toute une journée à tourner autour de la cabane en faisant des aboiements de chien enragé. Ça a duré duré. Et tout d'un coup on l'a plus entendu.

Qu'il aille crever où il veut !

Au moins, maintenant, Manu peut faire ses besoins plus gros que pipi dans de la campagne sans un sale con de chien judas en train de le regarder.

Et il sera plus tranquille avec seulement Pilipili pour mourir.

Parce qu'il va mourir.

Qu'il allait mourir, c'était décidé par le doigt de Dieu. Mais Manu pouvait pas savoir comment ça lui arriverait. Grâce à la saloperie de Toufou, c'est devenu tout simple. C'est de faim qu'il va mourir.

De faim et sans le père Sansonnet ni aucun autre aumônier pour lui faire une extrême-onction. Mais on peut s'en passer. C'est pas obligatoire pour aller s'asseoir autour du Seigneur. C'est pas obligatoire mais on se retrouve avec tous ses péchés mortels pas pardonnés donc sûrement pas à la droite.

Les péchés mortels étant d'avoir fait des choses comme tuer son prochain, voler son prochain, convoiter la femme de son prochain, et autres dégueulasseries graves. Manu doit pas en avoir fait tant que ça. Il y a bien sûr le pain, le saucisson, les sardines, les sablés. Mais c'était une petite quantité qui tenait dans un panier à chat avec un chat dedans. Il y a aussi qu'il est pas baptisé. Et qu'il a menti souvent à son prochain.

Les mots sales qu'il dit tout le temps doivent être véniels. La gourmandise de sucreries aussi. Et de pas ranger ses affaires. De faire l'idiot en classe.

Ça lui plaît pas du tout de mourir. Surtout de faim avec la faim qu'il a justement. Une de ces faims. Il pense à du chocolat, à des hamburgers sans leurs oignons, à de la quiche, à des omelettes pas purulentes, à de la mayonnaise. Aux dîners rien que de gourmandises de maman Dora. Des dîners que de gâteaux. Ou que de bêtises tenant pas au corps comme des crackers, des olives, des petits fromages à apéritif, des amuse-gueules, des croque-monsieur qu'elle laissait toujours brûler mais c'était encore meilleur. Des dîners bons à vous en écœurer qu'elle improvisait sur la moquette du living en regardant la télé les soirs où elle en avait trop sa claque pour se mettre à faire de la tambouille. Des dîners qu'avec ses doigts, qu'on allait jusqu'à tremper dans les pots de Fjord ou de confitures.

Elle en est peut-être sortie maintenant de son sommeil réparateur. Elle doit se demander où est son garçon. Non. Elle doit pas se le demander parce qu'elle sait toujours qu'est-ce qu'il est en train de faire et encore plus si c'est des âneries.

Mourir c'est pas des âneries.

Mourir c'est si terrible que maman Dora va mourir de chagrin quand on lui dira que son Manu est mort de faim dans une cabane construite par aucune peuplade, sur un tas de paille.

Qui lui dira ? Si c'est mère Agnès ça sera le mieux. Elle lui dira en douceur avec des paroles consolantes.

Mais mère Agnès comment elle le saura, elle ?

Si personne vient jamais dans la cabane, qui c'est qui trouvera le squelette ? Un squelette de mort de faim, ça doit être encore plus squelettique que les autres à cause d'un violent manque de vitamines de calcium.

Les os des squelettes sont retenus les uns avec les autres par le corps dans lequel ils sont. Mais, une fois le corps mangé par des vers, qu'est-ce qui les retient les uns avec les autres, les os de squelettes ? Au jardin des Plantes, ceux des squelettes des animaux préhistoriques géants sont attachés les uns aux autres par des fils de fer, des crochets. Mais les os de son squelette à lui ?

C'est en train de se mettre à devenir pire que dans la forêt, pire que pour arriver à s'endormir sur de la paille de cabane, cette nuit, avec un oiseau qui faisait dehors pas loin des cris horribles de corbeau ou d'hibou.

Manu s'arrête de respirer. Puis il se respire une main. Elle sent que la main. Elle sent pas l'odeur de sainteté dont lui a parlé mère Rita à propos des deux mères de la deux-chevaux. Pour arriver à mourir en odeur de sainteté, doit falloir...

Il arrive même plus à prier.

A la clinique, avec tous les saints qu'il y avait partout, c'était pas dur. Mais dans cette cabane...

Mourir, ça veut dire qu'on ira jamais en Amérique, qu'on ne montera pas de classe, qu'on deviendra rien. Même pas ingénieur EDF. Qu'on aura tout ce qu'est pas son âme mangé par des vers répugnants. Et grouillants.

A moins d'être naturalisé. Et ravivé de temps en temps avec le produit spécial en bombe acheté rue du Bac.

— C'est comment d'être mort, Pilipili ? C'est comment ?

Manu a la trouille. Une de ces trouilles.

Il est arrivé à des gens de mourir de faim après

s'être mangé les doigts un par un et puis la main et les jambes. Sur des radeaux de la Méduse. Dans des jungles.

Le mieux qu'il aurait à faire — vraiment le mieux — ça serait de se dégonfler. De s'en aller de cette cabane et de retourner à Sainte-Marie.

Ça serait lâche. Mais quand on a déjà fait presque mourir sa maman au Valium est-ce qu'on a le droit de la faire mourir exprès de chagrin ?

Jésus-Christ en faisant exprès de se laisser crucifier, il l'a pas flanquée dans un cafard inflytoxable, sa mère ?

Il aurait eu l'air malin, Jésus-Christ, si elle avait avalé des Valium de l'époque, la Vierge Marie.

Se laisser mourir exprès quand on n'a aucune idée de comment s'y prendre pour ressusciter le troisième jour, aucun fils a le droit de le faire. Même si sa maman lui a fait des craques épouvantables et qu'elle a fait l'amoureuse avec autant d'hommes que l'a dit Joëlle.

Manu n'a pas le droit. Pas le droit. Il va manger les pommes ratatinées immangeables qui sont sur la planche.

Après il mourra de faim. Mais pas exprès. Il mourra tué de faim par le doigt de Dieu.

De faim ou de coliques, de diarrhées. Parce que les pommes ratatinées de la planche...

Le vinaigre d'éponge de Jésus-Christ il pouvait pas être plus acide, plus...

Merde ! On tape sur la porte de la cabane. On tape des grands coups de poing ou de pied pour l'ouvrir.

Les gendarmes ?

Non.

Un garçon. Avec des jeans comme Manu. Des baskets comme Manu. Et un sac en plastique à la main. Un sac publicitaire pour des biscottes.

— Qu'est-ce que tu fiches dans ma cabane, toi ?

— C'est ta cabane à toi ?

— Pas tout le temps. Mais quand j'ai besoin d'une cabane, c'est ma cabane. Pourquoi t'es dans ma paille ? T'es malade ?

— Je vais mourir de faim.

— Pourquoi ? T'es d'une famille économiquement faible ?

— Non. Je suis pas d'une famille économiquement faible.

— Moi, mon père il est patron. Il est riche. Il a deux Ferrari et une Mercedes. C'est quoi ton nom ?

— Manu.

— Moi c'est Mathieu. C'est quoi, ce panier ?

— Faut pas l'ouvrir. C'est mon chat.

— Il me grifferait ?

— Non. Il est mort. Et empaillé.

— C'est un cadavre alors ?

— C'est mon chat mort.

— Et tu le promènes avec toi ? C'est un Levi's, ton jean ?

— Oui. C'en est un.

— Moi c'est un Wrangler. C'est les seuls qui te rentrent pas dans la raie des fesses.

— Il me rentre pas, le mien.

— C'est à toi les sardines ?

— Oui. Mais j'ai pas de clef.

— Si tu m'en donnes, j'ai mon couteau suisse. Tu peux tout ouvrir avec. Et te curer les ongles. Et percer des trous.

— C'est un couteau scout ?

— Etre scout c'est minable. Faut se laisser faire des papouillettes par les cheftaines.

— C'est quoi des papouillettes ?

— C'est une punition scoute. Ma première fugue

c'est pour pas y aller, chez les scouts, que je l'ai faite. T'es en train d'en faire une, toi ?

— Non.

— Moi, c'est ma quatrième.

— Tu t'en vas où ?

— On peut pas savoir. Ma deuxième je l'ai faite jusqu'à la frontière espagnole. Dans un camion. Sept cents kilomètres dans des choux-fleurs. J'étais planqué dedans. Dans des cageots. Et j'en mangeais. Crus.

— Comment tu fais pour monter dans des camions ?

— Tu fais ça là où y a des restaurants de routiers. Pendant qu'ils sont arrêtés pour manger. Tu te glisses dans un bahut. Et tu fais le mort. Dans le noir. Longtemps. Faut pas qu'ils te trouvent. Tu sais pas où ils vont. Tu peux te retrouver en Espagne, en Angleterre, en Afrique du Nord. Une fois, un routier a voulu m'estourbir avec son cric. Il avait des tatouages même dans le dedans des mains. J'ouvre une boîte.

— Si tu veux.

— Sans couteau suisse, une fugue, c'est rare que ça foire pas. C'est pas une marque de sardines connues. C'est des sardines volées ?

— Oui. Je les ai prises.

— Dans un supermarché ?

— Non. Pas dans un supermarché.

— Je m'en fous que tu me dises pas où. Moi, j'aime mieux le thon. Le thon, c'est des boîtes rondes. Ça s'ouvre mieux. Qu'est-ce qu'elles sont huileuses. A la tomate, faut les prendre.

— C'est vrai que c'est ta quatrième, de fugue ?

— J'en fais quand j'ai des raisons.

— C'est quoi comme raisons ?

— Tu sais ce que j'ai fait tout à l'heure ? J'ai tué une fille. Une fille de treize ans. Nicole Chaumier, si tu veux le savoir.

— T'as pas tué une fille. C'est des craques.
— Tu verras bien dans les journaux demain.
— Comment t'aurais fait, d'abord ?
— Ça te regarde ?
— Non.
— Faudrait du pain. Ça serait du thon... Mais les sardines. Faut du pain et du beurre avec les sardines.
— J'en avais un, de pain. Mon chien l'a bouffé. Je l'ai viré.
— C'était aussi un chien empaillé ?
— Non. Il était vivant. C'était Toufou. Un yellow jaune. Tu l'aurais tuée comment, la fille de treize ans ?
— Je l'ai poussée dans la Loire.
— Elle savait pas nager à treize ans ?
— Si. Mais je l'avais étranglée. Et je lui ai mis des pierres dans ses poches pour qu'elle coule au fond et qu'elle remonte pas.
— Je te crois pas.
— Tu crois ce que tu veux. Je fais ça parce que je suis un enfant caractériel. C'est une maladie dans mon sang. Je pourrais te sauter dessus et t'étrangler toi aussi. Je le fais pas parce que je suis pas en crise. T'en as fait combien des fugues, toi ?
— J'en ai fait aucune. C'est ma première. Comment tu le sais quand t'es en crise ?
— J'ai mon sang qui devient brûlant. Et mon cœur qui se met à battre à trois cents.
— A trois cents ?
— Oui. Ça te dérange ? Tu sais trouver le nord sans boussole ?
— Non. Comment faut faire ?
— Suffit qu'il fasse nuit et que tu saches reconnaître la Grande Ourse, la Petite, l'étoile du Berger. T'es d'où ? Dc Tours ?
— Non. De Paris.
— Dans le quinzième ?

— Dans le septième.
— Tu sais faire du stop ?
— J'en ai jamais fait. Pas encore.
— Toi, ta fugue, tu vas la louper. T'as de l'argent ?
— J'ai cinquante-neuf francs.
— Tu me les donnes et je te prends avec moi. Ça marche ?
— Tu me montreras pour monter dans le camion ?
— Tu me donnes tes cinquante-neuf francs et tu verras bien.
— Et si je te les donne et qu'après...
— Garde-les. J'en veux pas.
— Si. Tiens. La fille dans la Loire, c'était qui ?
— Nicole ? C'est ma cousine. Ma petite sœur Christine, c'est avec ce couteau que je l'ai tuée. Je l'ai saignée comme un cochon. Qu'est-ce qu'elle a crié.
— T'es un criminel alors ?
— Oui. Un criminel. Je tue des bêtes aussi. Des moutons. C'est chié, hein ? Tu trouves pas que c'est chié ?
— Si. Je trouve que c'est chié.
Manu trouve pas ça chié du tout. C'est pas de faim qu'il va mourir. C'est d'être saigné ou étranglé par un Mathieu caractériel qui a deux ans de plus que lui à tout casser. Ça se voit même pas qu'il est caractériel. Quand son sang se met pas à être brûlant, quand il est chaud comme du sang normal comme en ce moment, il a l'air d'un garçon comme les autres. C'est ça l'effrayant. Manu a plus qu'une idée : pas rester dans cette cabane avec ce dangereux.
— Si on s'en allait maintenant ?
— Faut attendre l'heure où les routiers vont dans leurs restaurants.
— Mathieu.
— Quoi ?

— Si ton sang il commence à chauffer, tu voudras pas me le dire, que je puisse me sauver ?

— Si je peux, je veux bien. Mais faudra te sauver à toute vitesse. Quand ça me prend...

— Ça te rend malheureux d'être caractériel ?

— Pendant que je tue, non. C'est amusant. C'est le traitement qu'est dur. Ils me font des piqûres dans la tête.

— Dans la tête ?

— Dans le cerveau. Dans une certaine partie du cerveau. Moi je sais où. Dans les lobes. Une aiguille longue comme ça, ils m'enfoncent. Longue comme ça. Quand ils te la rentrent, tu saignes du pus. Pas du sang. Du pus de cerveau. C'est là. Touche.

— C'est de l'os.

— L'os de la tempe. Il faut deux infirmiers pour me tenir. Des brutes. C'est une maladie qui vient de mon grand-père qui a vécu dans les colonies. Il a attrapé un microbe inconnu ici.

Manu en a des frissons.

On peut peut-être le devenir en mangeant des sardines de la même boîte, caractériel.

— Des piqûres, on t'en fait souvent ?

— Une par semaine. Un jour, l'aiguille s'est cassée. T'aurais vu leurs têtes. Ils ont dû me faire une trépanation. Ça se voit pas avec mes cheveux. Mais quand j'étais rasé...

— Ils t'avaient rasé ?

— La boule à zéro. T'as jamais été trépané ?

— Non.

— On t'ouvre de là à là. Ma maladie, c'est une des maladies qu'ils aiment le moins, les docteurs, parce que y a le risque, s'ils poussent trop fort l'aiguille, d'arriver à l'œil.

— A l'œil ?

L'aiguille longue comme ça arrivant dans l'œil par

l'intérieur de l'os du crâne, c'est trop. D'autant que l'os du crâne de Mathieu, il vient de le toucher avec son doigt. C'est pas compliqué : Manu va vomir. Il peut pas voir qu'il est blanc comme un Kleenex. Mais il peut pas se retenir. Il vomit, pas grand-chose à cause de la saloperie de Toufou, mais tout de même, il vomit.

— T'es pas dégoûtant, toi ! Un peu plus, c'était sur mon Wrangler.

— Je l'ai pas fait exprès.

Manu a un sale goût dans la bouche et pas de dentifrice, pas de brosse, pas de bonbon à sucer. Rien. Et, plus chiant que le sale goût dans la bouche : honte, il a.

— J'ai pas fait exprès.

— On fait pas exprès de vomir. Mais fuguer avec une poupougne qui...

— Je suis pas une poupougne.

— T'es trop petit. C'est pareil.

— Je suis pas trop petit. J'ai volé des vivres aux bonnes sœurs. J'ai dormi tout seul toute la nuit. J'ai chassé Toufou de la cabane. Je l'ai laissé gueuler. J'ai pas eu pitié.

— Je peux pas te prendre avec moi. Non.

— Fais pas la vache. Je le ferai plus de vomir. Je le jure.

— Et si on tombe sur les flics ? Tu feras quoi ? A ma troisième fugue, ils ont pas arrêté de me courir après. J'avais mon portrait-robot diffusé dans toutes les gendarmeries. Non. Je te prends pas avec moi. Salut.

— Je te donnerai mon blouson.

— Il m'intéresse pas ton blouson. Et fuguer ça se fait tout seul. Ma deuxième fugue, je me suis fait piquer à cause d'un petit miteux comme toi. Il m'avait juré lui aussi. Il se taillait parce que son père était alcoolique à la bière et lui foutait des châtaignes à le démolir. J'ai eu pitié. Faut pas. Je lui ai montré pour monter dans les camions. Je lui ai montré toutes les combines. Et, de sa faute, je me suis retrouvé dans une prison en Hollande. En haute sécurité. Avec des drogués qui voulaient me violer. Tu vois ce que ça peut être d'être violé par des drogués ? Sans ce miteux, j'aurais embarqué sur un cargo et je serais en Amérique du Sud. Si je t'emmène, tu vas vouloir emmener ton cadavre de chat en plus ?

— T'aurais fait quoi en Amérique du Sud ?

— Là-bas, suffit de parler le portugais. Si tu parles le portugais, tu peux gagner largement de quoi vivre en cirant des chaussures ou en vendant de la drogue. T'as des garçons plus petits que toi qui se font des fortunes avec la drogue là-bas.

— Tu le parles le portugais ?

— Oui. Ça te dérange ?

— Non. C'est long à apprendre ?

— Pas plus que le hollandais.

— Tu le parles aussi ?

— Il va m'être trop court des manches ton blouson. Fais-le voir.

Il est trop court de partout. Mais Mathieu le garde quand même. Avec tout ce qu'il y a dans les poches.

— Mon répondeur tu me le laisses.

— Il te servira à quoi ?

— Pour appeler à la maison.

— Si t'es en Italie ou en Espagne... Un camion tu peux pas savoir où il va. Et le blouson, c'était avec tout ce qu'il y a dans les poches. Si t'es pas d'accord...

— Je suis d'accord. On y va maintenant ?

— En plein jour ?

Il faut attendre la nuit. Au moins l'heure où les routiers stoppent leurs bahuts le temps de se caler les joues dans les restaurants à eux. En attendant, Mathieu lit un livre qu'il a dans son sac en plastique.

Un polar de la Série Noire. Bien installé sur le banc. Il lit tranquillement en mouillant bien son doigt pour tourner les pages. Et ça a l'air de bien l'intéresser, son livre.

Et Manu est debout. Il peut même pas se mettre sur la paille qui est sale de vomi. Il est debout et il a froid sans son blouson. Et ça le fait trembler d'avoir froid. Ça le fait trembler aussi d'être avec Mathieu dont le sang peut se mettre à devenir chaud sans prévenir. Ça serait mieux si Mathieu lui parlait. Mais il est tout dans son livre. Et Manu s'emmerde à dix francs de l'heure. Et il a un goût de vomi et de sardines. Et des pensées en pagaille. Dont une surtout : c'est bien, c'est très bien de pas mourir de faim dans cette cabane, mais il va devenir quoi en descendant — impossible de savoir où — du camion dans lequel Mathieu va le faire monter ? Cirer des chaussures en Amérique du Sud, est-ce que c'est vraiment une situation d'avenir ? Pour ce qui est de se faire une fortune en vendant de la drogue... Il arrive pas à se faire une idée, même pas nette du tout, de combien elle peut être, la fortune. Ni en quelle monnaie. Ni du temps qu'il faut pour apprendre suffisamment de portugais pour... Et si c'est en Allemagne, en Angleterre, aux Indes, qu'il se retrouve en descendant du camion ? Et les flics ? Est-ce que si on fugue sans avoir tué, on a aussi son portrait-robot dans toutes les gendarmeries ?

Il entend un cri à un moment. C'est pas la voix de Toufou. Ça serait plutôt comme une voix d'âne ou de cheval. Mais c'est de très loin que ça vient. De si loin qu'on peut confondre. Et Toufou peut s'être inventé un nouveau cri. Un cri de malheur de chien chassé. Il peut même s'être éraillé sa voix à tant hurler en tournant autour de la cabane. Il a été dégueulasse avec Toufou. Il aurait pu juste le battre violemment. Le punir cruellement et pas le chasser. Ce qu'il a fait c'est salaud comme de l'avoir tué. Ça arrive que des chiens ou des chats soient tellement malheureux d'être chassés qu'ils se laissent mourir dans un fossé. On en retrouve tout froids, glacés, l'œil vitreux. Ça leur arrive aussi d'être abattus par des chasseurs qui les prennent pour du gibier. Ou d'être assommés à coups de bâton par des paysans saouls comme des cochons et brutaux. Ou ramassés par la fourrière et d'être piqués. Ou d'être pris par des maîtres qui les battent, leur donnent rien à manger et s'en font des souffre-douleur.

— Où tu vas ?

— Voir si c'est pas Toufou.

— Parce que ton chien, il hennit comme un cheval ?

— Je vais voir quand même.

— Si ça t'amuse. Mais vas-y à quatre pattes. Va pas nous faire repérer. Si t'y vas, tu rampes.

Encore un truc sympa, de ramper. Parce que, par terre, à la campagne, c'est que de la terre bouillasseuse, des saletés de toute sorte, des cacas d'animaux, de l'ortie, du chardon, des cailloux, des bestioles. Et si tu rampes, tu vois que ce que sur quoi tu rampes. Et sans blouson, ça y va les écorchures aux bras. Et c'est pas du bon côté qu'il rampe. Plus il rampe moins il l'entend, le cri peut-être de Toufou et en plus il en entend d'autres qui l'embrouillent.

Le cri qu'il cherche doit venir plutôt du côté où il rampe pas. Alors il change de côté. C'est la chiotte. Manu se sent comme un Marine's de l'armée de guerre américaine. Dans le début de l'entraînement. Quand le Marine's apprenti en chie tellement que ça arrive qu'il en crève avec un adjudant des Marines qui défend à ses copains de le secourir et qui lui dit des insultes très grossières en ricanant.

Pour finir, c'est pas Toufou. C'est un gros abruti de cheval qui crie comme un cheval qui tourne en rond sur de l'herbe entourée de barbelés auxquels Manu s'arrache tout le devant de son tee-shirt.

Au-dessus du cheval, il y a un ciel avec plein de nuages imitant des animaux mous.

Et, au-dessus des nuages, sûrement Dieu avec tous les morts de l'éternité assis de tous ses côtés.

Si Dieu est invisible (mère Agnès a affirmé à Manu qu'il sera invisible quand on le verra), comment on peut reconnaître sa droite de sa gauche quand il vous dit de vous asseoir ?

Manu est à plat-ventre sur de l'herbe, le nez dedans, à au moins dix mètres du cheval à cause des ruades qui sont très à craindre et il a plus envie de bouger de là. Il sent des choses qui lui marchent sur une de ses mains. Des fourmis ? De la vermine de campagne ?

Quelle connerie, la campagne. Quelle connerie tout ce qui lui arrive.

Il aurait jamais dû aller avec Grand dans la roulotte de broc. C'est d'être parti pour rapporter à Lille son baisenville en vuitton à maman Dora qui a tout déclenché. Tout.

Toutes les conséquences.

Dans la vie, depuis l'invention du péché, tout s'enchaîne. Toujours.

Avoir chassé Toufou sans microbe, c'est plus grave que de tuer des cousines Nicole, des sœurs Christine parce qu'on peut pas faire autrement à cause d'un microbe ramené des colonies par des grands-pères.

Il a peut-être aussi un microbe, lui.

Lequel ?

Un microbe encore plus hypocrite que celui de Mathieu puisqu'il le prévient pas en lui faisant chauffer son sang et battre son cœur à trois cents.

Etre possédé ça doit être ça.

Si le Seigneur était aussi infiniment bon que le croient les mères à Sainte-Marie, il ferait mourir tout de suite Manu là, le nez dans l'herbe avec des bêtes — de plus en plus — qui lui marchent sur une main et le bras.

Il lui demanderait bien, lui, au Seigneur créateur, de le faire mourir. Mais il ose pas. Ou alors c'est qu'il a peur.

Il a peut-être raison, le Mathieu caractériel qui tue, quand il lui dit qu'il est trop petit.

Maman Dora l'appelle souvent son tout petit petit et elle lui prend sa tête et elle se l'enfonce dans sa poitrine. Et Manu veut pas être tout petit mais il veut bien l'être quand même juste pour maman Dora dans ces moments-là.

Pourquoi il faut absolument que ça soit fini avec elle ?

Ils étaient bien, tous les deux, avant toutes ces conséquences.

Il n'y a que maman Dora qui pourrait le consoler d'être fâché.

Vous savez ce qu'il se met à faire, Manu ? Le nez dans l'herbe, les yeux fermés, il se met à lui demander pardon, à maman Dora. Et pardon à Toufou, pardon à mère Agnès, et à mère Rita, et à Grand, et à Nadine (pour les cigarettes Winston et les allumettes), et à Jean-Luc et à Gisou et à leur débile de fils qui est son demi-frère et à ce prof qu'ils appellent derrière son dos le bossu avec les crapulos de l'école et qui l'est pas vraiment, et à Pilipili qu'il a beaucoup agacé quand il était pas encore un chat mort, et à Véronique, et à d'autres petites filles à qui il a fait des crasses, à...

Tous ces pardons qu'il se met à demander !

Il a du temps devant lui avant qu'il fasse assez nuit pour que les chauffeurs de camions aillent manger dans leurs restaurants de chauffeurs, alors il en profite. Il demande pardon à un rouquin dont il a même jamais su le nom à qui il a fait un croche-pied en vacances à Lacanau-Océan, pardon à tous les conducteurs des autobus dans lesquels il est monté sans ticket, pardon à Jules Verne de s'être fait chier en lisant son livre *De la terre à la lune* et de l'avoir pas fini de lire, pardon à Pilipili de l'avoir sorti du placard « vrai cimetière » pour l'emmener dans une ville où des délinquants ont ciré leurs boots avec lui, pardon à un clochard sûrement très économiquement faible à qui il a répondu rue de Grenelle qu'il avait pas un franc alors qu'il avait un franc, pardon à madame Rabanès la gardienne de la trouver laide, pardon à...

L'intérêt de l'opération, c'est qu'au bout du compte — et pour Jésus-Christ ça a dû être pareil — Manu se sent meilleur et bien dispos, fin prêt pour le grand départ. Et que le camion que va trouver Mathieu aille où il veut. Ça peut bien être derrière le rideau de fer ou dans un pays sans télé. Et une fois là-bas, Manu se fera pas une fortune avec de la drogue. Sûrement pas. Il mènera une vie exemplaire. Il se nourrira de petits bouts de pain dur sec, de restes, de rognures, d'épluchures, de manger qui sera à peine de la nourriture. Il portera que des habits usés. Il aura peut-être pas de chaussures si ça se trouve. Il s'en fout. Il travaillera dur comme les esclaves du temps où il y en avait. Et il fera qu'être gentil avec tout le monde et il donnera le microbe de la gentillesse à tout le monde. Voilà ce qu'il fera.

C'est beau à en pleurer ce qu'il va faire. Alors il en pleure. Et c'est des larmes douces comme de s'enfouir le museau dans la poitrine de maman Dora.

Dieu est tellement infiniment bon — au-dessus des nuages, là-haut — qu'il a entendu très bien Manu et qu'il vient de lui faire comprendre qu'entre eux deux c'est comme s'ils venaient de signer une sorte de pacte.

Du pays où le camion l'aura emmené, Manu écrira

une lettre de six ou sept pages à maman Dora pour lui dire la vie exemplaire qu'il vivra.

Et elle sera heureuse, heureuse.

Même retourner à la cabane en rampant est un vrai plaisir, maintenant. Et si l'autre malade du sang veut le tuer, qu'il se gêne surtout pas. Manu lui pardonnera de le tuer en lui tendant l'autre joue.

— Je croyais que tu reviendrais pas.

— Je suis revenu. On y va ?

— On y va. Mais si t'as peur...

— J'aurai plus jamais peur.

— Alors go !

— C'est du portugais, « go » ?

— C'est du chinetoque. Tu veux vraiment t'encombrer de ton panier et de ton cadavre de chat ?

— Pilipili il ira partout où j'irai.

— Le bébé veut pas se séparer de son nounours.

— Je te chie au nez, Mathieu !

— Ça prouve que t'es une poupougne malpolie. Ça prouve que ça.

Même par des chemins sans risque que connaît Mathieu, c'est pas trop loin le restaurant de camionneurs. Ça s'appelle « CHEZ L'AMI JO ». Ça sent la soupe. Il y a des lumières. Autour il y a une vingtaine de camions.

— Tu veux toujours partir ?

— Oui. Je veux toujours. On va dans lequel de camion ?

— Dans celui qu'on pourra. Alors, tu te fais oublier, et tu me laisses inspecter. C'est que les bahuts

Les bahuts, suffit pas de vouloir entrer dedans sans se faire poirer. Faut d'abord pouvoir entrer dedans. Sur la vingtaine qui sont là, il y en a que trois de possibles, de pas bouclés comme des coffres-forts. Un plus grand qu'un wagon de métro avec des plaques d'immatriculation que Mathieu trouve suédoises. Et deux dans les quinze tonnes. Un rouge tout propre tout neuf. Et un qui a l'air de revenir de faire la guerre de Cent Ans tellement il est cabossé, éraflé, cradingue.

— C'est celui-là.

— Il est pas trop déglingué pour faire de la route ?

— Je te dis que c'est le bon. Tiens... la porte de la cabine est même pas fermée. Suffit de... Tu grimpes ?

— Tu grimpes, toi ?

— Toi le premier. Moi je regarde que personne vienne. Pour pas avoir fermé, ils sont peut-être juste allés boire un coup. Faut pas traîner. Grimpe sur le siège. Vite. Ecarte le rideau.

— Celui-là ?

— Bien sûr, celui-là. Y en a pas d'autres. Accroche-toi à la couchette. Fais une traction. Tu y arrives ?

— J'y arrive. Mais...

— Y a une trappe ?

— On dirait. Oui. Y en a une.

— Tu l'ouvres. T'arrives à l'ouvrir ?

— Attends. J'y arrive un peu. Mais c'est dur.

— Ou elle est fermée ou elle l'est pas. Tire. Pousse.

— Ça s'écarte.

— Tu vois dedans ?

— Oui. Je vois que je vois rien. C'est tout noir. On dirait qu'y a des caisses. Très hautes.

— T'as plus qu'à te glisser par la trappe.

— Tu veux dire entrer là-dedans ? Dans les caisses ?

— T'as peur ?

— Non. Je me glisse.

— Fais attention de pas te casser une patte en arrivant. Ça va ? T'es dans le noir ?

— Oui. J'y suis.

— Génial ! Maintenant, tu te glisses le plus au fond du camion que tu peux. Et tu te planques. Et tu tousses pas. T'énernues pas. Tu respires le moins fort que tu peux. Et t'attends dans le noir. T'attends sans manger pendant des heures et des heures. Et, au bout des heures et des heures, t'as toutes les chances de te faire gauler et tabasser et... T'es vraiment le plus petit con de tous les petits cons, Manu.

— Pourquoi tu me dis ça ? Pourquoi tu viens pas vite toi aussi ?

— Pourquoi ? Parce que t'es qu'un minable qui gobe n'importe quoi.

— Je gobe pas n'importe quoi.

— Tu gobes pas ? T'as pas gobé que j'ai une maladie du sang ? T'as pas gobé qu'on me plante des aiguilles dans le crâne ? T'as pas gobé que je tue des filles en les poussant dans la Loire ? Des fugues, j'en ai jamais fait. Et jamais j'en ferai. Je suis premier de ma classe. Et le portugais, j'en sais pas un mot. Même les voitures de mon père, tu les as gobées. C'est une Renault qu'il a. D'occasion. Et il est pas riche. Et moi je vais rentrer manger à la maison, et toi tu vas te retrouver emporté dans le noir, personne saura jamais où.

— C'est pas vrai. Je vais pas...

— Si. C'est ce qui va t'arriver. Pour t'apprendre à tout gober.

— Je veux pas ! Je veux pas ! Je veux que tu me fasses sortir du camion. Je...

20

Mère Agnès non.

Mais mère Rita si.

Elle, elle lui en avait parlé. Et pas qu'une fois. Et en s'énervant, en faisant la grosse voix, en se mettant à avoir les yeux tout ronds et en agitant dans tous les sens ses mains usées par les vaisselles, les séances d'épluchage, ses mains toujours armées de couteaux économiques ou pas économiques.

Elle en avait parlé à Manu comme d'une créature qui en était à peine une (créature) et qui n'avait qu'un seul but, un seul, mettre des bâtons dans les roues du bon Dieu.

Parce que le bon Dieu avait des roues ?

La question n'était pas là. La question c'était que ce mauvais...

Elle disait ce mauvais ou ce malintentionné ou encore — et c'était le plus gros des mots de mère Rita — ce cochon. C'est qu'elle le craignait tant qu'elle se refusait à prononcer son vrai nom : Satan. Même diable, elle aimait pas le dire, même démon, même esprit du mal. Et encore moins l'appeler le Malin. Et pourtant il l'était. Et il existait. Aussi sûrement que le bon Dieu il existait. Ça oui alors !

Le Malin ! Une cochonnerie de cochon que le Tout-Puissant aurait pu réduire en chair à pâtée d'une chiquenaude mais qu'il réduisait pas pour des raisons qui échappaient complètement à mère Rita. Complètement. Mais c'était comme ça. Et chercher à comprendre le pourquoi de ce comme ça c'était lui faire son jeu à ce cochon de diable des enfers. Alors...

Naturellement, ce malfaisant de première classe était d'une laideur à vous clouer sur place. Qui le voyait en mourait de frayeur. Mais comme qui le voyait était déjà mort, c'était un peu supportable. Vivant, on pouvait le voir aussi. Mais vu qu'il était un as du déguisement, on savait pas que c'était lui qu'on voyait. En n'importe qui il pouvait se déguiser. On savait (de source sûre !) qu'il avait fait ses débuts dans la peau d'un serpent en peau de serpent si véritable qu'Adam et surtout Eve avaient bavardé avec lui comme ils auraient bavardé avec n'importe quel serpent. Pour leur malheur. Et celui de toute la famille qu'ils avaient eue par sa faute. Après il s'était déguisé en déluge, en Ponce Pilate, en un Hun barbare du temps où la barbarie était un job dévastateur réservé seulement aux barbares. Il s'était déguisé en Sarrazin arabe, en ennemi. Absolument : dès qu'éclatait une guerre, c'était lui, l'ennemi. Duquel des deux côtés ? Du côté de l'ennemi ! Mais alors ça pouvait changer, si on était Français ou Allemand, Japonais ou Américain ? Oui. Ça pouvait changer. Avec ce gangster fallait s'attendre à ne jamais pouvoir s'y retrouver. La preuve : il s'était déguisé en Adolf Hitler pendant la Seconde Guerre mondiale et en Joseph Staline en même temps ! Et il continuait à se déguiser en tout ce qu'il voulait. Aussi bien en criminel qui tuait des vieilles dames impotentes pour leur voler leurs maigres économies, qu'en communiste chinois ou en syndicaliste.

Ce qu'il pouvait faire, ce monstre... Mère Rita préférait ne pas donner de détails. D'ailleurs elle les connaissait pas tous. Mais elle savait combien il était fripouillard et habile. Un exemple : il sentait mauvais le soufre. Mais il se parfumait à la rose ou à la fleur d'oranger comme les crêpes pour tromper son monde. Et — c'était sa fourberie suprême — il était capable de se faire une bonne tête et d'entrer dans un café et de bavarder tranquillement avec des gens qui étaient là et se méfiaient pas et buvaient ses paroles mielleuses en même temps que leurs consommations et ce cochon de cochon parvenait à rendre un innocent buveur d'eau minérale ou de jus de fruits alcoolique invétéré. En joueur de cartes, tant qu'il y était. Les révolutions françaises et autres c'était lui. Et les épidémies, les hold-up dans les banques, les déraillements de trains, les orages, la grêle...

Tout le désagréable, le pas bien, le pas bon, c'était lui.

Que d'y penser elle en devenait couleur de tomate, mère Rita.

C'était lui l'asticot dans le fromage, lui le cheveu dans la soupe.

Elle en était arrivée à se fourrer dans la tête qu'il était encore plus partout que Dieu.

Et chaque mouche qu'elle estourbissait d'un vigoureux coup de louche ou de balayette était, pour mère Rita, autant de pris par cet infatigable ennemi du Bien.

C'était à cause de lui qu'elle ne dormait jamais que d'un œil. A cause de lui qu'elle usait plus de chapelets qu'aucune des autres mères de Sainte-Marie.

A cause de lui que ses mayonnaises tournaient, que...

Manu l'avait écoutée, mère Rita, parlant du Malin. Ecoutée mais pas crue. L'entendre parler de ce super-caïd du crime, c'était comme de regarder un Dracula. Ça faisait peur et rire en même temps. Peur et rire.

Mais un peu plus rire que peur. Son démon de Satan (qui pouvait aussi des fois s'appeler Lucifer), à la mère Rita, avec sa longue queue rouge fourchue, ses cornes cornues et ses flammes qui lui sortaient de la bouche quand il se déguisait pas en paisible promeneur comme on en rencontre dans toutes les rues, il avait l'air d'une blague, d'un fantôme de train fantôme, il était pas plus vrai que le père Noël.

Il était pas vrai dans la cuisine de Sainte-Marie. Mais... dans le noir du camion...

Dans le noir du camion, après que l'infernal Mathieu eut refermé la trappe par laquelle il avait forcé Manu à entrer...

L'infernal Mathieu, oui !

Ça pouvait être que ça.

Que ça.

Ce qui se passait était tellement horriblement épouvantable qu'il a compris que c'était un coup du diable de mère Rita. Du malin ! De ce cochon de Malin qui lui tournicotait autour depuis déjà des heures.

Comment ?

Mais déguisé en Mathieu !

Parce que ce garçon avec son jean tout à fait comme un jean, avec son sac en plastique, comme n'importe quel sac en plastique, à la main, et qui racontait des maladies des colonies très possibles et qui se mettait à dire qu'il avait dit tout ce qu'il avait dit que pour que Manu le gobe et qui l'avait fait entrer par une trappe derrière une couchette de camion et qui...

Et le camion c'était pas en direction de n'importe où qu'il allait rouler. C'était directement en direction de l'enfer où Manu allait éternellement rôtir comme un poulet en compagnie de ce qui se faisait de plus répugnant question salopards depuis que le monde avait été créé.

Et il était dans le noir total, dans des caisses hautes,

avec même pas de lampe électrique, rien à manger, rien que sa trouille tellement grande que c'était bien plus qu'une trouille.

Même pleurer il pouvait pas, il pouvait plus.

Et encore moins prier ou crier au secours.

Son « au secours », qui l'aurait entendu ? Qui ?

Mathieu ! Mathieu qui devait être redevenu tout rouge et avoir retrouvé ses cornes cornues et était au volant du camion, à ricaner avec des dents pointues et à cracher des flammes !

Même crier merde, il en avait pas la force, Manu. Il était plus bon qu'à se laisser emporter, recroquevillé entre deux caisses hautes, ses poings si serrés que ça lui faisait de la sueur dans les mains, respirant comme quand on a trop couru et qu'on va s'étrangler, ne plus retrouver son souffle.

Et il allait respirer tout le peu d'air qu'il y avait. Et alors ?

Quand ça arrivait que le Malin réussisse à être plus puissant que le Tout-Puissant — et ça arrivait ! — le pécheur qui s'était fait piéger avait droit à des conséquences pas pensables. Et auxquelles le pécheur avait aucun, absolument aucun moyen d'échapper. Si seulement une des caisses hautes pouvait lui tomber dessus et l'écraser.

Et Pilipili ? Il était bien tranquille dans le placard-cagibi de l'entrée. Et il se retrouvait dans le camion du Malin lui aussi. En l'emmenant dans son panier à chat, Manu l'avait emmené rôtir avec lui. Même Pilipili alors, il l'avait foutu dans la merde effroyable des conséquences ? Même Pilipili.

Manu desserra un de ses deux poings pour ouvrir — en tremblant — le couvercle du panier et chercher à tâtons le ventre de Pilipili. Son ventre rebondi dodu bien recousu. Son ventre de chat qui allait brûler pendant toute l'éternité. Sa seule oreille aussi elle allait brûler. Cramer.

Est-ce qu'il y a aussi des heures, des jours, des semaines dans l'éternité ?

Manu se sentait comme quand on a de la fièvre. Pas trente-neuf cinq. Ou six. De la fièvre énorme prévue par aucun thermomètre.

Et il a dû finir par s'endormir. Il a dû faire des sommes, des petits morceaux de sommeil pas du tout du tout réparateur. Avec des démons rouges et excessivement fourchus dedans. Des cochons de suppôts du Malin qui le cuisaient à la broche avec des gousses d'ail dans sa viande devenue de la viande de gigot.

Des sommes affreux avec Jean-Luc (et sa conne de femme Gisou) qui lui disaient qu'il avait pas à s'étonner d'en être arrivé où il en était arrivé, qu'à force de faire l'andouille et le chipoteur à table et le désagréable et de faire toutes les farces idiotes qu'il faisait à son demi-frère, il l'avait pas volé, l'enfer et les gousses d'ail.

Des sommes encore plus infernaux, avec maman Dora. Maman Dora toute changée. Maman Dora qui avait un tailleur de soldes Chanel d'un chic absolu et qui buvait de la vodka pour faire passer du saumon avec Pat et Grand et des Anglais et même Mike Hammer avec son chapeau d'enculé, Mike Hammer qui se rinçait l'œil en lorgnant la poitrine devenue grosse et incorrecte de maman Dora, et des types que Manu avait jamais vus qui faisaient à maman Dora (qu'ils appelaient « ma chérie » et « darling ») des baisers sur la bouche. Et elle leur montrait son ventre — son ventre pas habillé — et elle leur disait qu'elle avait pondu un Manu qui était dedans son ventre et qu'elle voulait plus entendre parler de lui parce qu'il était devenu un damné à cause de ses péchés et qu'elle était très contente de plus l'avoir pour lui gâcher sa vie et qu'elle allait enfin pouvoir sortir tous les soirs en moto avec les hommes que s'étaient trouvés en Corse toutes ses meilleures copines et leur faire mettre à eux leurs têtes sur sa poitrine.

Même des cauchemars ça va pas aussi loin.

En émergeant d'un de ces sommes épouvantables, Manu sentit du mouillé.

Il s'était fait un peu pipi dans son jean. Comme quand il était un bébé de moins d'un an et demi. Quelle honte ! Il s'entendit crier. Mais pas très bien à cause du vacarme du camion et de sa gorge qui n'avait plus de force.

Et il se rappela du dirlo de son école qui parlait tout le temps de vacarme infernal. Infernal.

Et il voyait rien puisqu'il était dans le noir et il voyait quand même Mathieu — Mathieu le faux garçon de la cabane — qui lui faisait des très laides grimaces et disait que c'était chié.

Que c'était chié. Et que ça allait être de plus en plus chié.

Et il lui tirait une langue fumante.

Et après ça... (longtemps après ?) il se sentit dinguer contre une caisse. Dinguer si fort qu'il se cogna et eut très mal à la tête. En plus de tout, il devait venir de se faire une bosse. Peut-être une bosse saignante inguérissable.

C'est parce que le camion s'était arrêté brusquement, qu'il avait dingué contre une caisse.

Alors il entendit plus le vacarme infernal.

Il y eut un silence. De mort ? Oui de mort. Un silence de mort avec son cœur qui devait battre à quatre cents. Ou plus. Et il entendit parler dehors. Parler qui ? Mathieu le Malin ? Il parlait avec quelqu'un d'autre. Manu n'a su qu'après que c'était Martin et La-Pipe et pas Mathieu. Ils n'avaient pas de cornes, Martin et La-Pipe, ils n'étaient pas tout rouges, ils ne ressemblaient pas aux diables des livres ni à ceux de mère Rita. Surtout Martin avec son bonnet à pompon en laine tricotée et sa moustachette grise.

Il était drôlement réussi son déguisement à Martin. C'était un déguisement de brave pépère. Un déguisement de brave pépère vraiment soigné. Avec, collé à sa lèvre du bas, un mégot de cigarette pas allumé.

Quand ils ont eu fini de se dire des choses que Manu entendait pas assez pour les comprendre, les deux suppôts ont ouvert la porte du fond du camion et fait semblant de vouloir sortir une caisse. Ils avaient des gants de cuir. Sûrement parce qu'ils arrivaient à se déguiser de partout mais pas des mains qu'ils avaient rouges et crochues.

La caisse qu'ils faisaient semblant de vouloir sortir était au fond du camion. Et Manu a eu beau s'aplatir, se tasser autant qu'il a pu...

C'est le diable La-Pipe qui l'a vu le premier.

Qui a fait semblant de le voir le premier. Ils le savaient qu'il était là. Mais fallait qu'ils fassent comme s'ils le savaient pas, comme s'ils étaient pas de mèohe avec le faux garçon Mathieu. C'était obligé dans leur fourberie sans limite.

Et ils l'ont bien jouée, leur comédie. Surtout le diable Martin. Il a fait très bien le très étonné. Il a dit exactement ce qu'aurait dit un vrai brave pépère très étonné de trouver un fugueur clandestin dans son camion. Il a dit « Merde un gamin ! »

Et l'autre, le diable La-Pipe, a sorti une pipe au tuyau tout mangé d'une des poches de sa salopette et il a dit « On avait bien besoin de ça ». Et ils ont sorti une torche électrique (Manu a pas vu d'où) et ils l'ont braquée sur lui.

Et il s'est aplati, tassé encore plus. Il a dû devenir aussi petit que Pilipili.

Qu'est-ce qu'ils lui voulaient ? Ils allaient commencer par le griller avec la torche ? Sûrement. Mais ils allaient commencer à le griller pas tout de suite. Ils avaient toute l'éternité devant eux. Ça les amusait, ces créatures pas humaines, de le torturer avant avec des questions.

Ils ont fait semblant de vouloir savoir qui était Manu, ce qu'il faisait dans les caisses hautes, comment il était entré dans le camion.

Et Manu a rien répondu. Rien. Pas desserré les dents.

Il les a serrées, même. A s'en faire mal. De peur qu'une parole lui échappe.

C'était de l'héroïsme qui servait à rien. Mais c'en était.

C'en était tellement que le suppôt Martin a eu comme de l'admiration et qu'il a dit : « Là, La-Pipe, on est tombé sur un cabochard ».

Et La-Pipe lui a répondu : « Ça, pour être tombé sur un cabochard... »

Après avoir dit ça, il a sorti sa blague à tabac et bourré sa pipe et il l'a allumée et a tiré plusieurs bouffées et a dit : « On va en être quittes pour être à la bourre ». Et le faux Martin lui a répondu : « Ça... »

Qu'est-ce qu'il était bien imité, son déguisement de brave pépère, à Martin ! Il avait réussi à se faire des yeux gentils et un sourire à mégot collé qui avait l'air d'un vrai sourire. Et il sentait l'eau de Cologne, ce rusé.

Manu aurait pu se lever, essayer de pas se faire attraper par les deux envoyés du Malin et sauter du camion — même en risquant de se casser une jambe ou les deux —, il aurait pu...

Pour faire ça, aurait fallu avoir des forces, même rien qu'un peu. Il n'en avait plus du tout.

Il s'est laissé toucher par La-Pipe avec ses gants en cuir, laissé attraper, laissé relever, laissé emporter.

Et il s'est retrouvé dans un restaurant de camionneurs avec des lumières inquiétantes et une odeur de chou cuit. Pas de soufre, de chou cuit. Mais c'était une ruse de plus. Et il s'est laissé asseoir sur une chaise et il n'a pas répondu quand le Martin lui a demandé s'il voulait un sandwich au pâté ou un sandwich au fromage. Ça a été un sandwich au fromage. Au chèvre. Avec trop de beurre. Et un café au lait. Il aurait voulu pas le manger. Mais il a pas osé. Si le Malin ou un de ses suppôts s'est fourré dans le crâne de vous faire manger un sandwich, faut le manger même sans faim ! Sans ça... Alors il l'a mangé tout. Il a bu tout le café au lait. Et il a avalé un cake sous cellophane après.

Et La-Pipe et le Martin ont parlé en mangeant aussi des sandwiches — au pâté, eux — et en buvant de la bière. Et une dame qui bâillait et traînait de la pantoufle est venue s'asseoir avec eux. Une dame à allure de brave mémère. Avec des bigoudis chauffants cachés sous un foulard et une robe à fleurs et un tablier pas propre. Et du rouge écaillé pas sur tous les ongles. Elle avait l'air très copine avec les envoyés du Malin. Très très. Elle a rien mangé. Elle a bu un verre tout petit de liqueur certainement alcoolisée. Et elle a traité Manu de petit voyou et quand elle a vu qu'il avait pissé dans son jean, elle lui a dit que c'étaient des choses qui arrivaient, qu'elle avait, elle, un père qui était un homme très capable, un homme de cent dix kilos avec encore tous ses esprits qui, depuis son attaque, se faisait dessous et que c'était bien affligeant et un tintouin du diable.

— Du diable ! Du diable !

Ça a fait tilt dans la tête au Martin, ce mot-là. Pas dans celle de La-Pipe. Le diable La-Pipe, il écoutait pas la dame. Il buvait de la bière noire en rotant discrètement dans une serviette en papier. Le diable

Martin, lui, sa bière était couleur de bière normale et il la buvait pas et il avait envie de bavarder.

— Du diable ! il a répété en riant comme un brave pépère.

— Oui, monsieur Martin. Et, bien qu'il les ait encore tous, ses esprits, on peut pas s'empêcher de trouver qu'il serait mieux ailleurs qu'ici à regarder les mouches voler. Parce qu'il fait plus que ça.

Ailleurs qu'ici ? Elle était en train de faire quoi, la copine des envoyés du Malin ? De leur demander de prendre aussi son père dans leur camion ?

Alors c'était comme ça que ça se passait ?

Ça faisait peur mais c'était intéressant. Manu allait savoir. Les si mystérieux mystères de mère Agnès, de mère Rita, du Chinois de Grand qui cherchait Dieu dans les grains de ses bols de riz, de tout le monde, il allait les percer ?

— Ailleurs, plus tard on ira, mieux ça vaudra. Il a encore faim, le jeune cabochard ? Il veut quoi ?

— A mon idée, monsieur Martin, il a surtout sommeil, votre fugueur. D'où tu viens, petit voyou ? Tu veux pas me répondre ? Tu préfères qu'on te confie aux gendarmes ? Là, mon gars, t'es pas fute-fute. Ton coup, nous on peut peut-être encore te l'arranger. Mais si tu te retrouves chez les gendarmes...

— Si tu nous racontes pas tout à nous, tu vas te retrouver dans un de ces pétrins... Tu veux un autre gâteau ? Un macaron, ça te plairait ?

Elle était partie pour durer, la séance de casse-croûte avant la grillade éternelle. Alors autant craquer pour le macaron. Il était sous cellophane comme le cake.

Manu l'a mangé par tout petits bouts.

— T'as des parents ? Des parents qui doivent se faire du mouron et qui seront si rassurés de te savoir vivant qu'ils te puniront pas. Alors le mieux, ça serait que tu...

Vivant ! Elle manque pas d'audace. Comme si elle savait pas que Manu...

Le curieux dans l'affaire c'est que, d'être mort, ça vous change pas tant que ça de quand on est vivant. Un macaron mangé mort a exactement le même goût qu'un macaron mangé vivant. Si c'est un bon macaron, c'est aussi bon.

Et on a autant sommeil mort que vivant. Même mort damné. Vos yeux se ferment autant. On fait tout ce qu'on peut pour pas qu'ils se ferment mais ils se ferment quand même.

21

L'enfer, c'est une chambre.

Parfaitement : quand Manu les rouvre, ses yeux, il est dans une chambre.

Encore une après celle de l'hôtel dans le nord de la France, encore une après celle à l'hostellerie de Sainte-Marie.

Et celle-là c'est une chambre pas belle avec sur ses murs du papier à rayures et à chiures de mouches. Avec une pendule haute à toucher le plafond sur laquelle il est huit heures. Du matin puisqu'il y a du soleil dehors, derrière les rideaux. Il y a des gousses d'ail pendues à des clous. Et, sur une petite table, une tour Eiffel construite en Mécano. Très bien construite. Avec tous ses étages et son drapeau.

Mais alors si c'est comme ça... Si c'est comme ça, mère Rita elle se plantait complètement avec son incendie permanent et ses légions de diables fourchus pour attiser les flammes. Et c'est maman Dora qui avait raison quand elle disait, elle, que... Attention. Méfiance. Qu'il s'emballe pas, le Manu. C'est toujours mauvais de foncer sur l'explication qui vous arrange, de se mettre sans réfléchir à croire que...

Suffit pas de se retrouver couché dans un lit plutôt douillet dans une chambre pour que l'enfer infernal, ça soit des racontars de débiles.

Comme si le Malin l'était pas assez pour pouvoir construire des tours Eiffel en Mécano avec tous leurs étages et leur drapeau. Cette tour Eiffel, le lit plutôt douillet, la pendule sur laquelle il est huit heures, c'est encore sûrement des sournoiseries, des pièges.

D'abord elle est où, cette chambre ? Le soleil, dehors, derrière les rideaux, ça peut très bien être du feu, et cette chambre une salle d'attente avant le...

Manu est encore tout pâteux de sommeil. Tout pâteux, on n'a pas bien ses idées.

Il a qu'à se pincer : ou ça lui fait mal, ou il sent rien. Si ça lui fait mal...

Ben, qu'est-ce que t'attends pour te pincer ? Vas-y !

Il y va. Il y va. Le temps de compter jusqu'à dix et il se pince.

Maman Dora, qu'est-ce qu'elle a pu la lui faire, quand il était petit, la blague de Pince-mi et Pince-moi. Et il répondait toujours que c'était Pince-moi qui restait. Parce que c'était la bonne réponse puisque c'était Pince-mi qui était tombé à l'eau et parce que... Parce que le meilleur du meilleur de tout, quand il était vivant, c'était les blagues idiotes à fous rires avec maman Dora.

Allez, courage ! Un, deux, trois, quatre, cinq, six, sept...

Plus que huit, neuf et dix et il va se pincer et savoir.

Huit.

C'est embêtant d'être déjà arrivé à huit. S'il avait décidé de compter jusqu'à vingt, il lui resterait encore neuf, dix, onze, douze, treize, quatorze, quinze, seize... Non ! Il va pas tricher. Il a décidé que jusqu'à dix, il comptera que jusqu'à dix.

Neuf.

Neuf, il l'a dit. Il l'a dit sans le dire, comme quand on calcule en calcul mental, mais il l'a dit.

Maintenant faut qu'il dise dix. Faut. Mais il le dit

pas. Il le dit pas parce que, c'est plus fort que lui, sans le dire (encore mentalement), il s'est mis à dire autre chose, à dire au Seigneur Jésus-Christ qu'il veut pas être mort, qu'il le supplie de le sortir du pétrin où il est.

Alors la porte s'ouvre. Et... ça a foiré ! Ça a servi à rien son S.O.S. Il a pas voulu l'entendre, le Seigneur. C'est la traîneuse de pantoufles aux bigoudis chauffants (la complice des suppôts) qui entre. Et elle a encore plus son air de brave femme que quand elle lui a donné un macaron, cette vieille vache. Et elle fait semblant de s'inquiéter de savoir si « au moins, le fugueur a fait un bon dodo », et elle se met à lui parler de la tour Eiffel en Mécano. Comme une brave femme, elle lui en parle, la rusée.

— Elle est réussie, hein ? Tu l'as reconnue ? Tu peux pas pas l'avoir reconnue. Quelqu'un qui l'aurait même pas vue en photo la reconnaîtrait, tellement elle est bien faite. Même que c'est bien tout ce qu'il aura fait de bien, mon Albert. C'était sa chambre d'enfant quand il était gamin. Il est facteur en Bretagne, à l'heure qu'il est. Un métier de fainéant. Mais... les enfants... Les enfants c'est déception et compagnie. Sa sœur, à mon Albert, son aînée de trois ans, elle, elle a trouvé moyen de se marier à Paris avec un voyageur de commerce. Un garçon qui a si peu de santé que, ses voyages, il les fait de sana en sana. Sur ce, mon coco, maintenant que te voilà désensommeillé et remis de tes émotions, tu me le dis, comment tu t'appelles, et d'où tu t'es sauvé, et pourquoi ? Parce que maman Delphine, elle a sa journée à faire et que... Alors ?

Rien, il va lui dire. Pas la queue d'une parole. Un muet, il est devenu. Qu'elle fasse son sale boulot, qu'elle l'ouvre, la fenêtre qui donne sur les flammes éternelles.

— Alors ? Je t'écoute.

Elle peut bien l'écouter à s'en user les oreilles. Il a parlé énormément trop avec un soi-disant Mathieu. Ça l'a avancé à quoi ?

— Tu sais que t'es un cas. Qu'un gosse aussi têtu, faut le voir pour y croire. Cette nuit, on aurait dû leur téléphoner sur l'instant, aux gendarmes. Sur l'instant. Notre devoir, ç'aurait été de le faire. Notre devoir. Et on l'a pas fait. On l'a pas fait parce que Martin, La-Pipe et maman Delphine, c'est pas du monde à leur téléphoner sur l'instant, aux gendarmes. Pitié, on a eu. Pitié de toi. Mais il a assez duré, ton petit manège. Largement assez. Alors, tu te sors de ce lit, tu t'enfiles ton pantalon qui sent le pipi que c'en est une vraie bénédiction, tu descends, tu te manges ton petit déjeuner et... C'est que j'ai pas que toi à m'occuper. Les deux rigolos, ils sont repartis. Et moi, bonne pomme... Tu te lèves, ou faut que ça soit moi qui te sorte de ce lit ?

Se lever, Manu veut bien.

Même mort, se retrouver sans pyjama, donc tout nu, devant une vieille ordure de suppôte, c'est chiant. Mais le voilà debout, le boa au vent. Et tout craintif, tout péteux.

Et maintenant ?

Maintenant, maman Delphine, elle en a soupé du fugueur à tête de lard. Plus que soupé. Il est là, pas plus habillé qu'un asticot, et à portée de sa main, à cette dame grande, très en ventre et l'air plus brave femme du tout. C'est que ça y est, elle s'énerve.

— Ton nom, tu me le dis ou tu me le dis pas ?

Manu le dit pas. C'est gonflé mais il le dit pas.

Il le dit pas et la beigne part. Une beigne comme Manu savait pas qu'il pouvait en exister. Une beigne à l'ancienne. De campagne. Pas une gifle de maman Dora, donnée que parce que faut que les mamans en donnent au moins une par-ci par-là sous peine d'être des mères indignes d'être des mères. Une beigne. Une beigne des cinq doigts et de la paume. Partie de très loin et grande à vous arracher la tête du corps. Une beigne après laquelle il a la joue toute rouge, Manu. Et la certitude qu'il est pas mort. Parce qu'une beigne de ce calibre, ça vaut tous les pincements. Parce qu'une beigne comme celle-là, de beigne...

Bon. Etre pas mort et être en enfer, ça se peut pas. Et si ça se peut pas... Manu pourrait craquer, s'effondrer, flipper, se comporter en petit morveux qui capitule devant la brutalité et passe aussi sec aux aveux. C'est pas ça qu'il fait. Mais alors pas ça du tout du tout. Le rouge de sa joue gagne son autre joue et son front, son nez, ses oreilles. Tout rouge, il devient. Tout rouge de rage. Coquelicot. Et il fonce sur la fenêtre, sur les rideaux de la fenêtre et il les écarte. Et c'est pas des flammes qu'il voit. C'est du soleil. Que du soleil. Que du soleil et de la campagne avec une route nationale avec, dessus, des voitures et des camions. Des camions comme des camions. Des camions faits que pour rouler sur la terre du bon Dieu et nulle part ailleurs.

Et la vache à bigoudis c'est qu'une... Qu'une obstinée méchante salope qui se rue sur Manu pour lui en coller une deuxième, de bonne beigne.

Mais elle a pas eu le temps de donner l'élan voulu à son bras que le pied gauche de Manu lui arrive en plein sur une de ses jambes. La droite.

— Petit saligaud ! elle hurle.

Manu serait bien incapable de dire le nom de l'os qu'il a dû lui casser, mais à la voir se plier en deux, se tordre, à l'entendre gémir, il sait qu'il a fait mouche, qu'elle est pas prête de danser la capucine ni même de se lever de la chaise paillée sur laquelle elle se laisse choir, la maman Delphine.

Maintenant, il veut bien lui dire son nom. Et pas que son nom.

— Manu, je m'appelle ! Manu Marceau et je vous emmerde et votre tour Eiffel avec et c'est d'une clinique que je viens avec des vivres en pain et en saucisson et en sablés, des vivres volés que Toufou mon yellow jaune qui est le yellow jaune d'un broc qui s'appelle pas Grand mais qui veut que je l'appelle Grand mais je lui parle plus a volé lui aussi et ma mère elle a eu un accident de moto sans casque qui n'était pas trois fois rien mais qui ne l'a pas fait mourir à cause du potage remontant par tuyau et c'est le garçon Mathieu qui m'a forcé à entrer par la petite trappe derrière la couchette pour me faire gober que je gobais tout !

Tout en disant (en braillant) ça, il enfile à toute vibure son jean à pipi, son tee-shirt, ses baskets. Il les enfile si vite, ses baskets, qu'il en oublie de mettre ses chaussettes. Comme Grand. Il y penserait sûrement, que c'est comme Grand s'il en avait le temps. Mais il a que le temps de récupérer le panier avec Pilipili posé au pied du lit, que le temps de se grouiller, que le temps de quitter cette chambre pas belle mais pas en enfer, que le temps de descendre quatre à quatre un escalier raide, que le temps de traverser à la vitesse d'un avion supersonique la salle de restaurant de routiers dans laquelle il y a un seul client, que le temps de foncer droit devant lui pour se retrouver loin loin loin loin de la salope sur la chaise paillée.

Et il se retrouve au soleil. Un soleil chaud mais pas brûlant. Chaud comme il faut qu'il soit chaud pour que frissonne pas un garçon qui s'est fait piquer son blouson par un faux caractériel vrai fumier.

Et Manu lève la tête.

Il la lève pour voir le ciel. Celui qui se voit, d'un bleu pas foncé presque blanc, avec pas la queue d'un nuage, ce matin. Et celui qui se voit pas. Le ciel derrière le ciel. Derrière ou plus haut. Le ciel des catholiques. Celui où les béats sont assis de tous les côtés du Créateur qui est aussi infiniment bon que le croient les mères de Sainte-Marie. Peut-être même encore plus. Parce que pour tirer Manu de la chiotterie où il était...

C'est con qu'il veuille pas qu'on le voie, Dieu. Il doit être d'un beau. C'est peut-être parce qu'il est si grand qu'aucun regard d'homme pourrait le voir tout entier, qu'il veut pas. Ou qu'il éblouirait. Qu'il vous brûlerait les yeux.

Il a ses raisons de pas vouloir. Mais c'est con.

Qu'est-ce qu'elle lui avait dit, mère Agnès ?

Ah ! oui. Elle lui avait dit qu'il suffisait de bien regarder tout ce qu'il a créé, le Créateur, et que c'était comme si on le voyait. Exactement comme si.

Okay ! Manu va la regarder, la terre au bon Dieu. Et la trouver d'une beauté merveilleuse.

Alors il regarde. Et... Et ça fonctionne pas terrible. Même en se forçant. Même en ayant tout à fait envie d'être épaté. Ça fonctionne pas. Parce que le petit morceau d'univers qu'il a autour de lui, c'est que des champs de terre de couleur marronnasse. Avec que des arbres sans leurs feuilles. Des arbres en bois. Avec des branches en branches. Et de l'herbe. Plein d'herbe. Et, un peu loin, un endroit où la terre grimpe un peu pour faire comme une sorte de montagne dans les dix mètres de haut avec une maison en haut des environ dix mètres. Une maison en béton avec, sur un de ses murs aucune fenêtre et une grande publicité pour l'huile Lesieur. Il y a aussi des tas de bûches. Des tas de fumier. Un tas de pierres. Il y a, au bord de la nationale (chiante comme n'importe quelle nationale), une espèce d'abribus cradingue qui doit servir pour des autocars. Et une vache grisâtre qui roupille debout. Des pylônes pour l'électricité. Une grosse haute tour en fer peinte en gris sale. Un tracteur sans personne sur son siège. Quelqu'un très loin sur une bicyclette qui va pas bien vite.

C'est quand même drôle qu'il ait créé tout ça, le bon Dieu. Tout ça qui est, on peut pas le penser, d'une immense mocheté.

Peut-être que pour créer ce morceau de France, il s'est pas beaucoup appliqué, le Créateur. Peut-être qu'il l'a fait à la fin de sa semaine de genèse et qu'il en avait marre, que ça l'amusait plus de créer. Pour les chutes du Niagara, le désert du Sahara, le grand canyon du Colorado, le pôle Nord (ou Sud) que Manu a vus cent fois à la télé, on sent qu'il s'est donné à fond, qu'il s'est éclaté. Mais... Ce coin où il se trouve, Manu...

Qu'est-ce que ça l'embête. Il sait qu'il devrait trouver ça chouette comme tout et qu'il devrait trouver les arbres superbes, le tas de pierres magnifique, les petites fleurs jaunes par-ci par-là dans l'herbe belles comme tout. Et les orties aussi. Et les bûches. Et l'espèce d'abribus. Il y arrive pas.

Pourquoi même une nunuche comme mère Rita, elle y arrive, elle ?

Manu s'approche d'un arbuste. Il le regarde autant qu'on peut regarder, il tourne autour. Il le regarde comme les gens regardent des tableaux dans des musées, comme on regarde un film, des habits dans une vitrine. Et ça donne quoi ? Ça donne qu'il a l'air con comme un arbuste, cet arbuste.

Manu, ça le défrise encore plus fort que la beigne, de pas arriver à s'extasier.

Merde ! C'est quand même le Créateur qui l'a inventé, fait pousser, fait devenir comme il est, l'arbuste ! Et doit falloir être complètement tout à fait mauvais chrétien pour le trouver aussi tarte que Manu le trouve tarte.

Dieu l'a inondé de ses bienfaits, et lui, ingrat...

Trouver tarte un arbuste entièrement fabriqué par Dieu, ça doit être encore un sacré péché.

Mais c'est comme les lapins, les poules à Sainte-Marie. Ils étaient tartes.

Manu peut baver d'admiration devant un dessin animé de Tom et Jerry, devant un protège-cahier en plastique, devant une robe de maman Dora et pas devant les créations du Créateur !

Pas possible, il doit lui manquer une case.

C'est dur d'être sorti indemne — avec en tout et pour tout que le souvenir un petit peu douloureux sur une de ses joues d'une beigne gigantesque — d'une épouvantable série de malheurs et de découvrir qu'on est quelqu'un de marqué par le destin. C'est que c'est ça. Manu a vu assez de films, lu assez de bouquins pour savoir que certains êtres spécialement malchanceux... Ou alors c'est encore et toujours les conséquences.

Que ça soit ça ou ça, c'est kif-kif.

Et c'est dur.

Ce qui va l'être presque autant, c'est que s'il reste là comme une nouille à pas arriver à trouver beau ce qu'il devrait trouver beau, il va voir débarquer un car de gendarmes. Vu que l'autre vache à qui il a cassé il sait pas quel os de la jambe, elle a eu largement le temps de se traîner en souffrant jusqu'à son téléphone et d'alerter.

Faut qu'il s'en aille.

Et comment, qu'il faut qu'il s'en aille. Mais où ?

Le mieux, si on n'a pas prévu d'itinéraire, c'est droit devant soi. Mais droit devant soi de quel côté ? Du côté de la maison en béton en haut de la montagne dans les dix mètres ? Du côté de la haute grosse tour en fer ? Du côté de la vache qui roupille ? En tout cas, du côté qui l'éloignera le plus du restaurant de camionneurs.

Faut d'abord traverser la nationale et se retrouver dans un des champs de terre marronnasse. Où ça peut mener ? Quelque part. Ça peut mener que quelque part.

Le soleil continue. Mais ça se met à être un peu venteux. Plus qu'un peu, même.

Et c'est que des creux et des bosses. Que des creux et des bosses. Des sillons.

Et plus on marche dessus, plus il est grand, le champ de terre marronnasse. A croire qu'il a pas de bout.

Il en a un. Mais loin.

Quand Manu y arrive à ce bout de champ de terre, il a marché pendant dix-sept minutes. C'est la montre Zorro œuf de Pâques de maman Dora qui le dit.

Qui le dit à Manu qui se dit depuis dix-sept minutes qu'il va avoir une dépression nerveuse grave.

Il se le dit parce qu'il a entendu raconter énormément d'histoires de dépressions nerveuses arrivées à des gens dans des circonstances pas bonnes pour leurs nerfs et qu'il voit pas ce qu'il pourrait avoir d'autre dans les circonstances où lui, il est.

Et comme ça sera moins fatigant de l'avoir assis que debout, la dépression nerveuse grave, il s'assied. Dans de la terre marronnasse. Et il se suce son pouce. Son pouce de quand il était bébé.

Et...

A ce moment-là, de la pénible histoire de Manu, arrive Jolipoil.

Jolipoil qui s'appelle pas encore Jolipoil. Jolipoil qui n'a encore aucun nom. Jolipoil qui n'est encore qu'un petit tout petit gouttière de gouttière de maison de campagne tout mouillé et tout éberlué de venir d'échapper à une noyade.

Un chaton, quoi ! Une miette de chaton né de l'avant-veille que quelqu'un de vicieux (on ne saura jamais qui mais ça fait rien) a dû fourrer avec d'autres chatons dans un sac et balancé dans les eaux de la Loire (ou du Rhône, du Rhin, de la Garonne, avec deux ou un seul r ?). Et le sac a dû s'ouvrir et un des condamnés, celui-là, a réussi à s'en sortir et à sortir des eaux du fleuve qu'on voudra et à se traîner en trébuchant sur ses pattes molles et à...

Bref. Le voilà qui échoue devant Manu. Qui échoue et s'étale.

Et Manu le voit. Et Manu l'attrape. Et il comprend tout tout de suite.

— Toi, t'es un chat noyé qui s'est débrouillé pour se dénoyer. Qu'est-ce que t'es petit. T'es plus petit qu'une pomme. Et t'as pas encore d'yeux. Mais faut pas que ça t'inquiète. Ça te viendra d'en avoir. Les chats nouveau-nés, leurs yeux sont fermés.

Il se laisse prendre, le chat tout neuf, tout mouillé. Manu sort le bas de son tee-shirt de son jean et l'essuie.

— Autant que t'ailles pas choper un rhume.

Il est rigolo, mignon, frétilleur. On sent qu'il a un cœur qui bat. Fort. Il est ... Beau, il est. Beau à tomber en extase devant. Beau à... Mais oui ! Beau à s'émerveiller du génie incomparable du Créateur qui a créé les chats !

Les arbres, les arbustes, l'herbe, les champs, tout ça, c'est — pourquoi pas le reconnaître, hein ? — que de la cambrousse, que du paysage. Mais... les chats !

Alors, là, les chats.

Il a inventé les chats, Dieu !

Et quelqu'un (qui, en plus, est pas quelqu'un) qui a inventé les chats... Les chats vivants ! Pas en nylon lavable. En vrais poils de chat ! Avec des yeux pas incassables !

Sa dépression nerveuse grave, il va pas l'avoir, Manu. Plus question. Il va pas rester assis sur la terre marronnasse. Il se lève avec le chaton qui gigote dans sa main. Le chaton qu'il va...

— Je vais t'appeler Jolipoil parce que t'as des poils infiniment jolis. Ça te va comme nom ? Oui. Ça te va parfaitement. Et tu vas être à moi. Et je vais te...

Manu s'arrête. Pilipili ! Qu'est-ce qu'il va penser de ça, Pilipili ? Comment il va prendre ça ?

Vite, Manu ouvre le couvercle du panier.

— Tu vas prendre ça comment ? Tu vas m'en vouloir ? Tu vas croire que je te veux plus comme chat ? Ça serait con, de croire ça, Pilipili. T'es trop intelligent pour croire ça. On dira que c'est ton fils. Tu veux bien que ça soit ton fils, Jolipoil ? Il est pas mignon, comme fils ? Tu le trouves mignon aussi. Ça m'étonne pas de toi. Ça va être ton fils et tous les trois on jouera, on rigolera comme trois idiots, on dormira les uns avec les autres ensemble, tous les trois on...

Tous les trois, ils s'en vont.

D'un bon, d'un fichtrement bon pas. Avec deux chats dans le panier. L'un qui dort sur l'autre.

Il lui manque aucune case, à Manu. Aucune. Il est pas marqué par le destin. Il est pas mort. Il a jamais été en enfer. Mathieu, ce sale trou-du-cul, n'était qu'un crétin et pas le Malin et les deux camionneurs et la vieille vache gifleuse maman Delphine pas des suppôts. Et Dieu existe vachement.

Il existe tellement vachement qu'il a même planté des bornes kilométriques et des poteaux qui disent que le camion l'a pas emmené si loin que ça, Manu, qu'il est toujours du côté de Tours et d'Amboise, encore pas loin de Sainte-Marie.

Alors, c'est décidé, c'est fait : c'est en direction de Sainte-Marie qu'il marche d'un fichtrement bon pas. En direction de Sainte-Marie où mère Rita aura de quoi nourrir Jolipoil qui doit avoir une soif de lait effroyable. Cette direction, il la connaît pas. Mais il va tomber sur un plouc ou une plouquesse qui la connaîtra. Et même si c'est loin loin loin, il flanchera pas, il en usera ses baskets jusqu'à la corde s'il le faut. Il retrouvera maman Dora et il lui pardonnera les craques et tout.

Et il se contentera pas de lui pardonner, en plus, il lui demandera pardon.

Et à mère Agnès et à mère Rita.

Le voilà qui se sent bien, Manu. Et il sent qu'il va se sentir encore mieux dès qu'il sera revenu à Sainte-Marie. Le Créateur a été formidable de créer les chats. Formidable aussi de s'être inventé un fils Jésus-Christ qui a inventé le pardon.

22

Des pardons, il y en avait plein qui l'attendaient à Sainte-Marie. Des pardons de tout cœur et sans rien en échange. Mère Rita n'a pas voulu des excuses de Manu. Mère Agnès non plus. Elles l'ont traité — en ricassant — d'enfant prodigue revenant au bercail et elles n'ont voulu que l'embrasser, que lui sourire, le cajoler. En plus de gros baisers fondants, mère Rita lui a donné des crêpes toutes chaudes. Aux pommes.

Toufou en a eu aussi. Deux. Sur lesquelles il a soufflé pour pas se brûler. Jolipoil a eu du lait dans un bol assez vaste pour s'y baigner. Ce qu'il a fait.

Et Grand a eu droit, lui, à un verre de vin blanc de la réserve du père Sansonnet. Pas consacré. Mais sec. Ce qui est le mieux pour les vins blancs si on est connaisseur.

C'est qu'il était là, Grand. Avec une barbe de plusieurs jours. Et quand il a vu arriver le Manu exténué par ses péripéties, il a poussé un cri. Il a crié :

— Alors toi !

C'est tout ce qu'il a trouvé à crier, Grand : « Alors toi ! »

Et il a soulevé Manu de terre et il l'a embrassé embrassé embrassé. Ça piquait. C'était bon.

— Pour trouver un cow-boy aussi tocard, faudrait en faire du chemin. Tout l'Ouest faudrait se farcir. Et je suis même pas sûr que... Sacré Manu ! Sacré petit connard de Manu !

Et Toufou s'y est mis aussi. Toufou pas rancunier pour un sou, Toufou ayant oublié le chassage de la cabane (et se retrouvant comment avec Grand, au fait ?), Toufou qui s'est mis à mordiller — pas mordre, mordiller — les baskets de Manu, à faire des ouafs ouafs de chien barjo. Quel réconfortant spectacle après une descente aux enfers que Toufou dansant une danse de chien de cirque avec les quatre pattes en l'air en même temps (ce qui doit être très difficile) et la queue faisant le tourniquet, Toufou se roulant par terre sur le plancher en carrelage du restaurant de camionneurs, Toufou bavant, Toufou rigolant de son rire de chien, Toufou mignon comme jamais aucun chien !

Mais comment il pouvait être avec Grand, Toufou ? Comment ? Grand se le demandait lui aussi.

— Je ne saurai jamais d'où il venait. Jamais. Mais il est venu, le chien. Tout crotté, tout mélancolique, il est venu. Il a su le trouver, mon hôtel à Amboise. Je rentrais de dîner, plutôt cafardeux, et il était à m'attendre dans la rue, dans la nuit, devant mon hôtel. Un hôtel agréable. Avec vue sur le passé. D'où je téléphonais dix fois par jour à la clinique pour avoir des nouvelles de Dora et du plus tocard de tous les cow-boys. Et quand j'étais pas pendu au téléphone, je faisais mon métier. Le broc, il a pas chômé. Ça non. Il a écumé le coin. Au peigne fin, il l'a passé. Et si tu te donnes la peine de chiner même qu'un peu dans une région comme celle-ci... C'est pas compliqué, en Touraine, même les odeurs des rues, même le bruit du vent, si ça se met à être venteux, même les courants d'air ils sont d'époque. Rien qu'à Amboise, j'ai trouvé trois chandeliers et une armoire qui est déjà partie par le train et une pendulette à sujet Louis XVI et de toute beauté, la pendulette. En faisant la causette avec des vieilles gens. En frappant à des portes, de vieilles belles portes. Et une courtepointe en macramé à se mettre à genoux devant. Et de ces tasses. De ces tasses. Il y en a une de fêlée, d'accord avec toi, cow-boy. Mais une douzaine de dix tasses Empire avec les deux N enlacés et toutes leurs queues... D'autant que la fêlure, une fois que je m'en serai occupé... Je t'ai même trouvé un cadeau. Un sabre d'abordage.

D'abordage !

C'est qu'on a le nez, nous. Pas vrai, Toufou, qu'on a le nez ?

Toufou agite sa truffe. Il est d'accord. Ils ont le nez, Grand et lui.

— Maintenant, Manu, si tu me disais ce qui t'a pris de te sauver.

— C'est après ce qu'elle m'a dit Joëlle. Après les choses que vous m'avez dites vous aussi. J'ai été dans une forêt avec Pilipili et Toufou. J'ai couru plein de dangers terribles. Et puis j'étais dans une cabane et y a eu un garçon Mathieu très salaud. Il m'a fait gober qu'il avait une maladie de sang et qu'il avait tué une fille dans la Loire et il m'a forcé à monter dans le camion qui m'emmenait en enfer.

— En enfer, c'est en barque qu'on y va. Et c'est pas prouvé. Ni l'enfer ni la barque.

— Joëlle... elle m'a expliqué que...

— Que quoi ?

— C'était embrouillé. Elle m'a dit des choses sur maman.

— Joëlle c'est l'amie de ta mère qui vivait avec le jeune type à la moto ?

— Oui. C'est elle.

— Et c'était embrouillé ?

— Drôlement.

— La vie, c'est embrouillé. Et si ça l'est pas, on fait

tous tout notre possible pour que ça le devienne. Manu...

— Grand ?

— Dans pas longtemps, tout à l'heure, ta maman, on va la voir. Le docteur a voulu qu'on t'attende. Que ce soit toi qu'elle voie en premier. On va la voir. Et alors...

— Et alors quoi ?

— Et alors on va s'y remettre — et dare-dare — à tous tout embrouiller autant qu'on le pourra. Je nous fais confiance, à moi, à Dora, à toi. A tout le monde. L'homo sapiens faut qu'il embrouille, qu'il complique. Tout devrait pouvoir être simple comme bonjour, clair comme de l'eau de roche. Mais on supporterait pas. Tiens, nous deux... Eh bien, toi et moi, on est partis pour s'aimer énormément et aussi pour beaucoup se tirer dans les pattes.

— On va se tirer dans les pattes ?

— Oui, Manu. Et pas qu'un peu. Dans ma chambre agréable avec sa fenêtre qui donnait sur une rue d'il y a cinq bons siècles, j'ai pas dormi chouia. Pas dormi du tout. J'ai passé mes nuits qu'à fumer bien trop et à boire encore plus. Et à gamberger. A me faire un sang d'encre. Noire, l'encre. Inquiet pour toi, j'étais. Inquiet pour Dora. Inquiet au point de me demander si je n'en étais pas arrivé à l'âge où les éléphants doivent prendre la route qu'ils sont seuls à connaître, la route qui les mène à leur cimetière. Quelque part au pied du Kilimandjaro. Et puis... Et puis non, Manu. Cette nuit, j'ai eu une grande conversation avec le vieux Toufou. Et on est tombés d'accord. On est encore bons pour un galop, le vieux chien jaune et moi. Un dernier galop. Dora, ta maman Dora, je l'aime comme je n'ai aimé aucune femme. Aucune. Alors je vais faire tout mon possible pour... Même mon impossible, je vais faire. Même mon impossible. Pour que Dora et moi... Ta maman, je veux l'épouser. Je veux... Tu sais très bien ce que je veux, petit roublard, très bien, et c'est pour ça que tu voudrais qu'il crève, le vieux broc.

— Je voudrais pas qu'il crève.

— Menteur. Tu voudrais que je crève. Mais je ne crèverai pas, mon garçon. J'arriverai peut-être pas à empêcher Dora de s'offrir des week-ends de rêve avec des jeunes chevelus à moto. Mais les mickeys à moto, c'est pas grave. C'est toi qui es grave. Que toi. Toi, l'encombrant cher petit qui n'est pas foutu de comprendre que sa mère est aussi une femme. Une femme avec des yeux, une bouche et... Les conneries que je t'ai balancées, cette nuit débectante, à Lille, c'étaient pas des conneries. C'étaient mes rêves. Et ses rêves, faut s'y cramponner et tout faire pour qu'ils deviennent autre chose que des rêves. Du palpable, du solide. Moralité, cow-boy : on est aussi branques l'un que l'autre, toi et moi. Mais c'est la vie. Alors...

— Alors quoi ?

— Alors c'est comme dans les films avec le vieux John Wayne : que le meilleur gagne. Okay ?

Manu ne répond pas à Grand.

— Tu ne me réponds pas ?

Manu ne répond pas à Grand qui n'est pas parti mourir dans son cimetière de vieux éléphants au pied du Kilimandjaro. Manu n'est pas mort lui non plus. Et ils sont plus ennemis. Même si ça risque de devenir pour eux comme dans les films de John Wayne.

Et... s'il faut qu'ils se tirent dans les pattes avec Grand comme dans les vieux films avec John Wayne...

Et ça a été le moment d'aller voir maman Dora. Sortie de son sommeil réparateur, elle pouvait enfin être visitée. Elle n'avait plus de tuyaux. Elle n'était plus allongée. Elle était assise pas tout à fait. Avec cinq oreillers derrière son dos. Cinq.

Et il y avait dans sa chambre mère Agnès et le docteur en chef, le docteur Majoret. Lui, il était là pour voir comment ça allait se passer quand maman Dora allait retrouver son Manu. Il tenait absolument à assister à ces retrouvailles. Ça l'intéressait — cliniquement parlant.

Et ça a été plus qu'intéressant. Ça a été surprenant. Ça a été surprenant parce que le visage de maman Dora s'est illuminé, que ça lui a mis un peu de couleur sur sa figure qui était couleur d'oreiller blanc et qu'elle a dit :

— Ah ! lui je le connais. C'est mon fils. Lui c'est mon garçon.

Elle a dit ça et elle a regardé tout le monde — pas Manu, mais le docteur, mère Agnès, Grand — et elle a froncé les sourcils et a demandé :

— Mais son nom ? C'est comment son nom ?

C'était drôle qu'elle demande ça. Elle devait demander ça pour blaguer parce qu'elle allait tout à fait bien. Alors Manu a ri.

— C'est Manu, maman. Je suis ton Manu.

— Manu ?

Elle a encore froncé ses sourcils. Très fort. On aurait pu croire que c'était la première fois qu'elle entendait ce nom-là, qu'elle savait pas que c'était un nom du calendrier, qu'elle savait pas que c'était elle qui avait décidé qu'elle avait décidé que ça serait Manu le nom de son garçon. Et elle a regardé le docteur. Comme si elle avait honte d'avoir fait cette blague. Et elle a reregardé Manu.

— C'est comme ça qu'on t'appelle ? Manu ?

— Ben oui. C'est comme ça que tu m'appelles.

— C'est beau Manu. Ma-nu. Ça sonne bien. Et ça te va bien. Toi aussi tu es beau. Tu es grand. Un grand garçon. Mais je le savais. Oui, ça je le savais. Je sais très bien que j'ai un grand garçon très beau. Je sais aussi que ce monsieur, c'est monsieur Garofano.

Le monsieur qui était monsieur Garofano c'était Grand.

Grand qui s'est lui aussi approché du lit et qui a pris une des mains de maman Dora. Emu, il était.

— Toi alors... Toi alors... Ça fait plaisir de te revoir les yeux ouverts, de t'entendre parler.

— J'ai dormi longtemps ?

Grand allait répondre. Le docteur Majoret ne l'a pas laissé faire. Il s'est précipité et a coupé le sifflet à Grand.

— Vous avez dormi juste autant qu'il le fallait. Et maintenant que vous voilà réveillée, madame Marceau...

— Madame Marceau ? Ça serait ça, mon nom : Marceau ?

— Oui. Dora Marceau.

Maman Dora a fermé les yeux. Et le docteur, Grand, mère Agnès, l'ont mangée avec les leurs. Ils étaient inquiets. Ça se voyait. Même que Grand s'est sorti une cigarette, son briquet zippo. Mais on ne fume pas dans une chambre de clinique.

Et elle les a rouverts, ses yeux. Et elle a eu l'air d'une petite fille avec une petite voix qui n'était pas tout à fait sa voix à elle.

— Dora. Marceau, je vous crois. Mais... Marceau... Dora, oui. Dora. Dora, ça me revient. Dora. Il y a des choses qui me reviennent. Et d'autres... Je me sens bien. Je me sens tout à fait bien. Mais... C'est agaçant. Je... C'est très agaçant. C'est comme si j'avais la gueule de bois. Vous avez dû me donner des calmants, des pilules pour dormir. C'est ça ?

Personne ne lui a répondu. Alors elle s'est dressée dans son lit. Elle a regardé Manu.

— Je peux l'embrasser ?

— Bien sûr que vous pouvez.

Maman Dora a pris Manu par les épaules, elle l'a tiré et s'est approchée de lui autant qu'elle a pu et elle l'a serré, serré contre elle et elle lui a embrassé le nez, les joues, le front, le crâne et encore et encore le nez. Elle sentait pas son parfum Shalimar, elle sentait la savonnette.

Et elle avait la bouche chaude.

Et Manu a complètement oublié les craques et le reste. Tout le reste.

Il a explosé d'amour pour sa maman Dora.

S'il avait pu, il l'aurait mangée tout entière et toute crue tellement elle était bonne.

Il lui a dit tout bas : « ma chérie, ma chérie ».

Et il l'a embrassée sur toute la figure et même sur sa poitrine — à travers sa chemise de clinique en tissu rêche.

Mère Agnès était si attendrie par ce touchant tableau qu'elle a dit à haute voix (ça lui a échappé) :

— Si c'est pas la preuve qu'il y a un bon Dieu.

Le docteur (un mécréant endurci) a marmonné :

— La preuve qu'il existe ailleurs que sous vos cornettes — qui ne sont même plus des cornettes — il va avoir une excellente occasion de nous la donner, votre bon Dieu. En se décarcassant pour remettre les idées de madame Marceau en place. Parce que les pertes de mémoire... même partielles...

Il s'est tourné vers Grand. Il s'est mis à faire son prof.

— Ça serait une amnésie au sens clinique du terme... Mais là, non... On n'a pas perdu la mémoire. Pas totalement, comme dans bien des cas. On a seulement été très très choquée et on ne veut pas se souvenir de quelque chose de précis. Le problème c'est qu'on occulte du même coup tout ou partie du reste. Délicat. Très délicat. Il faudrait peut-être que les psys prennent le relais. Mais... les psys... Moi, j'ai fait mon travail. Médicalement parlant, le bilan est on ne peut plus positif. Sur ce... j'ai une urgence en salle d'opération.

Il a filé s'en occuper, de son urgence, le docteur.

Quand il a eu refermé la porte, mère Agnès a dit que mécréant ou pas, il irait un jour tout droit au paradis et qu'il serait bien attrapé. Et elle s'est brusquement rappelé qu'elle devait, elle, aller faire une intraveineuse à la chambre neuf. Et Grand est parti avec elle pour aller mieux garer sa roulotte de broc qui risquait de gêner pour les ambulances.

Et Manu s'est retrouvé tout seul avec maman Dora. Avec maman Dora qui avait un peu la tête des crapulos de l'école pondant une vacherie d'interro quand ils étaient plus sûrs si c'était Napoléon ou Louis XVI qui avait été guillotiné par des révolutionnaires sans culottes. Une pauvre tête.

Il s'est assis sur le lit. Au bout du lit pour pas peser, tirer sur la couverture.

Elle se ressemblait pas tout à fait, sa maman chérie. A cause de ses yeux sans leur ligne noire autour, à cause de ses lèvres sans brillant incolore. A cause de la vilaine chemise de nuit. A cause de sa mine. Une petite mine. Mais elle était toujours aussi jolie. Peut-être même un peu plus.

— Alors tu es Manu. Mon Manu à moi.

— Tu le sais bien que je le suis.

— Oui. Je le sais bien. Mais... Je me sens toute drôle, toute... Je n'y comprends rien... Le docteur, la sœur m'ont raconté. Mais... Si ce n'est pas un accident de voiture, c'était un accident de quoi ? Et tu n'as pas été blessé du tout, toi ? Tu n'as rien eu ?

— Non. J'ai pas été blessé. J'y étais pas dans ton accident de la route entre Tours et Amboise.

— Entre Tours et Amboise... C'est pour ça qu'on est dans cette clinique ?

— Oui. C'est pour ça. Moi je suis pas dans la clinique. Je dormais dans le bâtiment des familles d'hospitalisés. A l'hostellerie. C'est pas loin du cochon Patapouf qui se nourrit en buvant l'eau sale. Je dormais avec Pilipili et Toufou.

— C'est qui Pilipili, Toufou ?

— Pilipili c'est mon chat que tu m'as acheté comme premier cadeau quand j'avais quinze jours, tu voulais un ours mais t'as craqué. Toufou c'est un chien. Le chien de Grand... de monsieur Garofano.

— C'est avec lui que j'ai eu mon accident ?

— Non. C'est pas avec lui. Lui il a une camionnette mais il dit que c'est une roulotte. Lui il est broc aux Puces à Saint-Ouen. Et l'ange que tu voulais parce qu'il me ressemble quand j'étais nouveau-né avec des joues joufflues, il t'en a fait cadeau. Ça, tu peux pas encore le savoir puisque c'était pendant que t'étais partie pour ton travail qu'il te l'a apporté comme cadeau. Il est chez nous. Pas encore accroché. Tu le mettras où tu voudras dans ta chambre. On va rentrer quand à Paris ?

— Ils ne me l'ont pas encore dit. Mais sûrement bientôt.

— A moi, il m'a donné aux Puces un pistolet de pirate authentique et je vais avoir aussi un sabre d'abordage qu'il a chiné à Amboise...

— Monsieur Garofano ?

— Oui. Je savais pas que c'était ça son nom. Il veut que je l'appelle Grand. C'est vrai qu'il t'emmène manger du saumon avec de la vodka pour le faire passer ?

— Manger du saumon ? C'est bien possible. Oui. J'ai dû aller au restaurant avec monsieur Garofano.

Mais il doit y avoir longtemps. C'est quelqu'un qu'on connaît depuis très longtemps, non ?

— Moi je le connais que depuis qu'il est venu t'apporter l'ange sans la queue d'une retouche. C'est lui qui a eu l'idée d'aller te courir après dans le nord de la France à Lille pour te porter ton baisenville que t'avais oublié.

— Mon baisenville ? C'est comme ça que j'appelle mon sac Vuitton, non ? Mon sac avec... Qu'est-ce qu'il y a dedans ? Il va falloir que tu m'aides, Manu. Tu voudras bien ?

— Oui. Je voudrai bien. Mais faudra t'aider à faire quoi ?

— A retrouver tout ce qui m'échappe. Le sac Vuitton, je le vois très bien. Mais ce qu'il peut y avoir dedans... Va falloir être très patient avec moi, Manu. Très très patient. Ça ne te fait pas peur ?

— Non. Ça me fait pas peur. J'ai eu peur dans la cabane avec le garçon Mathieu qui était peut-être le Malin mais qui pour finir l'était pas et avait pas tué de fille Nicole de treize ans. J'ai eu encore plus peur dans le camion.

— Le camion, c'est le camion dans lequel j'ai eu mon accident ?

Manu éclate de rire.

— Maman, tu pouvais pas y être, toi, dans le camion. C'était pendant ma fugue, pendant ton sommeil réparateur. Toi, ton accident, c'était en moto.

— Ils me l'ont dit : accident de moto. Mais avec qui ? C'était mon mari, ton père ?

Maman Dora saisit la main de Manu.

— J'étais en moto avec ton père, avec mon mari et... ? C'est ça le choc dont parlait le docteur ? C'est ça ? C'est ça : mon mari est mort et ils ne veulent pas que je le sache ? C'est ça ?

— Ça peut pas être ça. T'en as pas de mari. Mon

papa il est marié ailleurs. Tu le connais. C'est Jean-Luc. Et sa femme c'est Gisou. Et ils ont un fils à eux deux qui est mon demi-frère. Et vous vous êtes jamais mariés. Vous pouviez pas vous entendre.

— Tu me le jures.

— Je te le jure. Jean-Luc, vous pouviez pas vous entendre sauf pour faire des garçons alors il s'est marié avec Gisou et toi tu vis dans notre appartement rien qu'avec moi et tu m'as bien très bien caché des œufs de Pâques que j'ai pas trouvés tous et j'ai vu que t'avais pas mis ton téléphone d'hôtel sur l'ardoise et alors...

Maman Dora écoute Manu.

Manu qui...

23

C'est dans le train que ça a commencé. Dans le train qui ramenait maman Dora et son garçon à Paris. Avec deux chats dans un panier. L'un aux yeux incassables parfaitement imités. L'autre avec enfin des yeux ouverts mais pas encore de leur vraie couleur.

Elle avait encore petite mine, maman Dora. Et hâte d'aller chez un bon coiffeur — parce que, vraiment, ses cheveux... Elle avait hâte aussi de savoir exactement ce qui lui était arrivé sur une route entre Tours et Amboise. Elle voulait des détails sur son accident.

Impossible de ne pas lui en donner.

Mais fallait faire gaffe.

Mère Agnès avait recommandé à Manu de faire très très attention, de ne surtout rien dire ni faire qui puisse replonger sa mère dans son état de choc. Il fallait qu'il lui dise les choses délicatement, intelligemment, de telle manière que ça ne lui cause aucun tracas, aucune peine, aucun remords, à maman Dora.

Elle avait vachement insisté, mère Agnès, elle avait recommandé à Manu de « bien peser ses mots ».

Alors il les a pesés.

Mieux que bien.

L'accident, il l'a raconté à maman Dora. Il lui a raconté dans le wagon non fumeurs tout en mangeant le copieux en-cas d'œufs durs et de sablés succulents de mère Rita. A sa manière, il l'a raconté.

— C'était un accident bien comme tout. Pas affreux. Avec pas de sang. Un petit accident de week-end de Pâques à chauffards qui veulent bouffer le plus possible d'essence.

— Mais pourquoi j'étais sur une moto ?

— T'étais sur une moto pour ton travail. T'étais partie trois jours pour ton travail de traductrice d'allemand.

— D'allemand ?

— Oui. C'était pas les études que t'aurais voulu faire, l'allemand. T'aurais voulu être danseuse. Mais ça s'est trouvé que ça a été des études d'allemand.

— Tu es sûr de ça ? D'allemand ? Je parle l'allemand, moi ?

— Oui. Comme une vraie Allemande. Tu es une traductrice simultanée à toute allure.

— Tu me dirais l'anglais encore. Ou l'espagnol. Mais l'allemand... Même en me creusant très fort, je serais incapable de trouver un mot d'allemand dans ma tête. Il est vrai qu'avec ma mémoire en dentelle...

— C'est pas grave. Ça te reviendra. Le docteur a juré que tout te reviendra petit bout par petit bout.

— Admettons. Et c'était qui le conducteur de la moto ?

— C'était...

Fallait peser ses mots. Attention.

— C'était un Allemand. Un motard allemand de ton séminaire technico-commercial.

— De mon quoi ?

— Un de tes jobs, le principal, c'est de faire de la traduction dans des séminaires. Tu trouves ça très chiant. Mais c'est parce qu'on a besoin d'argent.

— Chiant ? Je parle comme ça moi ?

— Ah ! oui. C'est comme ça que tu parles. Tu aimes

beaucoup les mots comme ça. Beaucoup beaucoup. Tu trouves ça joli. Tu dis tout le temps merde, couilles, chier.

— Ça alors... Et cet Allemand qui conduisait la moto, il s'en est sorti comment ?

— Il s'en est sorti bien. Il a eu trois fois rien. Que des contusions pas internes.

— Il s'appelait comment ?

— Comment ? Il s'appelait monsieur... Il avait un nom allemand d'Allemand.

— Et nous allions où, exactement ?

— A Amboise pour un séminaire technico-commercial. Et ça a été un tout petit accident de la route.

— Ce monsieur allemand, il a été blessé, lui ? Gravement ?

— Ils l'ont même pas gardé à la clinique tellement ses contusions étaient sans gravité et tellement il était pas sympa. Même la moto avait rien. Elle avait l'air encore toute neuve. Toute neuve.

— C'est bien que tu me rassures, mon Manu. Tu ne peux pas savoir le bien que ça me fait.

Si ça lui faisait du bien à maman Dora, autant continuer.

Alors Manu a continué.

En descendant du train à Paris gare d'Austerlitz, maman Dora croyait dur comme fer qu'elle était à l'arrière de la moto d'un moustachu à bonnet à pompon qui avait l'air d'un brave pépère quand une voiture venant en sens inverse avait brûlé un stop à plus de trois cents à l'heure.

Et ce n'était pas tout.

Pour maman Dora, il n'y avait pas, il n'y avait jamais eu aucun Vincent chipé à sa meilleure amie Joëlle. Et pas de visite de Joëlle à la clinique Sainte-Marie. Et encore moins de discours embrouillé avec des vérités, de Joëlle.

Les mots « Lille », « craques », pesaient trop lourd.

Manu les avait pas dits.

C'était un exercice délicat mais captivant de raconter les choses « en pesant ses mots ».

Çça faisait du bien à maman Dora et...

Et — merveille ! — ça permettait à Manu d'arranger les choses à son goût, à son idée.

Quand maman Dora se retrouva dans sa chambre, dans sa chambre à elle de leur maison rien qu'à eux deux, quand elle s'y retrouva comme dans une chambre où elle n'aurait jamais mis les pieds, jamais dormi, il fallut que Manu lui dise quelles robes pendues dans son armoire étaient ses préférées, quelles paires de ses chaussures étaient des « en solde » et quelles avaient coûté « la peau des fesses ».

Maman Dora n'avait pas oublié tout. Mais elle avait des trous. C'était curieux. Elle se souvenait parfaitement que le petit chien en faïence sur sa table de nuit était un cadeau de sa mère et que c'était Jean-Luc qui lui avait acheté son bracelet à pierres mauves. Mais elle était incapable de se souvenir de son visage, à Jean-Luc.

Manu dut aller prendre la boîte de photos de maman Dora dans le tiroir du bas de sa commode. Boîte de photos dont maman Dora n'avait aucun souvenir.

— Le voilà Jean-Luc.

— Qu'est-ce qu'il est beau mec. C'est lui ? C'est Jean-Luc ? C'est ton papa ? C'est idiot que je ne l'aie pas épousé, beau comme il est.

— Vous pouviez pas vous entendre.

— C'est un visage que j'ai déjà vu. Mais... Je le reconnais sans le reconnaître. C'est bizarre. Elle a été prise où, cette photo ?

C'était écrit derrière. C'était une photo de Tunisie. Une photo de l'année avant Manu.

Il y en avait plein de photos. Il y en avait plusieurs de Pat. De ce fameux Pat que Manu avait tant détesté que ça avait été jusqu'à un drame, jusqu'à la boîte entière de Valium que maman Dora aurait avalée sans l'intervention de Joëlle.

— Attends... attends... Ce skieur, ce n'est pas Patrick ?... Ou Pat ?

— Si. C'est Pat.

— C'est qui, Pat ? Je reconnais très bien ses yeux, son sourire. Même son blouson. Mais... C'est qui ?

Pour Pat, Manu a encore pesé ses mots.

Il les a salement pesés.

— C'est quelqu'un que t'as connu dans le temps. Mais tu pouvais pas le piffer.

— Pas le piffer ? Pourquoi ça ?

— Tu le trouvais rasant. Ce Pat, il venait manger ici. Sans même que tu l'invites, il débarquait pour t'empêcher de regarder la télé et il t'emmerdait à te raser avec des racontars pas intéressants. T'avais tout le temps envie qu'il s'en aille et il s'en allait pas. Et puis il t'empruntait toujours des sous et il te les rendait pas. Et puis il était drogué. Et il voulait m'apprendre à fumer.

— T'apprendre à fumer ? Mais il était fou, ce type.

— Et comment. C'était un salaud. Il nous avait volé des petites cuillères, une fois. Il était très voleur.

— Mais pourquoi j'ai autant de photos d'un type pareil ?

— Je sais pas. Tu veux qu'on les déchire ? On les déchire, hein ?

Maman Dora n'a pas eu le temps d'empêcher Manu de déchirer toutes les photos de Pat. En tout petits morceaux.

Effacé, le Pat ! Evacué de la mémoire de maman Dora !

D'autres photos furent déchirées, ce soir-là. D'autres souvenirs — mauvais pour Manu — furent réduits à néant, ce soir-là.

Et le lendemain aussi. Et les jours qui suivirent.

C'était génial : comme elle s'était laissé convaincre que son ex-grand amour Pat était un sale type qu'elle ne pouvait pas piffer, maman Dora admit très volontiers qu'elle détestait les épinards, les poireaux vinaigrette et le foie de veau saignant. Et plus jamais Manu n'eut à se forcer pour avaler ces saloperies dont la maman Dora « d'avant le choc d'accident de la route » raffolait.

Manu ne mentait pas pour mentir. Et encore moins pour de mauvaises raisons. Il se contentait de bien, mais alors très bien, peser ses mots.

Quand maman Dora vit l'ange joufflu sans la queue d'une retouche, elle le trouva sublime. Et déclara que c'était « le portrait craché de Manu ».

— Pas si craché que ça. Ou alors c'est quand j'ai les joues toutes pleines de purée.

— Et tu dis que c'est un cadeau de Garofano ? De Nino ? Son petit nom c'est Nino. Ça c'est certain. Nino. Pourquoi il m'avait apporté un si beau cadeau ? Pourquoi ? C'est terrible. A la clinique, tu m'as parlé d'un restaurant avec du saumon. Je me revois très bien en train de dîner avec lui. Avec Nino. Ça devait être dans une boîte russe. Oui. Une boîte du côté du métro Villiers. Très tard. La nuit. Il y avait des musiciens. Ils jouaient « Les Yeux noirs » ou un truc comme ça. Mais c'est qui, Nino ? Il fait quoi ?

— Il est broc aux Puces de Saint-Ouen.

— Tu as raison. Il vend des antiquités. Mais... Je le connais d'où ? Depuis quand ?

— C'est... C'est pour ton travail que tu l'as connu.

— Quel rapport il aurait avec mon travail ? Si je suis interprète, je ne vois pas ce que j'aurais à faire avec quelqu'un qui vend des antiquités aux Puces.

— C'est parce que... Ton travail de traductrice d'allemand, t'en avais marre. Ça te faisait tout le temps partir en voyage et me laisser tout seul. Alors ça te faisait chier.

— Tu es vraiment obligé de dire ce mot horrible ?

— C'est toi qui veux. Tu trouves ça rigolo. C'est vrai. Ça t'amuse, ces mots-là. T'en disais plein avant ton accident.

— Je n'arrive pas à me faire à cette idée.

— C'est pas une idée. C'est vrai. Je te promets.

— Alors il va falloir que je m'y remette si je veux me retrouver dans ma vraie peau. Mais ça me trouble. Revenons à Nino.

— Tu cherchais du travail dans un autre métier que traductrice alors t'as été le voir pour essayer de devenir vendeuse dans un magasin aux Puces.

— Ça serait ça ? Je vais te poser une question... Une question... Vu que je n'ai que toi pour m'aider à y voir clair, il n'y a qu'à toi que je peux la poser. Alors... Manu... Il ne serait pas un peu... un peu amoureux de moi, Nino ?

— Grand ?

— C'est pareil. Dans ce restaurant, cette boîte russe... il m'a embrassée. Je suis sûre qu'il m'a embrassée. Et pas que là. C'est pas net net... Mais... Nino... Nino il est amoureux de moi, hein ?

— Toi, t'es amoureuse de lui ?

— Moi ? Je ne sais pas. Je... Ce que ça peut être chiant de pas être foutue de s'y retrouver dans son propre crâne !

— Tu vois que tu dis chiant.

— C'est vrai. Tu as raison Manu. Mais je ne trouve pas ça amusant. Et ce que je trouve encore moins amusant, c'est d'être incapable de... Merde et remerde ! Je me souviens parfaitement de conneries inutiles comme six fois sept quarante-deux ou neuf fois neuf quatre-vingt-un, je sais que ces ballerines viennent de la rue de Sèvres et qu'elles valaient trois cents francs, je sais que le méchant de Dallas, c'est J.R. et je ne suis pas capable de savoir quels rapports j'ai exactement avec Nino. Et pourtant Nino... Il m'a embrassée. Ça, c'est sûr. Il m'a emmenée dans des boîtes... On a bu du champagne, dansé. On a dansé ensemble. Et c'était... J'étais bien avec lui. On a passé des soirées fantastiques. Et je ne le connaîtrais que parce que je cherche une place de vendeuse ? Quelle connerie, cet accident. Mais quelle connerie ! En admettant que, pour Nino, j'invente, qu'il n'y ait rien entre lui et moi, j'ai bien un homme dans ma vie, non ?

— Non, maman. T'as que moi, comme homme. Tu trouves que je te suffis. Et Grand... Garofano... Tu le connais que pour le travail.

— Que pour le travail ?

— Pour être un homme de ta vie, il est trop vieux. Il a l'âge d'être au moins mon grand-père. Même le tien de grand-père, il pourrait l'être. Et puis... Et puis c'est un ivrogne alcoolique qui m'a dit des choses pas bien sur toi, des mensonges horribles. Ça serait mieux que tu le voies plus. Ça serait mieux que...

Maman Dora avait un garçon adorable. C'est qu'il était devenu obéissant, propre, qu'il ronchonnait plus, qu'il mettait le couvert, allait faire les courses sans qu'on lui demande, c'est qu'il était aux petits soins, qu'il la cajolait, sa maman, la dorlotait, qu'il rangeait bien dans sa chambre, qu'il ne ramenait que des bonnes notes de l'école, qu'il... Maman Dora avait un garçon adorable. Pourquoi elle n'aurait pas cru tout ce qu'il lui disait (en pesant ses mots) ? Quand Grand (Garofano) téléphona pour demander quand il pourrait venir la voir, elle lui déclara poliment mais fermement qu'elle était horriblement fatiguée et qu'elle ne voulait voir personne. Il téléphona dix fois, vingt fois, et n'obtint que des refus.

Et un matin, alors qu'il partait pour l'école, Manu trouva la roulotte de broc garée devant la maison. Avec Grand et sa cigarette au bec. Et Toufou plus lécheur que jamais.

— Faut qu'on se parle, cow-boy.

— Je dois me dépêcher. J'ai mon école.

— Tu arriveras en retard. Parce que, mon petit salopard... Tu lui as raconté quoi, à Dora ?

— Mère Agnès m'a recommandé de...

— Tu m'as tiré dans les pattes, c'est ça ?

— Non.

— Tu lui as raconté quoi, à Dora ? Parce que je veux la voir, moi. Parce que je suis de plus en plus fou d'elle. Et tu le sais.

— C'est vous qui avez dit qu'il fallait que ce soit le meilleur qui gagne. Comme dans les films avec John Wayne. Alors je lui ai dit, à maman, qu'elle vous avait connu en cherchant du travail comme vendeuse aux Puces et que c'était tout.

— Et elle t'a cru ?

— Elle croit tous mes mots pesés.

— Elle a oublié nos soirées, elle a oublié qu'elle et moi... ?

— Elle a peut-être pas oublié tout à fait tout à fait. Mais faut pas la remettre dans un état de choc. Ça serait dangereux.

— Petit merdeux.

Il a pas giflé Manu, Grand-Garofano. Il l'a tout dépeigné. Comme quand il faisait l'amical.

— Ça te plairait que je la prenne avec moi ? Que je lui enseigne l'art et la manière de devenir une broc ?

— Ça serait un meilleur job que traductrice d'allemand toujours en voyage.

— Tu sais que tu es intelligent, Manu ? Déplaisant au possible. Mais intelligent.

Déplaisant, sûrement pas.

Intelligent, ça oui. Mais il est arrivé en retard à l'école et il s'est fait engueuler et, comme il avait loupé le début de la classe, il a rien pigé au problème et a eu tout faux même en copiant tant qu'il a pu sur Ballon-de-foot.

Trois jours plus tard, maman Dora faisait ses premiers pas dans la brocante aux Puces à Saint-Ouen.

Huit mois plus tard c'était Noël.

Noël avec sa messe de minuit.

C'est beau une messe de minuit.

A cause de la crèche. A cause des chants. Des cierges.

A cause de maman Dora qui a un manteau neuf en fourrure blanche et la toque assortie et qui chante « Minuit chrétiens » en chœur avec tout le monde.

Comme elle avait oublié qu'elle avait toujours voulu avoir un chat dans sa maison, elle avait oublié qu'elle était croyante.

Mais Manu le lui a rappelé. C'était énorme. Enorme ? Non. C'était un pieux mensonge. En faisant ça, il lui a rendu le plus grand service qu'on peut rendre à quelqu'un. Il la tirait des griffes du Malin, il lui prenait une assurance-vie pour la vie éternelle. Elle croyait qu'elle croyait pas en Dieu, qu'elle y avait jamais cru. Mais Manu lui a dit qu'elle allait souvent à la messe avant son accident, qu'elle avait la foi. Et (Dieu aidant, et aussi l'ange joufflu au mur de sa chambre ?) maman Dora s'est souvenue des prières qu'elle avait apprises étant petite fille. De Notre-père-qui-êtes-aux-Cieux, d'une foule de prières. De cantiques.

Et elle a fait baptiser Manu qu'elle avait oublié qu'elle avait oublié de faire baptiser. Même que ça a été Grand son parrain et Joëlle sa marraine. Joëlle qui est revenue dans la vie de sa meilleure amie Dora comme avant « l'affaire Vincent » et sans en parler. Et on a fait une cérémonie toute simple.

Mais le réveillon de Noël, il va pas être tout simple. Ça va être un réveillon de première classe. Avec dinde aux marrons et bûche et tout ce qu'il faut pour qu'un réveillon en soit un.

En attendant d'aller se remplir le ventre de choses exquises (la gourmandise étant le plus véniel de tous les péchés), Manu à genoux, le nez plein de l'odeur grisante de l'encens, fait autant de remerciements qu'il peut au Créateur. Il le remercie des infinies bontés qu'il a eues pour lui : de pas avoir fait mourir maman Dora sur la route entre Tours et Amboise, de lui avoir épargné la moindre infirmité, de lui avoir juste fait avoir ces trous de mémoire si agréables à combler de manière à rendre tout mieux, il le remercie aussi de l'avoir sorti, lui, du camion qui a (peut-être — on saura jamais vraiment) failli l'emmener rôtir en enfer, d'avoir fait embaucher maman Dora par Grand pour un travail de broc qui lui plaît et qui lui rapporte plus que traductrice d'allemand, d'avoir fait retrouver la vue de son œil gauche à Nadine qui écrit de temps en temps des lettres tordantes à Manu (son œil droit est foutu mais elle prétend que comme ça elle voit pas la moitié moche des choses). Il remercie le Créateur et il remercie tous les saints de l'Église. En bloc. Il fait pas que les remercier. Il les félicite. Ils ont dû se faire chier si fort pour gagner leur auréole.

Saint, il le deviendra pas, lui. Il le craint. Mais il deviendra un homme épatant. Peut-être un broc exceptionnel. Ou un abbé humain qui ira régler les problèmes de merde des infortunés du tiers-monde et peut-être de planètes qu'on aura alors domestiquées.

Un Lincoln interstellaire si on veut. Ou un docteur très éminent spécialisé dans les accidents de la route. Un accidentologue. Si cette spécialité-là existe pas, il l'inventera. C'est qu'inventer, Manu, c'est vraiment son truc.

Avec sa fourrure blanche, avec aussi des bottes très fines, très pointues blanches neuves vernies, on jurerait une princesse, maman Dora.

Manu lui prend la main.

Qu'est-ce qu'elle chante bien « Trois anges sont venus ce soir m'annoncer de bien douces cho-o-ses ».

Au réveillon, tout à l'heure, il y aura Joëlle, avec son mari Josué.

Ça s'est fait il y a un mois. En Amérique où elle était allée oublier les hommes et leur incurable saloperie. Il est saxophoniste de jazz et elle l'a entendu jouer cool et il l'a emmenée le soir même chez un pasteur. Il est aussi grand que Grand. Et il a des chemises avec des palmiers et des éléphants dessus. Ça irait pas à n'importe qui, des chemises comme ça. Mais à lui, qui est black, ça lui va.

Il y aura Grand bien sûr. Grand qui n'a pas pu venir à la messe de minuit puisqu'il fait cuire la dinde avec une recette à lui. Une recette d'Irlande. Avec des épices d'Irlande et du whisky pas double.

Ce qu'il peut connaître, Grand ! C'est vraiment pas un fumier. Vraiment pas.

Grand, il peut pas s'empêcher d'être tout le temps formidable. Il a au moins une idée géante par jour. Comme celle d'avoir trouvé (en chinant où ?) un authentique bureau de postier de bureau de poste du Far West pour Manu. Un bureau « à rouleau » avec des tiroirs « à secret ». Comme celle de mettre Toufou en pension à mi-temps dans la chambre de Manu où il copine courageusement avec Jolipoil qui l'embête, lui griffe la truffe et s'occupe tellement à faire des conneries de jeune chat qu'il en oublie de grandir et devient chaque jour un peu plus lilliputien. Un lilliputien qui dort jamais ailleurs que sur le ventre de son papa Pilipili, que ça enchante.

Maman Dora trouve que c'est plus une chambre, que c'est un zoo. Mais ça lui déplaît pas. Au contraire.

Ça se voit qu'elle arrête plus d'être heureuse, maman Dora.

Sa mémoire elle l'a retrouvée toute en réalité. Mais — et ça, c'est encore plus génial que tout ce qui s'est mis à devenir génial — elle fait celle qui se souvient que de ce qui fait pas de peine à Manu.

Ce qui leur fait, à eux deux, un secret comme un secret d'amoureux. Un secret si secret qu'ils s'en parlent pas. Mais ils savent.

Elle a aussi des secrets d'amoureux avec Grand qui est son patron et pas seulement que ça.

Là, on tombe dans l'un peu embrouillé. Mais Manu n'y voit pas trop d'inconvénients. Ça pouvait pas tourner autrement et ça met toute la maisonnée (animaux compris) de bonne humeur. Maman Dora n'a toujours pas de ventre, comme les autres femmes, mais elle a besoin, comme les autres femmes, de tendresses que même le plus tendre des garçons peut pas lui donner. Grand peut, lui. Il le peut un milliard de fois mieux que des Pat, des Vincent, parce qu'il fait tout le temps en même temps le fou amusant et le délicat et qu'il aime maman Dora comme on aime une femme et comme on aime une petite fille. Et elle, elle aime être aimée de ces deux façons-là à la fois. Pour Manu, avec tout ça, Grand est devenu une sorte de copain-grand-père-beau-père. Et c'est bien.

Manu a parfaitement compris que, des fois, Grand fait avec maman Dora l'amour.

Mais c'est pas dégoûtant comme le croient les petits cons de crapulos du quartier, de faire l'amour.

C'est un petit peu dégoûtant quand même. Mais très très peu. Et c'est surtout un mystère.

Un mystère beau. Aussi beau que les mystères qui font gamberger tant les mères comme mère Agnès.

De toute façon, l'amour des hommes et des femmes, ça fait partie des volontés du Tout-Puissant. Alors...

Manu serre la main de maman Dora. Il est minuit tapant pour les chrétiens. L'enfant Jésus se met à naître dans toutes les crèches de tous les pays du monde.

Le monde est infiniment grand.

Manu est encore assez petit.

Mais beaucoup moins qu'à Pâques.

Et il est très content qu'il y ait un monde qui est comme il est depuis qu'il s'est mis, lui, Manu, à peser ses mots.

Le petit Jésus est né une fois de plus. Tout va bien.

Ce qui serait con, ça serait que Grand ait laissé brûler la dinde. Ou que Toufou ait profité que Grand ait tourné le dos, le temps de boire un double whisky, pour la voler et la bouffer. Ou que Jolipoil ait été faire de l'escalade sur l'arbre de Noël et sache plus redescendre et se fasse chier.

Dans le monde à Manu, personne doit se faire chier. Personne. Même si cette personne est un chat de la taille d'une pomme.

DU MÊME AUTEUR

Théâtre

GUERRE ET PAIX AU CAFÉ SNEFFLE (Prix Lugné-Pœ, prix « U » 1969) *(Gallimard)*.

AU BAL DES CHIENS *(Gallimard)*.

MADAME *(Paris-Théâtre)*.

LUNDI, MONSIEUR, VOUS SEREZ RICHE *(Paris-Théâtre)*.

LA NUIT DES DAUPHINS *(Gallimard)*.

UN ROI QU'A DES MALHEURS *(L'Avant-Scène)*.

LE DIVAN *(L'Avant-Scène)*.

GRAND-PÈRE *(L'Avant-Scène)*.

Romans :

LE BÉRET À GROUCHO *(Table Ronde)*.

REVIENS, SULAMITE *(Table Ronde)*.

VIOLETTE, JE T'AIME *(Julliard/Folio)*.

AU BONHEUR DES CHIENS *(Ramsay/Folio)*.

POUR L'AMOUR DE FINETTE *(Ramsay/Folio)*.

PAPA EST PARTI MAMAN AUSSI *(Ramsay/Folio)*.

QUAND LES PETITES FILLES S'APPELAIENT SARAH *(Ramsay/Folio)*.

GOUTTIÈRE *(Ramsay)*.

Essai :

LES GROS MOTS (Grand Prix de l'Académie de l'Humour 1973) *(Julliard)*.

Poésie et dessins :

DÉPÊCHONS-NOUS POUR LES BONNES CHOSES *(Tchou)*.

Impression Bussière à Saint-Amand (Cher),
le 23 mars 1990.
Dépôt légal : mars 1990.
Numéro d'imprimeur : 9874.

ISBN 2-07-038248-6./Imprimé en France.
Précédemment publié aux Éditions Ramsay.
ISBN 2-85956-672-4.